唐代高昌的花紋錦鞋：吐魯番出土。織錦是漢族文化，而鞋子是當地居民的形式，可說是兩種文化的結合。

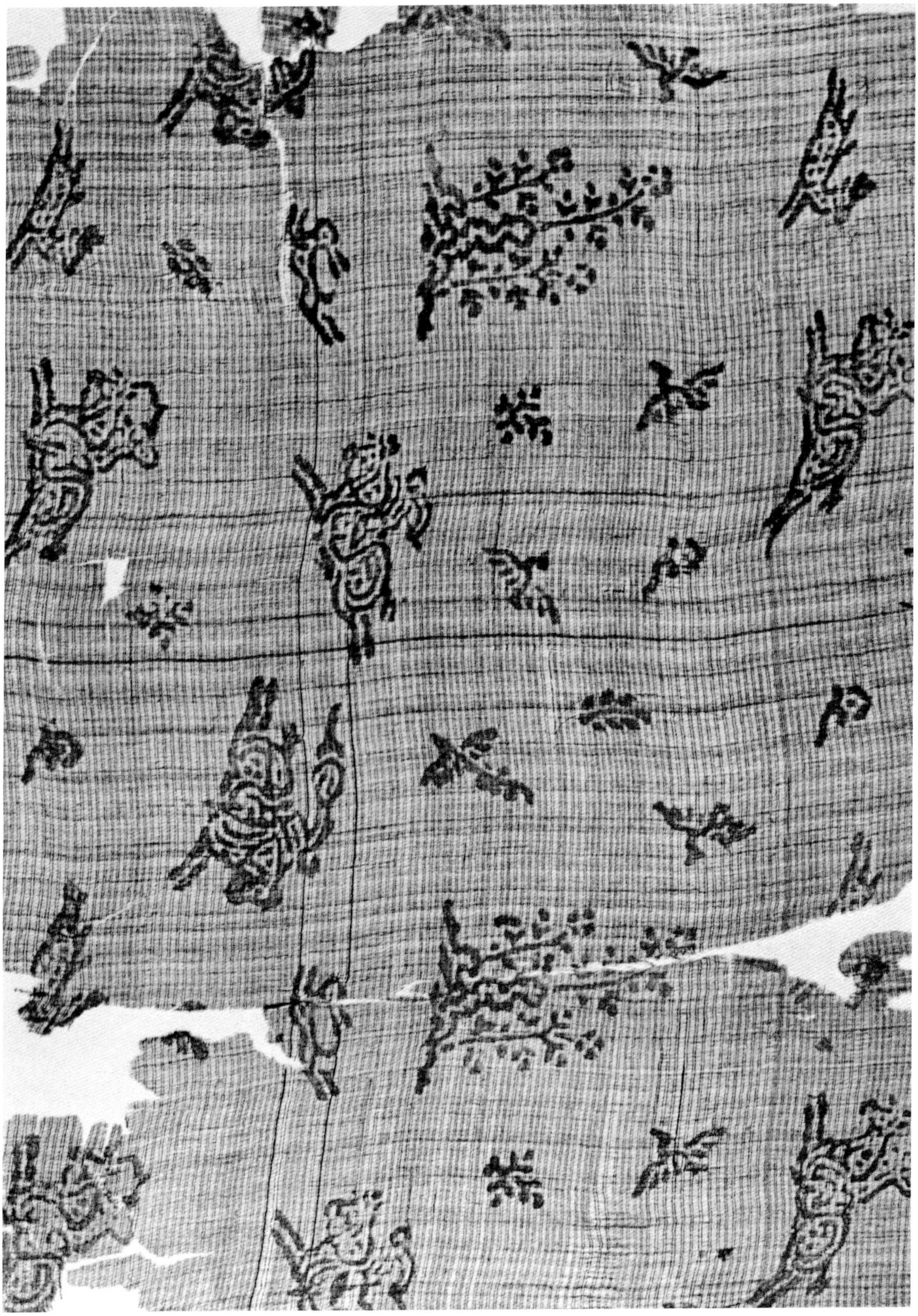

唐代高昌的綠色紗布：吐魯番出土。

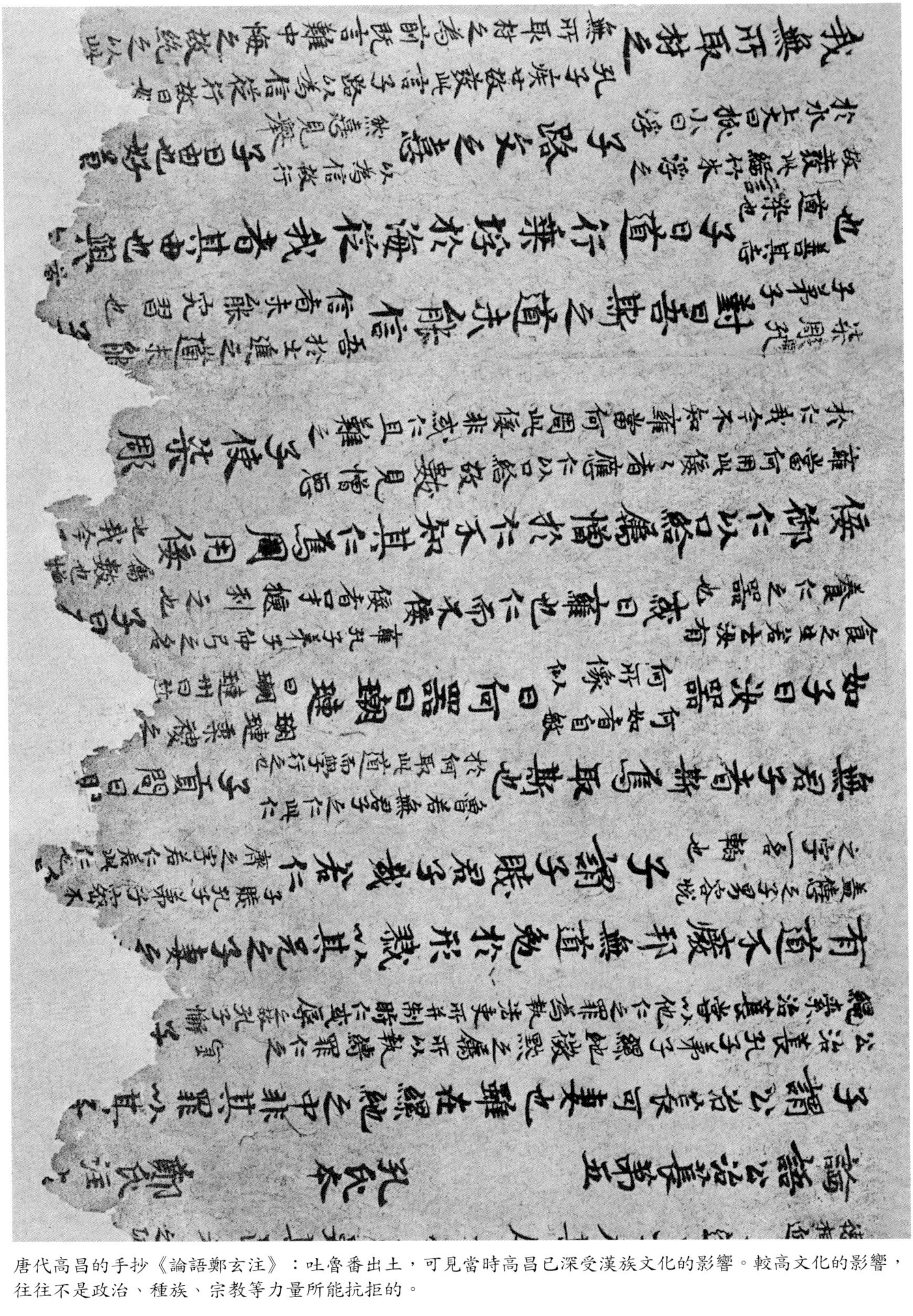

唐代高昌的手抄《論語鄭玄注》：吐魯番出土，可見當時高昌已深受漢族文化的影響。較高文化的影響，往往不是政治、種族、宗教等力量所能抗拒的。

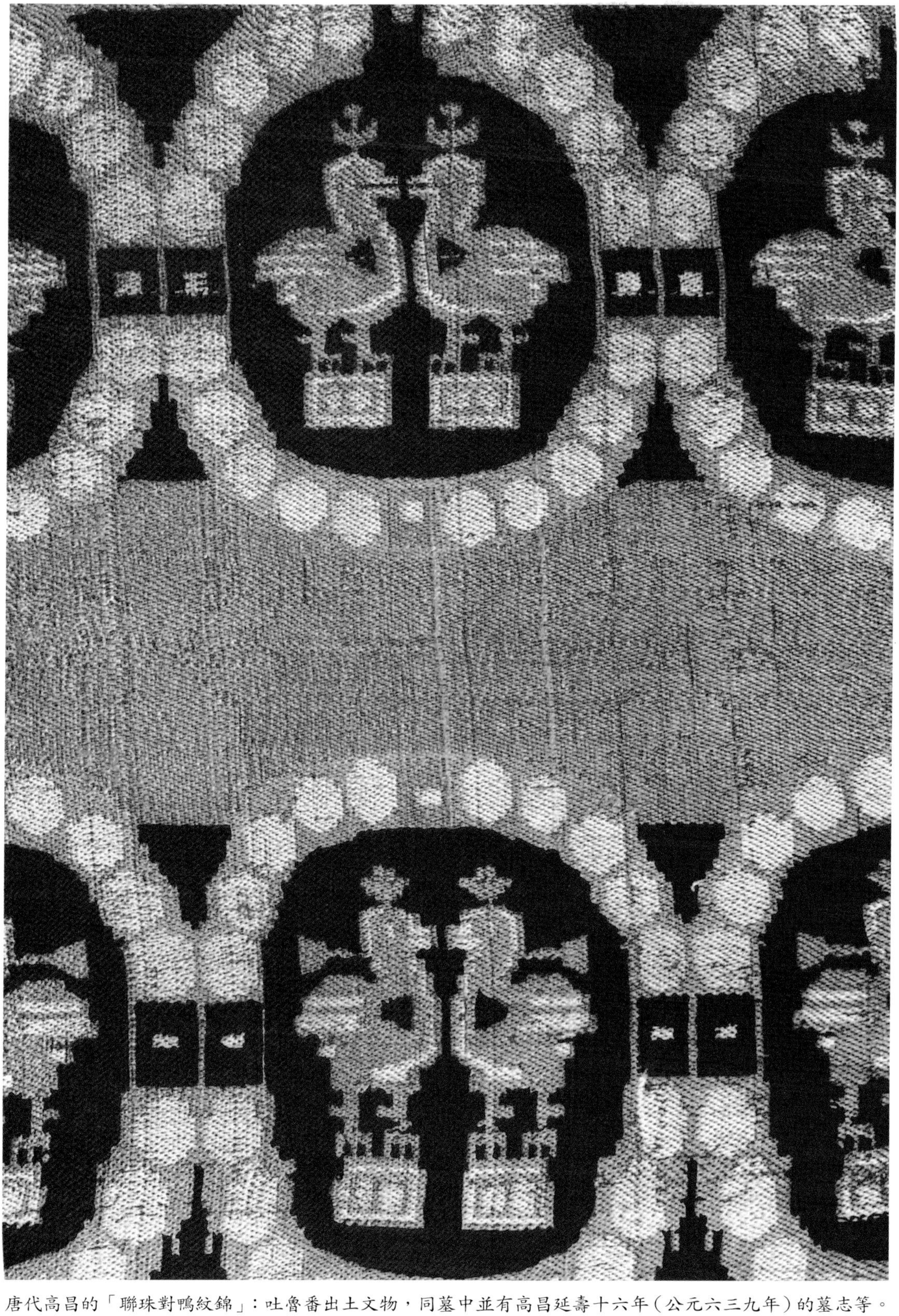

唐代高昌的「聯珠對鴨紋錦」：吐魯番出土文物，同墓中並有高昌延壽十六年（公元六三九年）的墓志等。

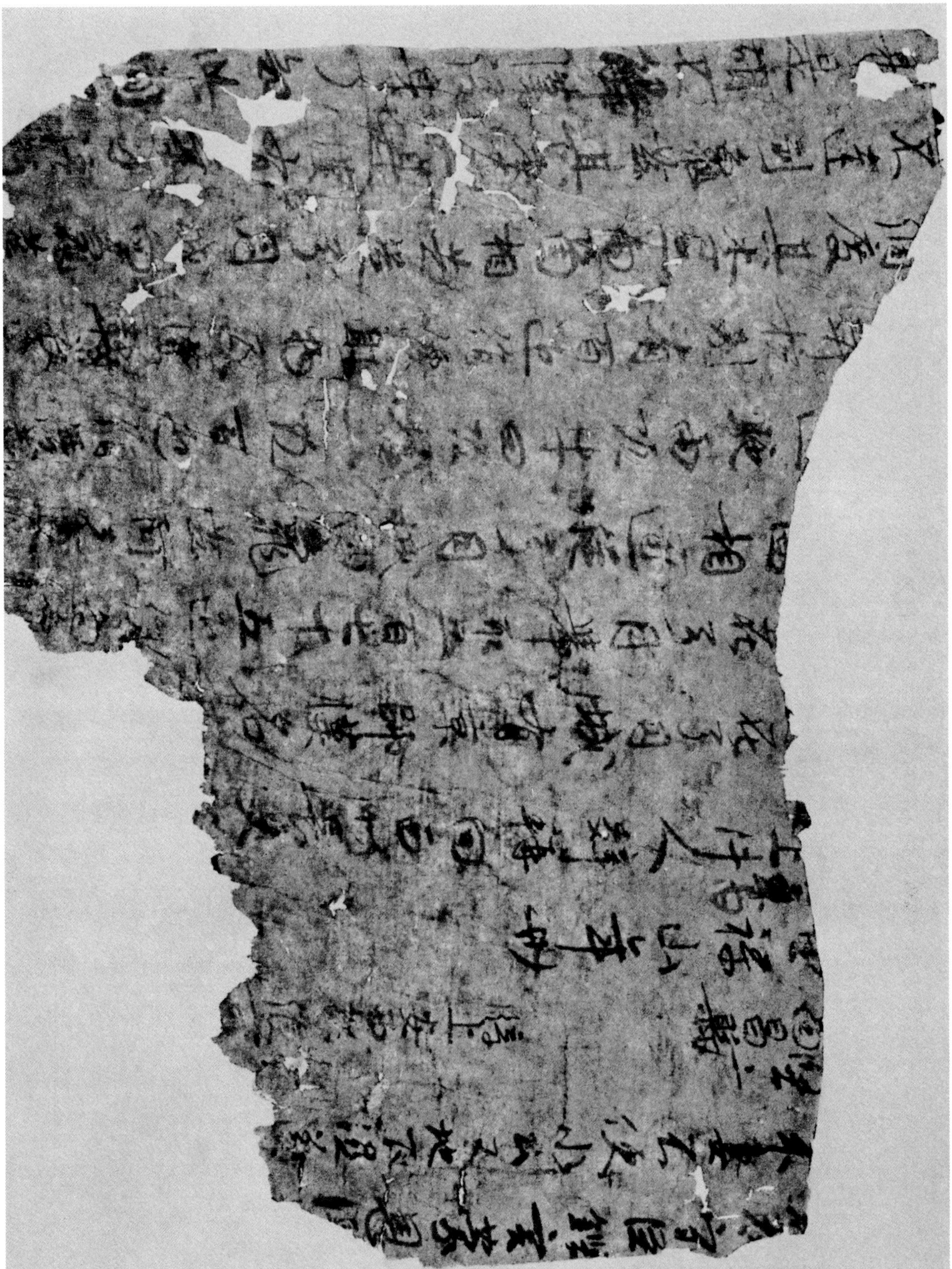

唐代高昌縣對西域都護府所上的稟牒：唐太宗派侯君集征服高昌國，設高昌縣，屬西域都護府管轄。古高昌國在今新疆吐魯番一帶。此文件在吐魯番出土。

唐太宗李世民繪像：原藏故宮南薰殿。

大字版

雪山飛狐

②鴛鴦刀、白馬嘯西風

金庸

大字版金庸作品集㉖
雪山飛狐 (2)鴛鴦刀、白馬嘯西風 「公元2004年金庸新修版」
Flying Fox of the Snowy Mountain, Vol. 2

作　　者／金　庸

封面設計／唐壽南　內頁插畫／王司馬

發 行 人／王 榮 文
出版・發行／遠流出版事業股份有限公司
臺北市中山北路一段11號13樓
電話／2571-0297　傳真／2571-0197　郵撥／0189456-1

□2004年9月16日　初版一刷
□2022年3月16日　二版三刷

大字版　每冊 *380* 元（本作品全二冊，共760元）
〔另有典藏版共36冊（不分售），平裝版共36冊，新修版共36冊，新修文庫版共72冊〕

ISBN　978-957-32-8511-3（套：大字版）
ISBN　978-957-32-8510-6（第二冊：大字版）
Printed in Taiwan

YLib 遠流博識網
http://www.ylib.com　E-mail:ylib@ylib.com

目錄

胡斐正力敵數名高手，苗人鳳脫卻手腳上銬鐐，解開了受封穴道，頃刻間連傷數敵。

九

雪山飛狐胡斐與烏蘭山玉筆峯杜希孟莊主相約，定三月十五上峯算一筆昔日舊帳，首次上峯，杜莊主外出未歸，卻與苗若蘭酬答了一番。他下得峯來，心中怔忡不定，眼中所見，似乎只是苗若蘭的倩影，耳中所聞，盡是她彈琴和歌之聲。他與平阿四、左右雙童在山洞中飽餐一頓乾糧，見平阿四傷勢雖重，性命幸得無礙，心下甚慰。躺在地下閉目養神，但雙目一閉，苗若蘭秀麗溫雅的面貌便更清清楚楚的在腦海中出現了。

胡斐睜大眼睛，望著山洞中黑黝黝的石壁，苗若蘭的歌聲卻又似隱隱從石壁中透了出來。他嘆了一口長氣，心想：「我儘想著她幹麼？她父親是殺害我父的大仇人，雖說當時她父親並非有意，但我父總因此而死。我一生孤苦伶仃，沒爹沒娘，盡是拜她父親之賜。我又想她幹麼？」一言念及此，恨恨不已，但不知不覺又想：「那時她尚未出世，這上代怨仇，跟她又有甚相干？唉！她是千金小姐，我是個流蕩江湖的苦命漢子，何苦沒來由的自尋煩惱？她幼小之時，她父親曾將她交在我手裏，要我保護她周全。」

想到這裏，不由得滿心又盡是溫馨之意。

胡斐在山洞中躺了將近一個時辰，心中所思所念，便只苗若蘭一人。他偶爾想到：「莫非對頭生怕敵我不過，安排下了這美人計？」但立即覺得這念頭太也褻瀆了她，心中便道：「不，不，她如此天仙般的人物，豈能做這等卑鄙之事。我怎能以小人之心，冒犯於她？」見天色漸黑，再也按捺不住，對平阿四道：「四叔，我再上峯去。你在這裏歇歇。」

他展開輕身功夫，轉眼又奔到峯下，援索而上。一見杜家莊莊門，已怦然心動。進了大廳，卻見莊中無人相迎，不禁微感詫異，朗聲說道：「晚輩胡斐求見，杜莊主可回來了麼？」連問幾遍，始終沒人回答。他微微一笑，心想：「杜希孟枉稱遼東大豪，卻這般躲躲閃閃，裝神弄鬼。你縱安排下奸計，胡某又有何懼？」

他在大廳上坐了片刻，本想留下幾句字句，羞辱杜希孟一番，就此下峯，不知怎的，對此地竟戀戀不捨，順步走向東廂房，推開房門，見房內四壁圖書，陳設精雅。走了進去，順手取過一本書來，坐下翻閱。翻來翻去，又怎看得進一字入腦，心中只唸著一句話：「她到那裏去了？她到那裏去了？」

不久天色更加黑了，他取出火摺，正待點燃蠟燭，忽聽得莊外東邊雪地裏輕輕的幾下嚓嚓之聲。他心中一動，知有高手踏雪而來。若在實地，人人得以躡足悄行，但在積雪中卻半點假借不得，功夫高的落足輕靈，功夫淺的腳步滯重，一聽便知。胡斐聽了這幾下足步聲，心想：「倒要瞧瞧來的是何方高人。」將火摺揣回懷中，傾耳細聽。

但聽得雪地裏又有幾人的足步聲，竟個個武功甚高。胡斐一數，來的共有五人，只聽得遠處隱隱傳來三下擊掌，莊外有人回擊三下，過不多時，莊外又多了六人。胡斐雖藝高人膽大，但聽高手畢集，轉眼間竟到了十一人之多，也不免驚疑，尋思：「先離此莊要緊，對方這麼大邀幫手，我難免寡不敵衆，可別妄自尊大，小覷了天下的英雄好漢。」走出廂房，正待上高，忽聽屋頂喀喀幾響，又有人到來。

胡斐忙縮回房中，分辨屋頂來人，竟又多了七名好手。只聽得屋頂有人拍了三下手掌，莊外還了三下，屋頂七人輕輕落入庭中，逕自向廂房走來。他想敵人衆多，這番可須得出奇制勝，事先原料杜希孟會邀請幫手助拳，但想不到竟請了這麼多高手到來。耳聽得那七人走向房門，便縮身在廂房中一座小屏風之後，心想須得探明敵人安排下甚麼機關，如何對付自己。

但聽噗的一聲，房外已有人晃亮火摺。胡斐心想小屏風後藏不住身，遊目一瞥，矇矓中見床上羅帳低垂，床前卻無鞋子，顯無人睡臥，當下提一口氣，輕輕走到床前，揭開羅帳，坐上床沿，鑽進了被裏。這幾下行動輕巧之極，房外七人雖均為高手，竟沒一人知覺。

可是胡斐鑽進被窩，卻大吃了一驚，觸手碰到一人肌膚，輕柔軟滑，被內竟睡著一個女子。他正要滾下床來，眼前火光閃動，已有人走進廂房。一人拿著蠟燭在小屏風後探照，說道：「此處沒人，咱們在這裏說話。」說著便在桌旁椅中坐下。

此時胡斐鼻中充滿幽香，正是適才與苗若蘭酬唱時聞到的，一顆心直欲跳出腔子來，心道：「難道她竟是苗姑娘？我這番唐突佳人，當真罪該萬死。但我如在此刻跳將出去，那幾人見她與我同床共衾，必道有甚曖昧之事。苗姑娘一生清名，可給我毀了。只得待這幾人走開，再離床致歉。」

他身子微側，手背又碰到了那女子上臂肌膚，只覺柔膩無比，竟似沒穿衣服，驚得急忙縮手。其實田青文除去苗若蘭的外衣，尚留下貼身內衣，但胡斐只道她身子裸露，閉住了眼既不敢看，手腳更不敢稍有動彈，忙吸胸收腹，悄悄向外床挪移，與她身子相距略遠。

他雖閉住了眼，但鼻中聞到又甜又膩、蕩人心魄的香氣，耳中聽到對方一顆心在急速跳動，忍不住睜開眼來，只見一個少女向外而臥，臉蛋兒羞得與海棠花一般，卻不是苗若蘭是誰？燭光映過珠羅紗帳照射進來，更顯得眼前枕上，這張臉嬌美艷麗，難描難畫。

胡斐本想只瞧一眼，立即閉眼，從此不看，但雙目一合，登時意馬心猿，把持不定，忍不住又眼睜一線，再瞧她一眼。

苗若蘭給點中了穴道，動彈不得，心中卻有知覺，見胡斐忽然進床與自己並頭而臥，初時驚惶萬分，只怕他欲圖非禮，忙緊閉雙眼，唯有聽天由命。那知他躺了片刻，非但不挨近身子，反向外移開。不禁懼意少減，好奇心起，忍不住微微睜眼，正好胡斐也正睜眼望她。四目相交，相距不到半尺，兩人都是大羞。

只聽得屏風外有人說道：「賽總管，你當眞神機妙算，人所難測。那人就算不折不扣，當眞是打遍天下無敵手的英雄豪傑，落入了你這羅網，也要教他插翅難飛。」

拿著蠟燭的人哈哈大笑，放下燭台，走到屏風外，說道：「張賢弟，你也別儘往我臉上貼金。事成之後，我總忘不了大家的好處。」

胡斐與苗若蘭聽了兩人之言，都吃了一驚，這些人顯是安排了機關，要暗算金面佛苗人鳳。苗若蘭不知江湖之事，還不怎樣，心想爹爹武功無敵，也不怕旁人加害。胡斐卻知賽總管是滿洲第一高手，內功外功俱臻化境，爲人兇奸狡詐，不知害死過多少忠臣義士。他是當今乾隆皇帝手下第一親信衛士，今日居然親自率人從北京趕到這玉筆峯上。聽那姓張的言語，他們暗中布下巧計，苗人鳳縱然厲害，只怕也難逃毒手。耳聽得賽總管走到屏風外的廂房門口，心想機不可失，輕輕揭起羅帳，右掌對準燭火一揮，一陣勁風撲將過去，嗤的一聲，燭火登時熄了。

只聽一人說道：「啊，燭火滅啦！」就在此時，又有人陸續走進廂房，嚷道：「快點火，掌燈吧！」賽總管道：「咱們還是在暗中說話的好。那苗人鳳機靈得緊，若屋外見到火光，說不定吞了餌的魚兒，又給他脫鉤逃走。」好幾人紛紛附和，說道：「賽總管深謀遠慮，見事周詳，果然不同。」

但聽有人輕輕推開屏風，此時廂房中四下裏都坐滿了人，有的坐在地下，有的坐在桌上，更有三人在床沿坐下。

胡斐生怕那三人坐得倦了，向後一仰，躺將下來，事情可就鬧穿，只得輕輕向裏床略移。這一來，與苗若蘭卻更加近了，只覺她吹氣如蘭，蕩人心魄。他既怕與床沿上的三人相碰，毀了苗若蘭的名節，又怕自己鬍子如戟，刺到她吹彈得破的臉頰，當下打定了主意，若給人發覺，必當將房中這一十八人殺得乾乾淨淨，寧教自己性命不在，也不能留下一張活口，累了這位冰清玉潔的姑娘。

幸喜那三人都好端端的坐著，不再動彈。胡斐不知苗若蘭遭點中了穴道，動彈不得，但覺她竟不向裏床閃避，不由得又惶恐，又歡喜，一個人就似在半空中騰雲駕霧一般。

只聽賽總管道：「各位，咱們請杜莊主給大夥兒引見引見。」只聽得一個嗓音低沉的人說道：「承蒙各位光降，兄弟至感榮幸。這位是御前侍衛總管賽總管賽大人。賽大人威震江湖，各位當然都久仰的了。」說話之人自是玉筆莊莊主杜希孟。衆人轟然說了些仰慕的言語。

胡斐傾聽杜希孟給各人報名引見，越聽越驚訝。除了賽總管等七人是御前侍衛，其餘個個是江湖上成名的一流高手。青藏派玄冥子大師到了，崑崙山靈清道人到了，河南無極門的姜老拳師也到了。此外不是那一派的掌門、名宿，就是甚麼幫會的總舵主、甚麼鏢局的總鏢頭，沒一個不是大有來頭之人；而那七名侍衛，也全是武林中早享盛名的硬手。

苗若蘭心中思潮起伏，暗想：「我只穿了這一點點衣服，卻睡在他懷中。此人與我家恩怨糾葛，不知他要拿我怎樣？今日初次跟他相會，只覺他相貌雖然粗魯，卻是個文武雙全的好男兒，日間酬酢，彬彬有禮，那知他竟敢對我這般無禮。」雖覺胡斐這樣對待自己，實大大不該，但不知怎的，心中殊無惱怒怨怪，驚惶之餘，反不由自主的微微有些歡喜，外面十餘人大聲談論，她竟一句也沒聽在耳裏。

胡斐比她大了十歲，閱歷又多，知道眼前之事干係不小，雖又驚又喜，六神無主，但於帳外各人的說話，卻句句仔細聽去。他聽杜希孟一個個的引見，屈指數著，數到第十六個時，杜希孟便住口不再說了。胡斐心道：「帳外共有一十八人，除杜希孟外，該有十七人，這餘下一個不知是誰？」他心中起了這疑竇，帳外也有幾個細心之人留意到了。有人問道：「還有一位是誰？」杜希孟卻不答話。

隔了半晌，賽總管道：「好！我跟各位說，這位是興漢丐幫的范幫主。」

衆人吃了一驚，內中有一二人訊息靈通的，得知范幫主已給官家捉了去。餘人卻知丐幫素來與官府作對，決不能跟御前侍衛聯手，他突然在峯上出現，人人都覺奇怪。

賽總管道：「事情是這樣。各位應杜莊主之邀，上峯來助拳，爲的是對付雪山飛狐。可是在抓到狐狸之前，咱們先得抬一尊菩薩下山。」有人笑了笑，說道：「金面佛？」賽總管道：「不錯。我們驚動范幫主，本來爲的是要引苗人鳳上北京相救。天牢中安排下了樊籠，等候他大駕。那知他倒也乖覺，竟沒上鉤。」侍衛中有人喉頭咕嚕了一聲，卻不說話。

原來賽總管這番話中隱瞞了一件事。苗人鳳何嘗沒去北京？他單身闖天牢，搭救范幫主，人雖沒救出，但一柄長劍殺了十名大內侍衛，連賽總管臂上也中了劍傷。賽總管布置雖極周密，終因對方武功太高，竟擒拿不著。這件事是他生平的奇恥大辱，在旁人之前自絕口不提。

賽總管道：「杜莊主與范幫主兩位，對待朋友義氣深重，答允助我們一臂之力，在下實感激不盡，事成之後，在下奏明皇上，自有大大的封賞……」

說到這裏，忽聽莊外遠處隱隱傳來幾下腳步之聲。他耳音極好，腳步雖又輕又遠，可也聽得清楚，低聲道：「金面佛來啦，我們宮裏當差的埋伏在這裏，各位出去迎接。」杜希孟、范幫主、玄冥子、靈清道人、姜老拳師等都站起來，走出廂房，只剩下七名大內侍衛。

這時腳步聲倏忽間已到莊外，誰都想不到他竟來得這麼快，猶如船隻在大海中遇上暴風，甫見徵兆，狂風大雨已打上帆來；又如迅雷不及掩耳，閃電剛過，霹靂已至。

賽總管與六名衛士都是一驚，嗆啷聲響，不約而同的紛抽兵刃。賽總管道：「伏下。」就有人手掀羅帳，想躲入床中。賽總管斥道：「蠢才，在床上還不給人知道？」那人縮回了手。七人或躲入床底，或藏在櫃中，或隱身書架之後。

胡斐心中暗笑：「你罵人是蠢才，自己才是蠢才。」但覺苗若蘭鼻中呼吸，輕輕的噴在自己臉上，再也把持不定，輕輕伸嘴過去，在她臉頰上吻了一下。苗若蘭又喜又羞，待要閃開，苦於動彈不得。胡斐一吻之後，忽然不由自主的自慚形穢，心想：「她這麼溫柔文雅，我怎能欺辱於她？」待要挪身向外，不跟她如此靠近，忽聽床底下兩名衛士動了幾下，低聲咒罵。原來幾個人擠在床底，一人手肘碰痛了另一人鼻子。

胡斐對敵人向來滑稽，以他往日脾氣，此時眞想要揭開褥子，往床底下撒一大泡尿，將幾個衛士淋個醍醐灌頂，但心中剛有此念，立即想到苗若蘭睡在身旁，豈能胡來？又想不知他們如何陰謀對付苗人鳳，這時可不能先揭穿了動手。

過不多時，杜希孟與姜老拳師等高聲說笑，陪著一人走進廂房，那人正是苗人鳳。有人拿了燭台，走在前頭。杜希孟心中納悶，不知自己家人與婢僕到了何處，怎麼一個人影也不見。但賽總管一到，苗人鳳跟著上峯，實無餘裕再去查察家事，斜眼望苗人鳳時，見他臉色木然，不知他心中所想何事。

衆人在廂房中坐定。杜希孟道：「苗兄，兄弟與那雪山飛狐相約，今日在此間算一筆舊帳。苗兄與這裏幾位好朋友高義，遠道前來助拳，兄弟委實感激不盡。現下天色已黑，那雪山飛狐仍沒到來，定是得悉各位英名，嚇得夾住狐狸尾巴，遠遠逃去了。」胡斐大怒，眞想躍將出去，劈臉給他一拳。

苗人鳳哼了一聲，向范幫主道：「後來范兄終於脫險了？」范幫主站起來深深一揖，說道：「苗兄不顧危難，親入險地相救，此恩此德，兄弟終身不忘。苗兄大鬧北京，不久敝幫兄弟又大舉來救，幸好人多勢衆，兄弟仗著苗兄的威風，才得僥倖脫難。」

范幫主這番話自全屬虛言。苗人鳳親入天牢，雖沒爲賽總管所擒，但大鬧一場之後，也沒能將范幫主救出。丐幫闖天牢云云，全無其事。賽總管一計不成，二計又生，親入天牢與范幫主一場談論，以死相脅。范幫主爲人骨頭倒硬，任憑賽總管如何威嚇利誘，竟半點不屈。賽總管老奸巨猾，善知別人心意，跟范幫主連談數日之後，知道對付這類硬漢，既不能動之以利祿，亦不能威之以斧鉞，但若給他一頂高帽子戴戴，多半頗可收效。當下親自迎接他進總管府居住，命手下最會諂諛拍馬之人，每日裏「幫主英雄無敵」、「幫主威震江湖」等等言語，流水價灌進他耳中。范幫主初時還兀自生氣，過得數日，甜言蜜語聽得多了，竟然有說有笑起來。於是賽總管親自出馬，給他戴的帽子越來越高。後來論到當世英雄，范幫主固然自負，卻仍推苗人鳳天下第一。賽總管說道：「范幫主這話太謙，想那金面佛雖號稱打遍天下無敵手，依兄弟之見，不見得就能勝過幫主。」范幫主給他一捧，舒服無比，心想苗人鳳名氣自然極大，武功也是眞高，但自己也未必就比他差了多少，近年來自己身子壯健，功力日增，說不定還能勝得他一籌半分。

兩個人長談了半夜。到第二日上，賽總管忽然談起自己武功來。不久在總管府中的侍衛也來一齊講論，都說日前賽總管與苗人鳳接戰，起初二百招打成了平手，到後來賽總管已然勝券在握，若非苗人鳳見機逃去，再拆一百招他非敗不可。范幫主聽了，臉上便有不信之色。

賽總管笑道：「久慕范幫主九九八十一路五虎刀並世無雙，這次我們冒犯虎威，雖說是皇上有旨，但一半也是弟兄們想見識見識幫主的武功。只可惜大夥兒貪功心切，出齊了大內十八好手，才請得動幫主。兄弟未得能與幫主一對一的過招，實爲憾事。現下咱們說得高興，就在這兒領教幾招如何？」范幫主一聽，傲然道：「連苗人鳳也敗在總管手裏，只怕在下不是敵手。」賽總管笑道：「幫主太客氣了。」兩人說了幾句，當即在總管府的練武廳中比武較量。

范幫主使刀，賽總管的兵刃卻極爲奇特，是一對短柄狼牙棒。他力大招猛，武功果然十分了得。兩人翻翻滾滾鬥了三百餘招，全然不分上下，又鬥了一頓飯功夫，賽總管漸現疲態，給范幫主一柄刀迫在屋角，連衝數次都搶不出他刀圈。賽總管無奈，只得說道：「范幫主果然好本事，在下服輸了。」范幫主一笑，提刀躍開。賽總管恨恨的將雙棒拋在地下，嘆道：「我自負英雄無敵，豈知天外有天，人上有人。」說著伸袖抹汗，氣喘不已。

經此一役，范幫主更讓衆人捧上了天去。他把衆侍衛也都當成了至交好友，對賽總管更言聽計從。這粗魯漢子那知賽總管有意相讓，若各憑眞實功夫相拚，他在一百招內就得輸在狼牙雙棒之下。

然則賽總管何以要費偌大氣力，千方百計的與他結納？原來范幫主的武功雖未能算是一等一高手，但他有一項家傳絕技，卻人所莫及，那就是二十三路「龍爪擒拿手」，沾上身時直如鑽筋入骨，敲釘轉腳。不論敵人武功如何高強，只要身子的任何部位給他手指一搭上，立時就給拿住，萬萬脫身不得。賽總管聽了田歸農之言，要擒住苗人鳳取那寶藏的關鍵，「天牢設籠」之計既然不成，便想到借重范幫主這項絕技。想那金面佛何等本領，范幫主若正面和他爲敵，他焉能讓龍爪擒拿手上身？但范幫主和他是多年世交，如出其不意的突施暗襲，便有成功之機。

苗人鳳聽范幫主相謝，當即拱手爲禮，說道：「區區小事，何足掛齒？」轉頭問杜希孟：「但不知那雪山飛狐到底是何等樣人，杜兄因何跟他結怨？」

杜希孟臉上一紅，含含糊糊的道：「我和這人素不相識，不知他聽了甚麼謠言，竟說我拿了他家傳寶物，數次向我索取。我知他武功了得，爲人橫蠻，我年紀大了，不是他對手，是以請各位上峯，大家說個明白。如他仍恃強不服，各位也好教訓教訓這後生小子。」苗人鳳道：「他說杜兄取了他的家傳寶物，卻是何物？」杜希孟道：「那有甚麼寶物？全然胡說八道。」

當年苗人鳳自胡一刀死後，心中鬱鬱，便即前赴遼東，想查訪胡一刀的親交故舊，打聽這位生平唯一知己的軼事義舉。一查之下，得悉杜希孟與胡一刀相識，於是上玉筆峯杜家莊來拜訪。杜希孟於胡一刀的事蹟說不上多少，但對苗人鳳招待得十分殷勤，又親自陪他去看胡一刀的故宅，卻見胡家門垣破敗，早無人居。

苗人鳳推愛對胡一刀的情誼，由此而與杜希孟訂交，那已是二十多年前的事了。這時聽他說得支支吾吾，便道：「倘若此物當眞是那雪山飛狐所有，待會他上得峯來，杜兄還了給他，也就是了。」杜希孟急道：「本就沒甚麼寶物，卻教我那裏去變出來給他？」

范幫主心想苗人鳳精明機警，時候一長，必能發覺屋中有人埋伏，當即勸道：「杜莊主，苗兄的話一點不錯，物各有主，何況是家傳珍寶？你還給了他，也就是了，何必大動干戈，傷了和氣？」杜希孟急了起來，道：「你也這般說，難道不信我的話？」范幫主道：「在下對此事不知原委，但金面佛苗兄既這般說，定是不錯。范某行走江湖，對誰的話都不輕信，可就只服了金面佛苗兄一人。」

他一面說，一面走到苗人鳳身後，雙手舞動，以助言語聲勢。

苗人鳳聽他話中偏著自己，心想：「他是一幫之主，究竟見事明白。」突覺耳後「風池穴」與背心「神道穴」上一麻，情知不妙，左臂急忙揮出擊去。那知這兩大要穴給范幫主以龍爪擒拿手拿住，登時全身酸麻，任他有天大武功、百般神通，卻已半點施展不出。

但金面佛號稱「打遍天下無敵手」，奇變異險，一生中不知已經歷凡幾，豈能如此束手就擒?大喝一聲，一低頭，腰間用力，竟將范幫主一個龐大的身軀從頭頂甩了過去。賽總管等齊聲呼叱，各從隱身處竄出。

范幫主爲苗人鳳甩過了頭頂，但他這龍爪擒拿手如影隨形，似蛆附骨，身子已在苗人鳳前面，兩隻手爪卻仍牢牢拿住了他背心穴道，有如鐵鑄，更不脫手。苗人鳳見四下裏有人竄出，暗想：「我一生縱橫江湖，今日陰溝裏翻船，竟遭小人暗算。」見一名侍衛撲上前來，張臂抱向他頭頸。苗人鳳盛怒之下，無可閃避，脖子向後一仰，隨即腦袋向前疾挺，猛地一個頭鎚撞了過去。這時他全身內勁，都聚在額頭，一鎚撞在那侍衛雙眼之間，喀的一聲，那侍衛登時斃命。餘人大驚，本來一齊撲上，忽地都在離苗人鳳數尺之外止住。

苗人鳳四肢無力，頭頸卻能轉動，他一撞成功，隨即橫頸又向范幫主急撞。范幫主嚇得心膽俱裂，急中生智，一低頭，牢牢抱住他腰身，將腦袋頂住他小腹。苗人鳳穴道鬆開，四肢可動，抬足踢飛一名迫近身旁的侍衛，立即伸手往范幫主背心拍去，那知手掌剛舉到空中，四肢立時酸麻，這一掌竟擊不下去，卻是范幫主又已拿住他腰間的「章門穴」。

這幾下兔起鶻落，瞬息數變。賽總管心知范幫主的偷襲只能見功於頃刻，時刻稍久，苗人鳳必能化解，當即搶上前去，伸指在他「京門穴」上點了兩點。他的點穴功夫出手遲緩，但落手極重。苗人鳳嘿的一聲，險些暈去，就此全身軟癱。

范幫主鑽在苗人鳳懷中，不知身外之事，十指緊緊拿在他章門穴中。賽總管笑道：「范幫主，你立了奇功一件，放手吧！」他說到第三遍，范幫主方始聽見。他抬起頭來，但兀自不敢放手。

一名侍衛從囊中取出精鋼銬鐐，將苗人鳳手腳都銬住了，范幫主這才鬆手。

賽總管對苗人鳳極是忌憚，只怕他竟又設法免脫，那可後患無窮，從侍衛手中接過單刀，說道：「苗人鳳，非是我姓賽的不夠朋友，只怨你本領太強，不挑斷你的手筋腳筋，我們大夥兒白天吃不下飯，晚上睡不著覺。」左手拿住苗人鳳右臂，右手舉刀，就要斬他臂上筋脈，只消四刀下去，苗人鳳立時就成了廢人。

范幫主伸手架住賽總管手腕，叫道：「不能傷他！你答應我的，又發過毒誓。」賽總管一聲冷笑，心想：「你還道我當眞敵你不過。不給你些顏色看看，只怕你這小子狂妄一世！」當下手腕一沉，腰間運勁，右肩突然撞將過去。一來他這一撞力道奇大，二來范幫主並未提防，蓬的一聲，身子直飛出去，竟將廂房板壁撞穿一個窟窿，破壁而出。賽總管哈哈大笑，舉刀又向苗人鳳右臂斬下。

胡斐在帳內聽得明白，心想：「苗人鳳雖是我殺父仇人，但他乃當世大俠，豈能命喪鼠輩之手？」一聲大喝，從羅帳內躍出，飛出一掌，將一名侍衛拍得撞向賽總管。這一來奇變陡起，賽總管猝不及防，拋下手中單刀，將那侍衛接住。

胡斐乘賽總管這麼一緩，雙手已抓住兩名侍衛，頭對頭的一碰，兩人頭骨破裂，立時斃命。胡斐左掌右拳，又向二人打去。混亂之中，衆人也不知來了多少敵人，見胡斐一出手便神威迫人，不禁先自膽怯。

胡斐右拳打在一名侍衛頭上，將他擊得暈去，左掌揮出，倏覺敵人一黏一推，自己手掌登時滑了下來，心中一凜，定眼看時，見對手銀髯過腹，滿臉紅光，雖不識此人，但他這一招「混沌初開」守中有攻，的是內家名手，非無極門姜老拳師莫屬。

胡斐見敵手衆多，內中不乏高手，當下飛腿猛往靈清道人胸口踢去。靈清道人練的是外家功夫，見他飛足踢到，手掌往他足背硬斬下去。胡斐就勢縮身，雙手探出，往人叢中抓去。廂房內地勢狹窄，十多人擠在一起，衆人無處可避。呼喝聲中，胡斐一手已抓住杜希孟胸膛，另一手抓住了玄冥子小腹，將兩人當作兵器一般，直往衆人身上猛推過去。衆人擠在一起，給他抓著兩人強力推來，只怕傷了自己人，不敢反手相抗，只得退縮。十餘人給逼在屋角之中，一時極爲狼狽。

賽總管見情勢不妙，喝道：「甚麼人？」從人叢中一躍而起，十指如鉤，猛往胡斐頭頂抓到。胡斐一聽到他喝聲，便認出他是賽總管，正是要引他出手，哈哈一笑，向後躍開數步，叫道：「老賽啊老賽，你太不要臉哪！」賽總管一怔，怒道：「甚麼不要臉？」

胡斐手中仍抓住杜希孟與玄冥子二人，他所抓俱在要穴，兩人空有一身本事，卻半點施展不出，只有軟綿綿的任他擺布。胡斐道：「你合十餘人之力，又施奸謀詭計，才將金面佛拿住，稱甚麼滿洲第一高手？」

賽總管給他說得滿臉通紅，左手一擺，命衆人佈在四角，將胡斐團團圍住，喝道：「你就是甚麼雪山飛狐了？」胡斐笑道：「不敢，正是區區在下。我先前也曾聽說北京有個甚麼賽總管，還算得是個人物，那知竟是如此無恥小人。這樣的膿包混蛋，到外面來充甚麼字號？給我早點兒回去抱娃娃吧！」

賽總管一生自負，那裏咽得下這口氣去？見胡斐雖濃髯滿腮，年紀卻輕，心想你本領再強，功力那有我深，然見他抓住了杜希孟與玄冥子，舉重若輕，毫不費力，心下又自忌憚，不敢出口挑戰，正自躊躇，胡斐叫道：「來來來，咱們比劃比劃。三招之內贏不了你，姓胡的跟你磕頭！」

賽總管正感爲難，一聽此言，心想：「若要勝你，原無把握，但憑你有天大本領，想在三招之中勝我，除非我是死人。」他憤極反笑，說道：「很好，姓賽的就陪你走走。」胡斐道：「倘若三招之內你敗於我手，那便怎地？」賽總管道：「任憑你處置便是。賽某是何等樣人，那時豈能再有臉面活在世上？不必多言，看招！」說著雙拳直出，猛往胡斐胸口擊去。他見胡斐抓住杜玄二人，只怕他以二人身子擋架，當下欺身直進，叫他非撒手放人、回掌相格不可。

胡斐待他拳頭打到胸口，竟不閃不擋，突然間胸部一縮，將這一拳化解於無形。賽總管萬料不到他年紀輕輕，內功竟如此精湛，驚詫之下，防他運勁反擊，忙向後躍開。賽衆人齊聲叫道：「第一招！」其實這一招是賽總管出手，胡斐並未還擊，但衆人有意偏袒，竟然也算一招。

胡斐微微一笑，忽地咳嗽一聲，一口唾液激飛而出，猛往賽總管臉上吐去，同時雙足「鴛鴦連環」，向前踢出。

賽總管吃了一驚，要躲開這一口唾液，若非上躍便當低頭縮身，倘若上躍，小腹勢非給敵人左足踢中不可，但如縮身，卻是將下顎湊向敵人右足去吃他一腳，這當口上下兩難，只得橫掌當胸，護住門戶，那口唾液噗的一聲，正中雙眉之間。本來這樣一口唾液，連七八歲小兒也能避開，苦於敵人伏下兇狠後著，令他不得不眼睜睜的挺身領受。

衆人見他臉上受唾，爲了防備敵人突擊，竟不敢伸手去擦，如此狼狽，那「第二招」這一聲叫，就遠沒首次響亮。

賽總管心道：「我縱受辱，只須守緊門戶，再接他一招又有何難，到那時且瞧他有何話說？」大聲喝道：「還不下一招。上吧！」

胡斐微微一笑，跨上一步，突然提起杜希孟與玄冥子，迎面向他打去。賽總管早料他要出此招，計算早定：「常言道無毒不丈夫，當此危急之際，非要傷了朋友不可，那也叫做沒法。」見兩人身子橫掃而來，雙臂一振，猛揮出去。

胡斐雙手抓著兩人要穴，待兩人身子和賽總管將觸未觸之際，忽地鬆手，隨即抓住兩人非當穴道處的肌肉。

杜希孟與玄冥子給他抓住了在空中亂揮，渾渾噩噩，早不知身在何處，突覺穴道鬆馳，手足能動，不約而同的四手齊施，打了出去。他二人原意是要掙脫敵人的掌握，是以出手都是各自的生平絕招，決死一拚，狠辣無比。但聽賽總管一聲大吼，太陽穴、胸口、小腹、脅下四處同時中招，再也站立不住，雙膝酸軟，坐倒地下。胡斐雙手一放一抓，又已拿住了杜玄二人的要穴，叫道：「第三招！」

他一言出口，雙手加勁，杜玄二人哼也沒哼一聲，都已暈去。這一下重手拿穴，力透經脈，縱有高手救治，也非十天半月之內所能解穴。他跟著提起二人，順手往身前另外二人擲去。那二人大驚，只怕杜玄二人又如對付賽總管那麼對付自己，急忙旁躍閃避。胡斐一縱而前，乘二人身在半空、尚未落下之際，一手一個，又已抓住，這才轉過身來，向賽總管道：「你怎麼說？」

賽總管委頓在地，登覺雄心盡喪，萬念俱灰，喃喃的道：「你說怎麼就怎麼著，又問我怎地？」胡斐道：「快放了苗大俠。」賽總管向兩名侍衛擺了擺手。那兩人過去解開了苗人鳳的鐐銬。

苗人鳳身上的穴道是賽總管所點，那兩名侍衛不會解穴。胡斐正待伸手解救，那知苗人鳳暗中運氣，正在自行通解，手腳上鐐銬一鬆，他吸一口氣，小腹一收，竟自將受封的穴道解開了，左足起處，已將靈清道人踢了出去，同時左拳遞出，砰的一聲，將另一人打得直摜而出。

范幫主爲賽總管撞出板壁，隔了半晌，方能站起，正從板壁破洞中跨進房來，不料苗人鳳打出的那人正好撞在他身上。這一撞力道奇大，兩人體內氣血翻湧，昏昏沉沉，難分友敵，立即各出絕招，互相纏打不休。

靈清道人雖給苗人鳳一腳踢出，但他究是崑崙派名宿，武功有獨到造詣，身子飛在半空，腰間一扭，已頭上腳下，換過位來，騰的一聲，跌坐在床沿之上。

胡斐大吃一驚，待要搶上前去將他推開，忽覺一股勁風撲胸而至，同時右側又有金刃劈風之聲，原來姜老拳師與另一名侍衛同時攻到。侍衛的一刀還易閃避，姜老拳師這一招「斗柄東指」卻不易化解，只得雙足站穩，運勁接了他一招。但那無極拳綿若江河，一招甫過，次招繼至，一時竟教他緩不出手足。

靈清道人跌在床邊，嗤的一響，將半邊羅帳拉下，躍起身時，竟將苗若蘭身上蓋著的棉被掠在一旁，露出了上身。

苗人鳳正鬥得興起，忽見床上躺著一個少女，褻衣不足蔽體，雙頰暈紅，一動也不動，正是自己的獨生愛女，這一下他如何不慌，叫道：「蘭兒，你怎麼啦？」苗若蘭開不得口，只舉目望著父親，又羞又急。

苗人鳳雙臂力振，從四名敵人之間硬擠過去，一拉女兒，但覺她身子軟綿綿的動彈不得，竟是遭人點中了穴道。他親眼見胡斐從床上被中躍出，原來竟在欺侮自己愛女。他氣得幾欲暈去，也不及解開女兒穴道，只罵了一聲：「奸賊！」雙臂揮出，疾向胡斐打去。

此時他眼中如要噴出火來，這雙拳擊出，實爲畢生功力之所聚，勢頭猶如排山倒海一般。胡斐一驚，他適才正與姜老拳師凝神拆招，心無旁鶩，沒見到苗人鳳如何去拉苗若蘭，心下大奇，明明自己救了他，何以他反向自己動武，見來勢厲害，不及喝問，忙向左閃讓，但聽砰的一聲大響，苗人鳳雙拳已擊中一名武師背心。

這人所練下盤功夫直如磐石之穩，一個馬步一紮，縱是幾條壯漢同時出力，也決拖他不動。苗人鳳雙拳擊到之時，他正背向胡斐，不意一個打得急，一個避得快，這雙拳頭正好擊中他背心。若換作旁人，中了這兩拳勢必撲地摔倒，但這武師下盤功夫實在太好，以硬碰硬，喀的一響，脊骨從中斷絕，一個身子軟軟的折爲兩截，雙腿仍然牢釘於地，上身卻彎了下去，額角碰地，再也挺不起來。

衆人見苗人鳳如此威猛，發一聲喊，四下散開。苗人鳳左腿橫掃，又向胡斐踢到。

胡斐見苗若蘭在燭光下赤身露體，幾個存心不正之徒已在向她斜睨直望，心想先保她潔白之軀要緊，順手拉過一名侍衛，在自己與苗人鳳之間一擋，身形一斜，竄到床邊，扯過被子裹在苗若蘭身上。這幾下起落快捷無倫，衆人尚未看清，他已抱起苗若蘭從板壁缺口鑽了出去。

苗人鳳提腳將那侍衛踢得飛向屋頂，見胡斐竟擄了愛女而走，又驚又怒，大叫：「奸賊，快放下我兒！」縱身追出，但室小人擠，給幾名敵人纏住了，任他拳劈足踢，一時難以脫身。

苗人鳳轉過頭來，見女兒身披男人袍服，怯生生的站在胡斐身旁，心想這男子雖救了自己性命，卻玷污了女兒清白……

一〇

胡斐見苗人鳳發怒時一副神威凜凜的模樣，心下也自駭然，抱著苗若蘭不敢停留，搶到崖邊，一手拉索，溜下峯去。他知附近有個山洞人跡罕至，便展開輕身功夫，直奔而去，手中雖抱了人，但苗若蘭身子甚輕，全沒減了他奔跑之速。

不到一盞茶功夫，已抱著苗若蘭進了山洞，將棉被緊緊裹住她身子，讓她靠在洞壁，心中躊躇：「若要解她穴道，非碰到身子不可，如不解救，時間一長，她不會內功，只怕身子有損。」好生難以委決，當下取火摺點燃了一根枯枝。

火光下見苗若蘭美目流波，俏臉生暈，便道：「苗姑娘，在下絕無輕薄冒瀆之意，但要解開姑娘穴道，難以不碰姑娘貴體，此事該當如何？」苗若蘭雖不能點頭示意，但目光柔和，似羞似謝，殊無半點怒色。胡斐大喜，先吹熄柴火，伸手到衾中在她幾處穴道上輕輕按摩，爲她解通了受閉的經脈。

苗若蘭手足漸能活動，低聲道：「行啦，多謝您！」胡斐急忙縮手，待要說話，卻不知說甚麼好，過了良久，才道：「適才冒犯，實爲無意之過，此心光明磊落，天日可鑒，務請姑娘恕罪。」苗若蘭低聲道：「我知道。我不怪你。」

兩人在黑暗之中，相對不語。山洞外雖冰天雪地，但兩人心頭溫暖，山洞中卻如春風和煦，春日融融。

過了一會，苗若蘭道：「不知我爹爹現下怎樣了。」胡斐道：「令尊英雄無敵，這些人不是他對手。你放心好啦。」苗若蘭輕輕嘆了口氣，說道：「可憐的爹爹，他以爲你……你對我不好。」胡斐道：「這也難怪，適才情勢確甚尷尬。」

苗若蘭臉上一紅，道：「我爹爹因有傷心之事，是以感觸特深，請您不要見怪。」胡斐道：「甚麼事？」一問出口，立覺失言，想要用言語岔開，卻一時不知說甚麼好。他號稱雪山飛狐，平時聰明伶俐，機變百出，但今日在這個溫雅的少女之前，不知怎的，竟似變成了另一個人，顯得甚爲拙訥。

苗若蘭道：「此事說來有愧，但我也不必瞞你，那是我媽的事。」胡斐「啊」了一聲。苗若蘭道：「我媽做過一件錯事。」胡斐道：「人孰無過？那也不必放在心上。」苗若蘭緩緩搖頭，說道：「那是一件大錯事。一個女子一生不能錯這麼一次。我媽媽教這件事毀了，連我爹爹也險些給這事毀了。」

胡斐默然，心下已料到了幾分。苗若蘭道：「我爹是江湖豪傑。我媽卻是出身官家的千金小姐。有一次我爹無意之中救了我媽性命，他們才結了親。兩人本來不大相配，那也罷了。可是我爹有一件事大大不對，他常在我媽面前，誇獎你媽的好處。」

胡斐奇道：「我的母親？」苗若蘭道：「是啊。我爹跟令尊比武之時，你媽媽英風颯爽，比男子漢還有氣概。我爹平時閒談，常自羡慕令尊，說道：『胡大俠得此佳偶，活一日勝過旁人百年。』我媽聽了雖不言語，心中卻甚不快。後來天龍門的田歸農到我家來作客。他相貌英俊，談吐風雅，又能低聲下氣的討人喜歡。我媽一時胡塗，竟撇下了我，偷偷跟著那人走了。」

胡斐輕輕嘆了口氣，難以接口。苗若蘭話聲哽咽，說道：「那時我還只三歲，爹抱了我連夜追趕，他不吃飯不睡覺，連追三日三夜，終於趕上了他們。那田歸農見到我爹，那敢動手？我媽卻全力護著他。我爹見我媽媽對這人如此眞心相愛，無可奈何，抱了我走了，回到家來生了一場大病，險些死去。他對我說，若不是見我孤苦伶仃，在這世上沒人照顧，他眞不想活啦。一連三年，他不出大門一步，有時叫著：『蘭啊蘭，你怎地如此胡塗？』我媽媽的名字之中，也是有個『蘭』字的。」她說到此處，臉上一紅。當時女子的名字也得嚴守秘密，旁人只知女子姓氏，只有對至親至近之人方能告知名字。她這麼說，等如是對胡斐說自己名字中有個「蘭」字。

胡斐雖見不到她臉上神色，但聽她竟把家中最隱秘的可恥私事，也毫不諱言的告知了自己，感激無已，最後聽她提到她自己小名，更如飲醇醪，頗有微醺薄醉之意，說道：「苗姑娘，那田歸農存心極壞，對你媽未必有甚麼眞正情意。」其實當時田歸農誘走苗若蘭的母親之後，曾設計來害苗人鳳，胡斐曾對苗援手，但他此時卻不提此事。

苗若蘭嘆了口氣道：「我爹也這麼說。只是他時常埋怨自己，說道若非他對我媽不夠溫存體貼，我媽也不致受了旁人的騙。我爹號稱打遍天下無敵手，但說到待人處世的本事，卻不及田歸農了。那姓田的欺騙我媽，其實是想得到我苗家家傳的一張藏寶之圖。可是他雖令我一家受苦，令我自幼就成了個無母之人，到頭來卻仍白費了心機。我媽看穿了他用心，臨終之時，仍將藏著地圖的鳳頭珠釵還給了我爹。」於是將劉元鶴在田歸農床底的所見所聞，說了一遍，最後說到那圖如何給寶樹他們搶去，那些人如何憑了闖王軍刀與地圖去找寶藏。

胡斐恨恨的道：「這姓田的心思也忒煞歹毒。他畏懼你爹爹，又弄不到地圖，就想假手官家，將你爹爹擒住，好迫他交出圖來。那知天網恢恢，終於難逃孽報。唉，這寶藏不知害了多少人。」

他停了片刻，又道：「苗姑娘，不過我爹和我媽，卻是因這寶藏而成親的。」

苗若蘭道：「啊，是麼？快說給我聽。」她雖矜持，究竟年紀幼小，心喜之下，伸手去握住了胡斐的手，但隨即覺得不妙，要待縮回，胡斐卻翻過手掌，輕輕握住了她手不放。苗若蘭臉上一紅，也就不再縮回，只覺胡斐手上熱氣，直透進自己心裏。

胡斐道：「你道我媽是誰？她是杜希孟杜莊主的表妹。」苗若蘭更加驚奇，說道：「我自幼識得杜伯伯，爹爹卻從來沒提起過。」

胡斐道：「我在爹爹的遺書中得悉此事，想來令尊未必知道其中詳情。杜莊主得到一些線索，猜得寶藏必在雪峯附近，是以長住峯上找尋。他一來心思遲鈍，二來機緣不巧，始終參透不出寶藏的所在。我爹爹暗中查訪，卻反而先他得知。他進了藏寶之洞，見到田歸農的父親與你祖父死在洞中，正想發掘寶藏，那知我媽跟著來了。

「我媽的本事要比杜莊主高得多。我爹連日在左近出沒，她早瞧出了端倪。她跟進寶洞，和我爹動起手來。兩人不打不成相識，互相欽慕，我爹就開言提出求親。我媽說道：她自幼受表哥杜希孟撫養，若讓我爹取去寶藏，那便對表哥不起，問我爹要她還是要寶藏，兩者只能得一。

「我爹哈哈大笑，說道就是十萬個寶藏，也及不上我媽。他提筆寫了一篇文字，記述此事，封在洞內，好令後人發現寶藏之時，知道世上最寶貴之物，乃是兩心相悅的眞正情愛，決非價值連城的寶藏。我見到這篇遺文，才知當時詳情。」

苗若蘭聽到此處，不禁悠然神往，低聲道：「你爹娘雖然早死，可比我爹媽快活得多。」胡斐道：「只是我自幼沒爹沒娘，卻比你可憐得多了。」苗若蘭道：「我爹爹若知你活在世上，就是拋盡一切，也要領你去撫養。那麼咱們早就可以相見啦。」胡斐道：「我若住在你家裏，只怕你會厭憎我。」

苗若蘭急道：「不！不！那怎麼會？我一定會待你很好很好，就當你是我親哥哥一般。」胡斐怦怦心跳，問道：「現在相逢還不遲麼？」苗若蘭不答，過了良久，輕輕說道：「不遲。」又過片刻，說道：「我很歡喜。」

古人男女風懷戀慕，只憑一言片語，便傳傾心之意。

胡斐聽了此言，心中狂喜，說道：「胡斐終生不敢有負。」

苗若蘭道：「我一定學你媽媽，不學我媽。」她這兩句話說得天眞，可是語意之中，充滿了決心，那是把自己一生的命運，全盤交託給了他，不管是好是壞，不管將來是禍是福，總之是與他共同擔當。

兩人雙手相握，不再說話，似乎這小小山洞就是整個世界，登忘身外天地。

過了良久，苗若蘭才道：「咱們去找我爹爹，一起走吧，別理杜莊主他們啦。」胡斐道：「好的。」可是他一生之中，從未有如此刻之樂，實不願離開山洞。苗若蘭也有此心，覺得不如說些閒話，多留一刻好一刻，便問：「杜莊主既是你長親，何以你要跟他為難？」

胡斐恨恨的道：「這件事說來當眞氣人。我媽臨終之時，拜懇你爹照看，養我成人。我媽在我爹去世之前幾日，在我襁褓中放了一包遺物，一通遺書，其中記明我的生日時辰，我胡家的籍貫、祖宗姓名，以及世上的親戚。後來變生不測，平四叔抱了我逃走。他以為你父有害我之意，見到遺書中有杜莊主的姓名，便抱了我前去投奔。那知杜莊主起心不良，想得我爹的武學秘本。他又隱約猜到我爹媽知道寶藏秘密，竟來搜查我媽給我的遺物。平四叔情知不妙，抱著我連夜逃下雪峯。我爹的武學秘本是帶走了，但我媽給我的一包遺物，卻失落在莊上。這次我跟他約會，是要問他為甚麼欺侮我一個幼年孤兒，又要向他索回我媽所遺的物件。」

苗若蘭道：「杜莊主對人溫和謙善，甚是好客，想不到待你竟這麼壞。」胡斐道：「這人假仁假義，單是他陰謀害你爹爹，就可想見其餘……」隨即語氣轉柔，說道：「不過現下我也不惱他了。若不是他，我又怎能跟你相逢？」

正說到此處，忽聽洞外傳來一陣兵刃相交之聲，隱隱夾雜著呼喝叱罵。只聲音極沉極悶，胡斐依稀分辨得出，苗若蘭卻還道是風動松柏，雪落山巓。

胡斐道：「這聲音來自地底，那可奇了。你留在這裏，我瞧瞧去。」說著站起身來。苗若蘭道：「不，我跟你去。」胡斐也不願留她一人孤身在此，說道：「好。」攜著她手，出洞尋聲而去。

兩人在雪地上緩緩走出數十丈。這天是三月十五，月亮正圓，銀色的月光映著銀色的雪光，胡斐見到月光雪光映在身旁苗若蘭皎潔無瑕的臉上，當眞是人間仙境，此夕何夕？這時胡斐早除下自己長袍，披在苗若蘭身上。月光下四目交投，於身外之事，全不縈懷。

兩人心中柔和，古人詠嘆深情密意的詩句，忽地一句句湧向口邊。胡斐不自禁低聲說道：「宜言飲酒，與子偕老。」苗若蘭仰起頭來，望著他眼睛，輕輕的道：「琴瑟在御，莫不靜好。」這是《詩經》中一對夫婦的對答之詞，情意綿綿，溫馨無限。突然之間，地底呼聲轉劇，兩人當即止步，側耳傾聽。

胡斐一辨聲音，說道：「他們找到了寶藏所在，正在地下廝殺爭奪。」他從父親遺書之中得知寶藏地點，曾進入數次，取出父母當年封存的文字，又取了田歸農之父的黃金小筆。這日早晨他用小筆投射田青文，就是示警之意。他雖知寶藏所在，但體念父母遺志，不肯發掘。這時辨聲知向，料定寶樹等定然見財眼紅，正互相爭奪。

胡斐所料絲毫不錯，那地底山洞之中，天龍門、飲馬川山寨、平通鏢局諸路人馬，爲了爭奪寶物，正自殺成一團。寶樹袖手旁觀，不住冷笑，心想且讓你們打個三敗俱傷，老僧再慢慢一個個的收拾。

周雲陽與熊元獻又扭在一起，在地下滾來滾去。兩人突然間滾到了火堆之旁，互欲將對方壓在火上，那知幾個打滾，險些壓熄了火頭。寶樹罵道：「壓滅了火，大夥兒都凍死麼？」伸出右腳，抄到周雲陽身底一挑，兩個人一齊飛起，遠離火堆，騰的一聲，同時落地。

寶樹嘿嘿一笑，彎腰拿起幾根粗柴，添入火堆。正要挺直身子，忽見火光突然跳動，在對面冰壁上映出兩個人影，人影也在微微跳動。寶樹吃了一驚，轉過身來，見山洞口並肩站著二人。一個臉帶嬌羞，乃是苗若蘭，另一個虬髯戟張、眼露殺氣，卻是雪山飛狐胡斐。

寶樹「啊」的一聲，右手急揚，一串鐵念珠激飛而出。念珠初擲出似是一串，其實串著鐵珠的絲線早給他捏斷，數十顆鐵珠上下左右，分打胡苗二人要害。這是他苦練十餘年的絕技，從「滿天花雨」的手法中化出，恃以保身救命，臨敵之時從未用過，此時陡逢大敵，事勢緊迫，立施殺手。

胡斐微微冷笑，踏上一步，擋在苗若蘭身前。寶樹見他並無特異功夫擋避，心下大喜，暗道：「原來你裝模作樣，功夫也不過爾爾，這番可要叫你死無葬身之地了。」正自得意，但見胡斐雙手衣袖倏地揮出，已將數十顆來勢奇急的鐵念珠盡行捲住，衣袖振處，嗒嗒急響，如落冰雹，鐵念珠都飛向冰壁，只打得碎冰四濺。

寶樹一見之下，不由得心膽俱裂，急忙倒躍，退在曹雲奇身後，生怕胡斐跟著上前，大叫一聲：「不好了！」雙手抓住曹雲奇背心，提起他一個魁偉長大的身子，就往火堆中擲將過去。他本意將火堆壓滅，好教胡斐瞧不見自己，那知道火堆剛得他添了乾柴，燒得正旺。曹雲奇跌入火中，衣服著火，洞中更加明亮。

胡斐見寶樹一上來就向自己和苗若蘭猛施毒手，想起平阿四適才所言，這和尚卑鄙惡辣，無所不用其極，心中怒火大熾，立時也如那火堆般燒了起來，彎腰抄起一把珠寶，托在左手掌心，右手食指不住彈動。

但見珍珠、珊瑚、碧玉、瑪瑙、翡翠、鑽石、水晶、貓兒眼、祖母綠，各種各樣的珍物，如雨點般往寶樹身上飛去。每一塊寶物射到，都打得他劇痛難當。寶樹縱高竄低，竭力閃避，但胡斐手指彈出，珍寶飛到，準頭不偏半點，寶樹又怎避得開？洞中人數不少，這些珠寶卻始終不碰到別人身上。

劉元鶴、陶百歲等見此情景，個個貼身冰壁，一動也不敢動。寶樹初時還東西奔躍，後來足踝上連中了兩塊碧玉，就此倒地，再也站不起身，高聲號叫，在地下滾來滾去。他先前只愁珍寶不多，此時卻但願珍寶越少越好。

胡斐越彈手勁越重，但避開了寶樹身上要害，要讓他多吃些苦頭。衆人縮在洞角，凝神觀看，個個嚇得心驚肉跳，連大氣也不敢喘一口。
　　苗若蘭聽寶樹叫得悽慘，心下不忍，低聲道：「這人確是很壞，但也夠他受的了。饒了他吧！」胡斐生平除惡務盡，何況這人正是殺父害母的大仇人，但一聽苗若蘭之言，突然覺得自己此刻福祉無窮，喜樂無極，對這惡人的憎恨之心，登時淡了許多，當即左手一擲，掌中餘下的十餘件珍寶激飛而出，叮叮噹噹一陣響，盡數嵌入了冰壁。
　　眾人盡皆駭然，暗道：「這些珠寶若要寶樹受用，單只一件就要了他性命。」
　　胡斐睜大雙目，自左至右逐一望過去，眼光射到誰的臉上，誰就不自禁的低下頭去，不敢與他目光相接。洞中寂靜無聲。寶樹身上雖痛，卻也不敢發出半聲呻吟。
　　隔了良久，胡斐喝道：「各位如此貪愛珍寶，就留在這裏陪伴寶藏吧！」說著攜了苗若蘭的手，轉身便出。
　　眾人萬料不到他居然肯這麼輕易罷手，個個喜出望外，但聽他二人腳步聲在隧道中逐漸遠去，各人齊聲低呼，俯身又去撿拾珠寶。
　　胡斐和苗若蘭來到兩塊圓岩之外。胡斐道：「我們在這裏等上一會，瞧他們出不出來。那一個貪念稍輕，自行出來，就饒了他性命。」
　　洞內各人雙手亂扒，拚命的執拾珠寶，只恨爹娘當時少生了自己兩三隻手。過了良久，突然甬道中傳來一陣鬱悶的軋軋之聲，眾人初尚不解，轉念之間，個個驚得臉如土色，齊叫：「啊喲，不好啦！」「他堵死了咱們出路。」「快跟他拚了。」眾人情急之下，爭先恐後的擁出，奔到圓岩之後，果見那塊巨岩已讓胡斐推回原處，牢牢的堵住了洞門。

洞門甚窄，在外尚有著力之處，內面卻只容一人站立，岩面光滑，無所拉扯，這麼一堵上，過不多時，融化了的冰水重行凍結，若非外面有人來救，洞內諸人萬萬不能出來。

苗若蘭心中不忍，道：「你要他們都死在裏面麼？」胡斐道：「你說，裏面那一個是好人，饒得他活命？」

苗若蘭嘆了口氣，道：「這世上除了爹爹和你，我不知道還有誰是眞正好人。可是，你總不能把天下的壞人都殺了啊。」胡斐一怔，道：「我那算得是好人？」苗若蘭抬頭望著他，說道：「我知道你是好的。我沒見你面的時候就知道啦！大哥，你可知在甚麼時候，我這顆心就已交了給你？」

這是她第一次出口叫他「大哥」，可是這一聲叫得那麼流暢自如，隨隨便便的脫口而出，便似已經叫了一輩子一般。胡斐再也抑制不住，張臂抱住了她。苗若蘭伸手還抱，倚在他懷中。兩人摟抱在一起，但願這一刻永無窮盡。

兩人這樣摟抱著，也不知過了多少時候，忽然洞口傳進來幾下腳步之聲。胡斐心道：「不好！我堵死別人，別要螳螂捕蟬，黃雀在後，另有別人來堵死了我們。」手臂摟著苗若蘭不放，急步搶出洞去。

月光之下，但見雪地裏有兩人在發力奔逃，顯然便是雪峯上與自己動過手的武林豪客。胡斐笑道：「你爹爹把那些傢伙都趕跑啦。」彎腰在地下抓起一把雪，手指用勁，這把雪立時團得堅如鐵石。他手臂一揮，雪團直飛過去，擊中前面一人後腰。那人一交俯跌，再也站不起來。後面一人吃了一驚，回過頭來，一個雪團飛到，正中胸口，立時仰天摔倒。兩人跌法不同，卻同樣的再不站起。

胡斐哈哈一笑，忽然柔聲道：「你甚麼時候把心交給了我？我想一定沒我早。我第一眼瞧你，我……我就立誓要照顧你，保護你，讓你一生平安喜樂。」苗若蘭輕聲道：「十年之前，那時候我還只七歲，我聽爹爹說你爹媽之事，心中就儘想著你。我對自己說，若那個可憐的孩子活在世上，我要照看他一生一世，要教他快快活活，忘了小時候別人怎樣欺侮他、虧待他。」

胡斐心下感激，不知說甚麼才好，只緊緊的將她摟在懷裏，眼光從她肩上望去，忽見雪峯上幾個黑影，正緣著繩索往下急溜。

胡斐叫道：「咱們幫你爹爹截住這些歹人。」說著足底加勁，摟著苗若蘭急奔，片刻間已到了雪峯之下。

這時兩名豪客已踏到峯下實地，尚有幾名正急速下溜。胡斐放下苗若蘭，雙手各握一個雪團，雙臂齊揚，峯下兩名豪客應聲倒地。

胡斐正要再擲雪團，投擊尚未著地之人，忽聽半山間有人朗聲說道：「是我放人走路，旁人不必攔阻。」這兩句話一個字一個字的從半山裏飄將下來，洪亮清朗，正是苗人鳳的說話。苗若蘭喜叫：「爹爹！」

胡斐聽苗人鳳的話聲尚在百丈以外，但語音遙傳，若對其面，金面佛內力之深，確是己所莫及，不禁大爲欽佩，雙手一振，扣在掌中的雪團雙雙飛出，又中躺伏在地的兩名豪客身上，不過上次是打穴，這次卻是解穴。那二人蠕動了幾下，撐持起來，發足狂奔而去。

但聽半空中苗人鳳叫道：「果然好俊功夫，就可惜不學好。」這十二字評語，一字近似一字，只見他又瘦又長的人形緣索直下，「好」字一脫口，人已站在胡斐身前。

兩人互相對視，均不說話。但聽四下裏乞乞擦擦，盡是踏雪之聲，這次上峯的好手中留得性命的，都四散走了。

月光下只見一人一跛一拐的走近，正是杜希孟杜莊主。他將一個尺來長的包裹遞給胡斐，顫聲道：「這是你媽的遺物，裏面一件不少，你收著吧。」胡斐接在手中，似有一股熱氣從包裹傳到心中，全身不禁發抖。

苗人鳳見杜希孟的背影在雪地裏蹣跚遠去，心想此人文武全才，廣交當世英豪，也算得是個人傑，與自己二十餘年的交情，只因一念之差，落得身敗名裂，實是可惜。他不知杜希孟與胡斐之母有中表之親，更不知胡斐就是二十多年來自己念念不忘的孤兒，緩緩轉過頭來，只見女兒身披男人袍服，怯生生的站在胡斐身旁，心想眼前這男子雖救了自己性命，卻玷污了女兒清白，念及亡妻失節之事，恨不得殺盡天下輕薄無行之徒，一時胸口如要迸裂，低沉著聲音道：「跟我來！」說著轉身大踏步便走。

苗若蘭叫道：「爹，是他……」苗人鳳沉默寡言，素來不喜多說一個字，也不喜多聽一個字，此時盛怒之下，更不讓女兒多說。他見胡斐伸手去拉女兒，喝道：「好大膽！」閃身欺近，左手倏地伸出，破蒲扇一般的手掌已將胡斐左臂握住，說道：「蘭兒你留在這兒，我和這人有幾句話說。」說著向右側一座山峯一指。那山峯雖遠不如玉筆峯那麼高聳入雲，但險峻巍峨，殊不少遜。他放開胡斐手臂，向那山峯急奔過去。

胡斐道：「蘭妹，你爹既這般說，我就過去一會兒，你在這裏等著。」苗若蘭道：「你答允我一件事。」胡斐道：「別說一件，就千件萬件，也全憑你吩咐。」苗若蘭道：「我爹若要你娶我……」最後兩字聲若蚊鳴，幾不得聞，低下了頭，羞不可抑。

胡斐將適才從杜希孟手裏接來的包裹交在她手裏，柔聲道：「你放心。我將我媽的遺物交於你手。天下再沒一件文定之物，能有如此隆重的。」
苗若蘭接過包裹，身子不自禁的微微顫動，低聲道：「我自然信得過你。只是我知道爹爹脾氣，倘若他惱了你，甚至罵你打你，你都瞧在我臉上，便讓了他這一回。」胡斐笑道：「好，我答允你了。」遠遠望去，只見苗人鳳的人影在白雪山石間倏忽出沒，正自極迅捷的向山峯奔上，當下輕輕的在苗若蘭的臉頰上親了一親，提氣向苗人鳳身後跟去。

他順著雪地裏的足跡，一路上山，轉了幾個彎，但覺山道愈來愈險，當下絲毫不敢大意，只怕一個失足，摔得粉身碎骨。奔到後來，山壁間全是凝冰積雪，滑溜異常，竟難有下足之處，心道：「苗大俠故意選此險道，必是考較我的武功來著。」展開輕功，全力施爲，山道越險，他竟奔得越快。

又轉過一個彎，忽見一條瘦長的人影站在山壁旁一塊凸出的石上，身形襯著深藍色的天空，猶似一株枯槁的老樹，正是打遍天下無敵手金面佛苗人鳳。

胡斐一怔，急忙停步，雙足使出「千斤墜」功夫，將身子牢牢定住峭壁之旁。苗人鳳低沉著嗓子說道：「好，你有種跟來。上吧！」他背向月光，臉上陰沉沉的瞧不清楚神色。

胡斐喘了口氣，對著這個自己生平想過幾千幾萬遍之人，一時之間竟爾沒了主意：

「他是我殺父仇人，可是他又是若蘭的父親。

「他害得我一生孤苦，但聽平四叔說，他豪俠仗義，始終沒對不起我爹媽。

「他號稱打遍天下無敵手，武功藝業，舉世無雙，但我偏不信服，倒要試試是他強呢還是我強？

「他苗家與我胡家累世爲仇，百餘年來相斫不休，然而他不傳女兒武功，是不是眞的要將這場世仇至他而解？

「適才我救了他性命，可是他眼見我與若蘭同床共被，認定我對他女兒輕薄無禮，不知能否相諒？」

苗人鳳見胡斐神情粗豪，虬髯戟張，依稀是當年胡一刀模樣，不由得心中一動，但隨即想起，胡一刀之子早已爲人所害，投在滄州河中，此人容貌相似，只偶然巧合，想起他欺辱自己獨生愛女，怒火上沖，左掌上揚，右拳呼的一聲，衝拳直出，猛往胡斐胸口擊去。

胡斐與他相距不過數尺，見他揮拳打來，勢道威猛無比，只得出掌擋架。兩人拳掌相交，身子都是劇震。

苗人鳳自那年與胡一刀比武以來，二十餘年來從未遇到敵手，此時自己一拳爲胡斐化解，但覺對方掌法精妙，內力深厚，不禁敵愾之心大增，運掌成風，連進三招。

胡斐一一拆開，到第三招上，苗人鳳掌力猛極，他雖急閃避開，但身子連晃幾晃，險些墮下峯去，心道：「若再相讓，非給他逼得摔死不可。」眼見苗人鳳左足飛起，疾向自己小腹踢到，當即右拳左掌，齊向對方面門拍擊，這一招攻敵之不得不救，是拆解他左足一踢的高招。

胡斐這一招使的雖是重手，畢竟未出全力。高手比武，半點容讓不得，苗人鳳伸臂相格，使的卻是十成力。四臂相交，咯咯兩響，胡斐只覺胸口隱隱發痛，忙運氣相抵。豈知苗人鳳的拳法剛猛無比，一佔上風，拳勢愈來愈強，再不容敵人有喘息之機。若在平地，胡斐原可跳出圈子，逃開數步，避了他掌風的籠罩，然後反身再鬥，但在這巉崖峭壁之處，無地可退，只得咬緊牙關，使出「春蠶掌法」，密密護住全身各處要害。

這「春蠶掌法」招招全是守勢，出手奇短，抬手踢足，全不出半尺之外，但招術綿密無比，周身始終不露半點破綻。這路掌法原本用於遭人圍攻而大處劣勢之時，不求有功，但求無過，雖守得緊密，卻有一個極大不好處，一開頭即「立於不勝之地」，名目叫做「春蠶掌法」，確有作繭自縛之意，並無反擊的招數，不論敵人招數中露出如何重大破綻，若非改變掌法，永難克敵制勝。

苗人鳳一招緊似一招，見對方情勢惡劣，不論自己如何強攻猛擊，胡斐必有方法解救，只是他但守不攻，自己卻無危險，當下不顧防禦，十分力氣全用在攻堅破敵之上。鬥到酣處，苗人鳳奮拳打出，胡斐一避，那拳打上山壁，冰凌飛濺，一小塊射上了他左眼。眼皮柔軟，這一下又出乎意料之外，難以防備，胡斐但覺眼上劇痛，雖不敢伸手去揉，拳腳上總是稍有窒滯。苗人鳳乘勢搶進，背靠山壁，將胡斐逼在外檔。

此時強弱優劣之勢已判，胡斐半身凌空，祇要足底微出，身子稍有不穩，立時掉下山谷，苗人鳳卻背心向著山壁，招招逼迫對手硬接硬架。胡斐甚是機伶，偏不上這個當，出手柔韌滑溜，盡力化解來勢，決不正面相接。

兩人武功本在伯仲之間，平手相鬥，胡斐已未必能勝，現下加上甚多不利之處，如何能夠持久？又鬥數招，苗人鳳忽地躍起，連踢三腳。胡斐急閃相避，見對手第三腳踢過，雙掌齊出，直擊自己胸口。這兩掌難以化解，自己站立之處又無可避讓，只得也雙掌拍出，硬接來招。四掌相交，苗人鳳大喝一聲，勁力直透掌心。胡斐身子一晃，忙運勁反擊。兩人都將畢生功力運到了掌上，這是硬碰硬的比拚，半點取巧不得。兩人氣凝丹田，四目互視，竟僵住了再也不動。

苗人鳳見他武功了得，不由得暗暗驚心：「近年來少在江湖上走動，竟不知武林中出了這樣個厲害人物！」雙腿稍彎，背脊已靠上山壁，一收一吐，先將胡斐的掌力引過，然後借著山壁之力，猛推出去，喝道：「下去！」

這一推本就力道強勁無比，再加上借了山壁的厚勢，更難抵擋，胡斐身子連晃，左足已然凌空。但他這些年來日夜苦練，下盤之穩，委實非同小可，右足在山崖邊牢牢定住，宛似鐵鑄一般。苗人鳳連催三次勁，也只能推得他上身晃動，卻不能使他右足移動半分。

苗人鳳暗暗驚佩：「如此功夫，也可算得是曠世少有，只可惜走上了邪路。他年歲尚輕，今日若不殺他，日後遇上，未必再是他敵手。他恃強為惡，世上有誰能制？」想到此處，突然間左足一招「破碑腳」，猛往胡斐右膝上踹去。

胡斐全靠單足支持，眼見他一腳踹到，無可閃避，嘆道：「罷了，罷了，我今日終究命喪他手。」危難下死中求生，右足一登，身子斗然拔起丈餘，一個鷂子翻身，凌空下擊。苗人鳳道：「好！」肩頭一擺，撞了出去。胡斐雙拳打中了他肩頭，卻給他巨力推撞，跌出懸崖，向下直墮。

胡斐慘然一笑，一個念頭如電光般在心中一閃：「我自幼孤苦，臨死之前得蒙蘭妹傾心，也自不枉了這一生。」突然臂上一緊，下墮之勢登時止住，原來苗人鳳已抓住他手臂，將他拉上，喝道：「你曾救我性命，現下饒你相報。一命換一命，誰也不虧負了誰。來，咱們重新打過。」說著站在一旁，與胡斐並排而立，不再佔倚壁之利。

胡斐死裏逃生，已無鬥志，拱手說道：「晚輩不是苗大俠敵手，何必再比？苗大俠要如何處置，晚輩聽憑吩咐就是。」苗人鳳皺眉道：「你上手時有意相讓，難道我就不知？你欺苗人鳳年老力衰，不是你對手麼？」胡斐道：「晚輩不敢。」苗人鳳喝道：「出手！」胡斐要解釋與苗若蘭同床共衾，實出意外，決非存心輕薄，說道：「在那廂房之中……」

苗人鳳聽他提及「廂房」二字，怒火大熾，劈面一掌。胡斐只得接住，經過了適才之事，知道只要微一退讓，立時又給他掌力罩住，只得全力施爲。兩人各展平生絕藝，在山崖邊拳來腳往，鬥智鬥力，鬥拳法，鬥內功，拆了三百餘招，竟難分勝敗。

苗人鳳愈鬥心下愈疑，不住想到當年在滄州與胡一刀比武之事，忽地向後躍開兩步，叫道：「且住！你可識得胡一刀麼？」

胡斐聽他提到亡父之名，悲憤交集，咬牙道：「胡大俠乃前輩英雄，不幸爲奸人所害。晚輩對胡大俠欽慕之極，我若有福氣能得他教誨幾句，立時死了，也所甘心。」

苗人鳳心道：「是了，胡一刀去世已二十七年。眼前此人也不過二十來歲，焉能相識？他這幾句話說得甚好，若不是他欺辱蘭兒，單憑這幾句話，我就交了他這個朋友。」一順手在山邊折下兩根堅硬的樹枝，掂了一掂，重量相若，將一根抛給胡斐，說道：「咱們拳腳難分高下，兵刃上再決生死。」說著樹枝一探，左手揑了劍訣，樹枝走偏鋒刺出，使的正是天下無雙、武林絕藝的「苗家劍法」。雖是一根小小樹枝，但刺出時勢夾勁風，又狠又準，要是給尖梢刺上了，實也與中劍無異。

胡斐見來勢厲害，那敢有絲毫怠忽，樹枝輕擺，向上橫格，這一格剛中有柔，確是名家風範。苗人鳳一怔，心道：「怎麼他武功與胡一刀這般相似？」但高手相鬥，刀劍既交，後著綿綿而至，決不容他有絲毫思索遲疑的餘裕，但見胡斐樹刀格過，跟著提手上撩，苗人鳳揮樹劍反削，教他不得不迴刀相救。

這一番惡鬥，胡斐一生從未遇過。他武功全憑父親傳下遺書修習而成，招數雖精，實戰經驗畢竟欠缺，功力火候因年歲所限，亦未臻上乘，好在年輕力壯，精力遠過對方，是以數十招中打得難解難分。兩人迭遇險招，但均在極危急下以巧妙招數拆開。胡斐奮力拆鬥，心中佩服：「金面佛苗大俠果然名不虛傳，倘使他年輕二十歲，我早已敗了。難怪當年他和我爹爹能打成平手，當真英雄了得。」

兩人均知要憑招數上勝得對方，極是不易，但只須自己背脊一靠上山壁，佔了地利，這一場比拚就是勝了。因此都竭力要將對方逼向外圍，爭奪靠近山壁的地勢。但兩人招招扣得緊密，只要向內緣踏進半步，立時便受對方刀劍之傷。

鬥到酣處，苗人鳳使一招「黃龍轉身吐鬚勢」疾刺對方胸口，眼見他無處閃避，而樹刀砍在外檔，更已不及回救。

胡斐吃了一驚，忙伸左手在他樹枝上橫撥，右手一招「伏虎式」劈出。苗人鳳叫了一聲：「好！」樹劍抖處，胡斐左手手指劇痛，急忙撒手。

苗人鳳踏上半步，正要刺出一招「上步摘星式」，那知崖邊堅壁給二人踏得久了，竟漸漸鬆裂溶化，他劍勢向前，全身重量都放上了在後邊的左足，只聽喀喇聲響，一塊岩石帶著冰雪，墮入下面深谷。

苗人鳳腳底一空，身不由主的向下跌落，胡斐大驚，忙伸手去拉。但苗人鳳一墮之勢著實不輕，雖拉住了他袖子，可是急帶之下，連自己也跌出崖邊。

二人不約而同的齊在空中轉身，貼向山壁，施展「壁虎遊牆功」，要爬回山崖。但那山壁上全是冰雪，滑溜無比，那「壁虎遊牆功」竟施展不出，莫說是人，就當眞壁虎到此，只怕也遊不上去。上去雖然不能，下墮之勢卻也緩了。

二人慢慢溜下，眼見再溜十餘丈，是一塊向外凸出的懸岩，如不能在這岩上停住，那非跌個粉身碎骨不可。念頭甫轉，身子已落上懸岩。二人武功相若，心中所想也一模一樣，當下齊使「千斤墜」功夫，牢牢定住腳步。

岩面光圓，積了冰雪更滑溜無比，二人武功高強，一落上岩面立時定身，竟沒滑動半步。只聽格格輕響，那數萬斤重的巨岩卻搖晃了幾下。原來這塊巨岩橫架山腰，年深月久，岩下沙石漸漸脫落，本就隨時都能掉下谷中，現下加上了二人重量，沙石夾冰紛紛下墮，巨岩越晃越厲害。

那兩根樹枝隨人一齊跌上岩石。苗人鳳見情勢危急異常，左掌拍出，右手已拾起一根樹枝，隨即「上步雲邊摘月」，挺劍斜刺。胡斐低頭彎腰，避過劍招，乘勢拾起樹枝，還了一招「拜佛聽經」。

兩人這時使的全是進手招數，招招狠極險極，但聽得格格之聲越來越響，腳步難以站穩。兩人均想：「只有將對方逼將下去，減輕岩上重量，這巨岩不致立時下墮，自己才有活命之望。」其時生死決於瞬息，手下更不容情。

片刻間交手十餘招，苗人鳳見對方所使的刀法與胡一刀當年一模一樣，疑心大盛，只是形格勢禁，實無餘暇相詢，一招「返腕翼德闖帳」削出，接著就要使出一招「提撩劍白鶴舒翅」。這一招劍掌齊施，要逼得對方非跌下岩去不可，只是他自幼習慣使然，出招之前不禁背脊微微一聳。

其時月明如洗，長空一碧，月光將山壁映得一片明亮。那山壁上全是晶光的凝冰，猶似鏡子一般，將苗人鳳背心反照出來。

胡斐看得明白，登時想起平阿四詳述自己父親當年與他比武的情狀，那時母親在他背後咳嗽示意，此刻他身後放了一面明鏡，不須旁人相助，已知他下一步非出此招不可，當下一招「八方藏刀式」，搶了先著。

苗人鳳這一招「提撩劍白鶴舒翅」只出得半招，全身已為胡斐樹刀罩住。他此時再無疑心，知道眼前此人必與胡一刀有極深淵源，嘆道：「報應，報應！」閉目待死。

胡斐舉起樹刀，一招就能將他劈下岩去，但想起曾答應過苗若蘭，決不能傷她父親。然而若不劈他，容他將一招「提撩劍白鶴舒翅」使全了，自己非死不可，難道為了相饒對方，竟白白送了自己性命麼？

霎時之間，他心中轉過了千百個念頭：

這人曾害死自己父母，教自己一生孤苦，可是他豪氣干雲，是個大大的英雄豪傑，又是自己意中人的生父，按理這一刀不該劈將下去；但若不劈，自己決無活命之望，自己甫當壯年，豈肯便死？倘使殺了他吧，回頭怎能有臉去見苗若蘭？要是終生避開她不再相見，這一生活在世上，心中痛楚難當，生不如死。

那時胡斐萬分為難，實不知這一刀該當劈是不劈。他不願傷了對方，卻又不願賠上自己性命。

他若不是俠烈重義之士，這一刀自然劈了下去，更無躊躇。但一個人再慷慨豪邁，卻也不能輕易把自己性命送了。當此之際，要下這決斷實是千難萬難……

苗若蘭站在雪地之中，良久良久，不見二人歸來，緩緩打開胡斐交給她的包裹。只見包裹是幾件嬰兒衣衫，一雙嬰兒鞋子，還有一塊黃布包袱，月光下看得明白，包上繡著「打遍天下無敵手」七個黑字，正是她父親當年給胡斐裹在身上的。

她站在雪地之中，月光之下，望著那嬰兒的小衣小鞋，心中柔情萬種，不禁痴了。

胡斐到底能不能平安歸來和她相會，他這一刀到底劈下去還是不劈？

後記

《雪山飛狐》的結束是一個懸疑，沒有肯定的結局。到底胡斐這一刀劈下去呢還是不劈，讓讀者自行構想。

這部小說於一九五九年發表，十多年來，曾有好幾位朋友和許多不相識的讀者希望我寫個肯定的結尾。仔細想過之後，覺得還是保留原狀的好，讓讀者們多一些想像的餘地。有餘不盡和適當的含蓄，也是一種趣味。在我自己心中，曾想過七八種不同的結局，有時想想各種不同結局，那也是一項享受。胡斐這一刀劈或是不劈，在胡斐是一種抉擇，而每一位讀者，都可以憑著自己的個性，憑著各人對人性和這個世界的看法，作出不同的抉擇。

李自成兵敗後退出北京，西撤至西安，對清軍接戰不利，大順軍數十萬南下。最後的結局，我國歷史界本來說法甚多，社會科學院歷史研究所成立專門研究課題組，並於一九七七年五月在北京舉行「李自成學術研討會」，結果歸納為兩種不同意見：一、李自成死於通山九宮山；二、李自成到湖南石門夾山歸隱為僧。從章太炎、郭沫若、童書業、李文田等著名史家起，兩說即爭論難決。本來，「通山說」較多人支持，因有官方文書及正式著作為證，但後來史家詳細研究，發覺文書及史料內容含糊其辭，並不肯定，不足為據，而在石門夾山卻發現了大批出土文物，證明與李自成有關。一者模糊、一者肯定，相較之下，當代史家大都傾向於「夾山禪隱說」。歷史所的學者專家中，王戎笙先生一派主張「通山說」，劉重白先生一派主張「夾山說」，兩派相持不下。

作者於二〇〇〇年九月應湖南嶽麓書院之邀，前往作一次演講，曾與石門縣的歷史專家及文物局負責人晤談，又與湖南廣播電視局魏文彬局長長談，魏局長曾在陝西躭過很久（或許他是陝西人，我記不起了），我和他言談投機，成為知友。他說一見到石門的文物，就知是陝西的鄉下東西，決不是湖南東西。鄉間的土物，各地都具特色，混淆不來。我沒親眼見到石門的李自成遺物，但知出土的墓葬、碑銘、銅器、銅錢、馬鈴、木刻殘物等件，經中央及地方文物局的鑒定，證明確為真物，發給證書。

我在創作《碧血劍》及《雪山飛狐》兩書時，還不知道內地史學界對「李自成的歸宿」有這樣重大爭論，但我憑著小說作者的傾向，採取了「夾山禪隱說」，這與郭沫若及姚雪垠兩位先生的看法相反，而和阿英的話劇本「李闖王」的情節相一致。這不是我歷史感覺的正確與否，而是小說家喜歡傳奇和特異，後來在《鹿鼎記》中，李自成又再出現，自是從先前的結論中引申出來的。這次再研究歷史所學者們的兩派意見，從歷史學的學術觀點來說，我投支持「夾山禪隱說」的票。

在小說中加插一些歷史背景，當然不必一切細節都完全符合史實，只要重大事件不違背就是了。至於沒有定論的歷史事件，小說作者自然更可選擇其中的一種說法來加以發揮。但舊小說《吳三桂演義》和《鐵冠圖》叙述李自成故事，和衆所公認的事實距離太遠，如《鐵冠圖》中描寫費宮娥所刺殺的闖軍大將竟是李岩，《吳三桂演義》中說李自成爲牛金星所毒殺，都未免自由得過了份。

《雪山飛狐》於一九五九年在報上發表後，沒有出版過作者所認可的單行本。坊間的單行本，據我所見，共有八種，都是書商擅自翻印的。只是書中錯字很多，而翻印者強分章節，自撰回目，未必符合作者原意，有些版本所附的插圖，也非作者所喜。

現在重行增刪改寫，先在《明報晚報》發表，出書時又作了幾次修改，約略估計，原書十分之六七的句子都已改寫過了。原書的脫漏粗疏之處，大致已作了一些改正。只是書中人物寶樹、平阿四、陶百歲、劉元鶴等都是粗人，講述故事時語氣仍嫌太文，如改得符合各人身分性格，滿紙「他媽的」又未免太過不雅，抑且累贅。限於才力，那是無可如何了。

《雪山飛狐》有英文譯本，曾在紐約出版之 *"Bridge"* 雙月刊上連載。後來香港中文大學出版了莫若嫻小姐（Olivia Mok）的譯本，英文書名叫 *"Fox Volant of the Snowy Mountain."*。

《雪山飛狐》與《飛狐外傳》雖有關連，然而是兩部各自獨立的小說，所以內容並不強求一致。按理說，胡斐在遇到苗若蘭時，必定會想到袁紫衣和程靈素。但單就《雪山飛狐》這部小說本身而言，似乎不必讓另一部小說的角色出現，即使只是在胡斐心中出現。事實上，《雪山飛狐》撰作在先，當時作者心中，也從來沒有袁紫衣和程靈素那兩個人物。

本書於一九七四年十二月第一次修訂，一九七七年八月第二次修訂，二〇〇三年第三次修訂，雖差不多每頁都有改動，但只限於個別字句，情節並無重大修改。

《雪山飛狐》對過去事蹟的回述，用了講故事的方式。講故事，本來是各民族文學起源的基本方式，在人類還沒有發明文字之時，原始人聚集在火堆旁、洞穴裏，講述白天打獵時怎樣打死了一隻大象，怎樣幾個人圍殲了一頭大黑熊。講的人興高采烈，口沫橫飛，聽的人決無厭足，總覺得還不夠精采，於是殺死的大象越來越多，打死的黑熊越來越大，這些脫離事實的誇張，就是文學和神話、宗教的起源。

講故事，是任何文學的老祖宗，但後來大家漸漸忘記了。現當代文學界甚至覺得小說講故事就不夠高級，不夠知識份子化，過份通俗。越是沒有故事，教人讀了不知所云，在大學的文學系中才有作爲討論的資格。我用幾個人講故事的形式寫《雪山飛狐》，報上還沒發表完，香港就有很多讀者寫信問我：是不是模倣電影「羅生門」？這樣說的人中，甚至有一位很有學問的我的好朋友。我有點生氣，只簡單的回覆：請讀中國的《三言二拍》，請讀外國的《天方夜譚》，請讀基督教聖經《舊約‧列王紀上‧一六—二八》，請讀日本芥川龍之介小說原作《羅生門》的中文譯本。

自從電影流行之後，許多人就只看電影，不讀小說了。現在電視更加流行，更多的人看電視、玩電腦，不讀書、不讀小說了。日本電影「羅生門」在香港放映，很受歡迎，一般人受了這電影的教育，以爲如果有兩人說話不同，其中一人說的是假話，那就是「羅生門」。

其實，日本小說家芥川龍之介寫的短篇小說《羅生門》情節極簡單，只描寫一種淒迷荒涼的情調，羅生門在日本京都朱雀大橋南端，是一個城樓門，古時樓上有很多無主死屍，附近只有盜賊、狐狸、烏鴉之類。有一個貧苦傭工到城樓下避雨，見到有個老太婆在拔女死屍的頭髮，要去賣給做假髮的人，那傭工很生氣，抓住老太婆，剝下她的衣服去賣。電影導演黑澤明利用了這淒迷的情調，叙述芥川另一篇小說《竹之藪》的故事：一個強盜打倒武士而強暴了他妻子。強盜、武士、女人，三個人（以及鬼魂）說同一個故事，但內容大不相同，顯示人性的無常與無奈。只因導演的手法好，故事新奇，男主角三船敏郎又演得好，影片十分成功。

我常出一個趣題給朋友們猜：三條蟲排成一列行走，第一條蟲說：「我後面有兩條蟲。」第二條說：「我前面有一條蟲，後面有一條蟲。」第三條說：「我前面沒有蟲，後面也沒有蟲！」問題：第三條蟲這樣說，是甚麼道理？（附帶說明：「小學生只用十分鐘就答對了，中學生用兩天時間也答對了，大學生要一個星期才答對，大學教授花一年時間也答不對。哲學教授、數學教授、和物理學教授永遠答不對。」爲甚麼？）答案是：「第三條蟲說謊」。

小孩子常常說謊，所以一猜就猜到第三條蟲說謊，大學教授要討論N度空間、相對論關係、排列、坐標、生物學上蟲的定義、蟲的視野等等問題，永遠答不對。

凡是打官司、刑事或民事訴訟，必定有一造說謊，隱瞞事實，以致同一件事中幾個人說法不同。數人或一人歪曲事實眞相，最後眞相大白，這是所有偵探小說、犯罪故事的固定結構，非此不可，毫不希奇。自古以來，一切審判、公案、破案的故事，基本結構便是各人說法不同，淸官（或包公、彭公、施公、狄公、況公、所羅門王）或偵探（或福爾摩斯、或白羅、或范斯）抽絲剝繭，查明眞相，那也是固定結構。

中國明代短篇小說集中，馮夢龍編的《警世通言》中有〈況太守審死孩兒〉，有人把個死了的小兒去拋棄，給況太守查到了，那人說是爛牛肉，再查下去，原來是個私生孩兒，是個寡婦生的，那人知曉了，想以此去逼姦寡婦，再查下去，原來是那寡婦與傭工所生，再查下去，是那傭工引誘寡婦而致成孕。另一篇〈十五貫戲言成巧禍〉，有個姓劉的有一妻一妾，他岳父借了十五貫錢給他做生意，他回家跟妾侍開玩笑，說將她押給了人，得到這筆錢。他妾侍不甘願，一早開門回家要去告訴父母，沒關上門，有盜賊進來，偷去了十五貫，殺了那姓劉的。那小妾在途中見到少年崔寧，兩人同路而行，崔寧恰好賣了絲綢，得錢十五貫回家，追捕者捉住二人，以爲二人私奔，謀殺親夫，各人口供不同，縣官胡塗，見有十五貫錢爲證物，將二人判處死刑。

《聖經》中的故事，是說古時以色列有二妓女各生一子，一妓不慎將己子壓死，夜中偷換，另妓見死者非己子，告到所羅門王處，二妓各執一詞。所羅門王命取刀來，要將活孩劈爲兩半，各分一半。其母憐子，寧願不要，另妓無動於中，覺得不妨一拍兩散。所羅門王判孩子歸其眞母，重罰另妓。

至於《天方夜譚》中的故事，就更加複雜了。數年前在澳洲墨爾本古書店中購到倫敦在一八八三年所出版的 Richard Burton 所譯的全譯本，共八厚本之多，其中蘇丹王妃雪哈拉查德爲了延命，每夜向蘇丹王講連續故事，故事精采百出，生動之極。她是我們報刊上寫連載小說人的祖先。木匠以魯班先師爲祖，演員以唐明皇爲祖，我們連載小說家的祖先可美麗聰明無比，她講了一千另一夜的連續故事，蘇丹王再也捨不得殺她，只好娶了她爲王妃。她的故事一個套一個，巴格達一名理髮匠有六個兄弟，自己講一個故事，六兄弟又各講一個，故事有眞有假，三姊妹中兩個姊姊變成了黑狗，三姊妹固然各有故事，每隻黑狗也都有奇妙故事。說到講眞假故事，世上自有《天方夜譚》之後，橫掃全球，「羅生門」何足道哉！

我生性不喜說話，但自到浙江大學人文學院教書後，對著學生不得不多講幾句，以致新結交的朋友孔慶東教授在文章中說我有點「嘴碎嘮叨」，大概這是教書先生的不良習氣吧。本來，讀者們對我的小說提出批評意見是一番好意。這些意見大都甚好，最近我對小說重作修改，連並不重要的批評也都接受了而作了修改，對批評者心中也眞正的感謝。但還不免加了不少「注釋」和說明，對不同意的批評作了回應，那仍是教書先生嘮叨的習氣使然。其實小說作者不應對自己作品多作辯解，人家不同意就不同意好了。正如《笑傲江湖》中小尼姑儀琳講《百喻經》笑話，有人以爲禿子的頭是石頭，用犁去打，打出了血，那禿子忍不住教乖了對方：「這是我的頭，不是石頭！」其實，讓他去打好了，何必教乖了他？

二〇〇三年六月

鴛鴦刀

金庸

袁冠南和蕭中慧使到第九招「碧簫聲裏雙鳴鳳」時，雙刀便如鳳舞鸞翔，靈動翻飛，招招直指要害，卓天雄那裏招架得住？

四個勁裝結束、神情兇猛的漢子並肩而立，攔在當路！

若是黑道上山寨的強人，不會只有四個，莫非在這黑沉沉的松林之中，暗中還埋伏下大批人手？如是翦徑小賊，見了這聲勢浩大的鏢隊，遠避之唯恐不及，那敢這般大模大樣的攔路擋道？難道竟是武林高手，衝著自己而來？

凝神打量四人：最左一人短小精悍，下巴尖削，雙手分拿一對峨嵋鋼刺。第二個又高又肥，便如是一座鐵塔擺在地下，身前放著一塊大石碑，碑上寫的是「先考黃府君誠本之墓」，這自是一塊墓碑了，不知放在身前有何用意？黃誠本？沒曾聽說江湖上有這麼一位前輩高手啊！第三個中等身材，白淨臉皮，若不是一副牙齒向外凸出了一寸，一個鼻頭低陷了半寸，倒算得上是一位相貌英俊的人物，他手中拿的是一對流星鎚。最右邊的是個病夫模樣的中年人，衣衫襤褸，咬著一根旱煙管，雙目似睜似閉，嘴裏慢慢噴著煙霧，竟沒將這一隊七十來人的鏢隊瞧在眼裏。

那三人倒還罷了，這病夫定是個內功深湛的勁敵。頃刻之間，江湖上許多軼聞往事湧上了心頭：一個白髮婆婆空手殺死了五名鏢頭，劫走了一枝大鏢；一個老乞丐大鬧太原府公堂，割去了知府的首級，倏然間不知去向；一個美貌大姑娘打倒了晉北大同府享名二十餘年的張大拳師……越是貌不驚人、漫不在乎的人物，越是武功了得，江湖上有言道：「眞人不露相，露相不眞人。」

瞧著這個閉目抽煙的病夫，陝西西安府威信鏢局的總鏢頭、「鐵鞭鎭八方」周威信不由得深自躊躇，不由自主的伸手去摸了一摸背上的包袱。

他這枝鏢共有十萬兩銀子，那是西安府的大鹽商汪德榮託保的。十萬兩銀子的數目的確不小，但威信鏢局過去二十萬兩銀子的鏢曾經保過，四十萬兩銀子的也曾保過，金銀財物，那算不了甚麼。自從一離西安，他掛在心頭的只是暗藏在背上包袱中的兩把刀，只是那天晚上在川陝總督府中所聽到的一番話。

跟他說話的竟是川陝總督劉於義劉大人。周威信在江湖上雖赫赫有名，生平見過的官府，最大的也不過是府台大人，這一次居然是總督大人親自接見，自然要受寵若驚，自然要戰戰兢兢，坐立不安。

劉大人那幾句話，在心頭已不知翻來覆去的重溫了幾百遍：「周鏢頭，這一對刀，叫作『鴛鴦刀』，當真非同小可，你好好接下了。今上還在當貝勒爺的時候，就已密派親信，到處尋覓。接位之後，更下了密旨，命天下十八省督撫著意查訪。好容易逮到了『鴛鴦刀』的主兒，可是這對寶刀卻給那兩個刁徒藏了起來，不論如何偵查，始終石沉大海。天幸本督祖上積德，托了皇上洪福，終於給我得到了。嘿嘿，你們威信鏢局做事還算牢靠，現下派你護送這對鴛鴦寶刀進京，路上可不許洩漏半點風聲。你把寶刀平安送到北京，回頭自然重重有賞。」

「鴛鴦刀」的大名，他早便聽師父說過：「鴛鴦刀一短一長，刀中藏著武林的大秘密，得之者無敵於天下。」「無敵於天下」這五個字，正是每個學武之人夢寐以求的最大願望。周威信當時聽了，心想這不過是說說罷了，世上那有甚麼藏著「無敵於天下」大秘密的「鴛鴦刀」？那知道川陝總督劉大人竟眞的得到了「鴛鴦刀」，而且差他護送進京，呈獻皇上。這對刀用黃布密密包裹，封上了總督大人的火漆印信。他當然極想見識見識寶刀的模樣，倘若僥倖得知了刀中秘密，「鐵鞭鎭八方」變成了「鐵鞭蓋天下」，更加妙不可言，那也不用說了，但總督大人的封印誰敢拆破？周大鏢頭數來數去，自己總數也不過一個腦袋而已。

總督大人派了四名親信衛士，扮作鏢師，隨在他鏢隊之中，可以說是相助，也可以說是監視。在鏢隊啓程的前一天，總督府又派了幾名戈什哈來，將他一家老小十二口，全都「請」到了駐防軍的營房裏，說道周總鏢頭赴京之後，家中乏人照料，怕他放心不下，因此接了他家眷去安置。周威信久在江湖行走，其中的過節豈有不知？那不是怕周大鏢頭放心不下一家老小，而是劉大人放心不下這一對寶刀，因此將他高堂老母和妻妾兒女一齊逮了去爲質。這對「鴛鴦刀」若在道中有甚失閃，自己腦袋要跟身子分家，那倒不用客氣了，全家老小也都不必活了。他一生經歷過不少大風大浪，風頭出過，釘板滾過，英雄充過，狗熊做過，砍過別人的腦袋，就差自己的腦袋沒給人砍下來過，算得是見多識廣的老江湖了，但從沒像這一次走鏢這樣又驚又喜，心神不寧。如果護送寶刀平安抵京，劉大人曾親口許下重賞，自然是「君子一言，快馬一鞭」，說不定皇上一喜歡，竟賞下一官半職，從此光宗耀祖，飛黃騰達，周大鏢頭變成了周大老爺周大人。

從西安到北京路程說遠不遠，說近可也不近，一路上大山小寨少說也有三四十處。尋常黑道上的人物，他鐵鞭鎮八方也未必便放在心上，八方鎮不了，鎮他媽的一方半方也還將就對付著鎮他一鎮，但「得了鴛鴦刀，無敵於天下」這兩句話，要引起多少武林高手眼紅？於是他明保鹽鏢，暗藏寶刀。縱然鏢銀有甚失閃，只要寶刀抵京，仍無大礙。一做上官，周大老爺公堂上朝外一坐，招財進寶，十萬兩銀子還怕賠不起？再說，大老爺只有伸手要銀子，哪有賠銀子的？

周威信左手一按腰間鐵鞭，瞪視身前的四個漢子，終於咳嗽一聲，抱拳說道：「在下道經貴地，沒跟朋友們上門請安問好，有點兒失禮啦，要請好朋友們恕罪。」心中打定主意：「能不動手就最好，否則那癆病鬼可有點難鬥！江湖上有言道：『小心天下去得，莽撞寸步難行。』」只聽得那病夫左手按胸，咳嗽起來。

那矮小的瘦子一擺峨嵋刺，細聲細氣的道：「磕頭請安倒不用了。你保的是甚麼寶貝，給我們留下吧！」周威信一驚，心道：「鏢車啓程時，連我最親信的鏢師也只知保的是銀子，怎地這人卻知我保的是寶物？江湖上有言道：『善者不來，來者不善。』眞須小心在意。」抱拳又道：「請恕在下眼生，要請教四位好朋友的萬兒。」

那瘦子道：「你先說吧。」周威信道：「在下姓周名威信，江湖上朋友們送了個外號，叫作『鐵鞭鎭八方』。」那病夫冷笑道：「嘿，這外號倒也罷了，只是這『鎭』字得改一改，改一個『拜』字。」那瘦子一楞，道：「改成『拜』字？嗯，姓周的，我大哥給你改了個匪號，叫作『鐵鞭拜八方』！我大哥料事如神，言之有理。」說罷四個漢子一齊捧腹大笑。

周威信心想：「江湖上有言道：『忍得一時之氣，可免百日之災。』」當下強忍怒氣，說道：「取笑了！四位是那一路好漢？在那一座寶山開山立櫃？掌舵的大當家是那一位？」那瘦子指著那病夫道：「好，說給你聽倒也不妨，只是小心別嚇壞了。咱大哥是煙霞神龍逍遙子，二哥是雙掌開碑常長風，三哥是流星趕月花劍影，區區在下是八步趕蟾、賽專諸、踏雪無痕、獨腳水上飛、雙刺蓋七省蓋一鳴！」

周威信越聽越奇，心道：「這人的外號怎地如此囉裏囉唆一大串？」只聽那瘦子又道：「咱四兄弟義結金蘭，行俠仗義，專門鋤強扶弱，劫富濟貧，江湖上人稱『太岳四俠』，那便是了！」周威信心想：「聽這四人外號，想來這瘦子輕功了得，那壯漢掌力沉雄，這白臉漢子流星鎚功夫有獨到的造詣，那『煙霞神龍逍遙子』七字，更像是武林前輩、世外高人的身分。『太岳四俠』的名頭雖沒聽見過，但定是我孤陋寡聞，不識能人。既稱得上一個『俠』字，定然非同小可。江湖上有言道：『寧可不識字，不可不識人。』」抱拳說道：「久仰，久仰！敝鏢局跟四俠素來沒過節，便請讓道，日後專誠拜謁道謝。」

蓋一鳴雙刺一擊，叮叮作響，說道：「要讓道那也不難，我們也不要你的鏢銀，只須借一兩件寶物用用，那也行了。」周威信道：「甚麼寶物？」蓋一鳴道：「嘿嘿，你來問我，這可奇了。你自己不知道，我怎知道？」

周威信聽到這裏，料知今日之事難以善罷，這「太岳四俠」自是衝著自己背上這對

「鴛鴦刀」而來，心想：「江湖上有言道：『容情不動手，動手不容情。』這四人一出手必屬厲害殺著。」緩緩抽出雙鞭，說道：「四位既然定要賜教，卻之不恭，在下便領教太岳四俠的高招，那一位先上？」他回頭一招手，五名鏢師和總督府的四名衛士一齊走近。周威信低聲道：「對付這些綠林盜賊，不用講甚麼江湖規矩，大夥兒來個一擁而上。江湖上有言道：『只要人手多，牌樓抬過河。』」自己心中卻另有主意：「讓他們跟四俠接戰，我卻奪路而行，護送鴛鴦刀赴京才是上策。江湖上有言道：『相打一蓬風，有事各西東。』」

只聽蓋一鳴道：「大鏢頭，我是雙刺蓋七省，鬥鬥你的鐵鞭拜八方。咱哥兒倆來打個七上八落，七葷八素！」說著身形一晃，搶將上來。周威信竟不下馬，舉鐵鞭擋格，使一招「桃園奪槊」，將他峨嵋刺格在外門，雙腿一夾，騎馬竄了出去。蓋一鳴叫道：「好傢伙，大鏢頭要扯呼！」周威信轉頭叫道：「我到林外瞧瞧，是否尚有埋伏！」說著縱馬向外奔出。花劍影流星鎚飛出，逕打他後心。周威信左鞭後揮，使一招「夜闖三寨」，噹的一聲響，將流星鎚盪了回去。

他和花蓋兩人兵刃一交，只覺二人的招數並不如何精妙，內力也似平平，一轉頭，但見那逍遙子仍靠在樹上，手持旱煙管，瞧著眾鏢師將太岳三俠圍在垓心，竟絲毫不動聲色。周威信心中一驚：「待得那人一出手，我稍遲片刻，便無法脫身了。江湖上有言道：『晴天不肯走，莫等雨淋頭。』」回手將鐵鞭鞭梢在馬臀上一戳，坐騎發足狂奔，猛聽得「波」的一聲大響，有人放了個響屁，這屁乃自己所放。江湖上有言道：「響屁不臭，臭屁不響。」這話倒也有理，此屁果然不臭，因此之故，卻也沒把大敵逍遙子熏跑了。

一瞥眼間，猛見逍遙子右手一揚，叫道：「看鏢！」身側風聲響動，黑黝黝一件暗器打到。周威信舉鞭一擋，啪的一響，那暗器竟黏在鋼鞭之上，並不飛開。他心中更驚：「這逍遙子果是高手，連所使暗器也大不相同。江湖上有言道：『行家一伸手，便知有沒有。』」這時坐騎絲毫不停，奔出了林子。周威信見身後無人追來，定一定神，瞧鋼鞭上所黏的暗器時，原來是一隻沾滿了泥污的破鞋，爛泥濕膩，黏在鞭上竟不脫落。

他更加吃驚，心想：「武林高手飛花摘葉也能傷人，他這隻破鞋飛來，沒傷我性命，算得是手下留情。」一時拿不定主意，該當縱馬奔馳，還是靜以待變。忽聽得林中有人殺豬似的大叫一聲，接著一片寂靜，兵刃相交之聲盡皆止歇。周威信驚疑不定：「難道在這頃刻之間，衆鏢師和四名衛士一起遭了太岳四俠的毒手？」

忽聽得一人大聲叫道：「總鏢頭——總鏢頭——」聽口音正是張鏢師。周威信摸一摸背上包著鴛鴦刀的包袱，卻不答應，心道：「江湖上有言道：『若要精，聽一聽，站得遠，望得淸。』」過了片刻，又有人叫道：「總鏢頭——快回來！賊子跑了，給我們趕跑啦。」

周威信一怔，心道：「那有這麼容易之事？」一拉馬韁，圈過馬頭，只見林中奔出一名趟子手來，歡天喜地的叫道：「總鏢頭，點子走啦，膿包得緊，全不濟事。」周威信驚喜交集，問道：「當眞？」趟子手道：「大夥兒一擁而上，奮勇迎敵。那癆病鬼給張鏢師一刀，砍得肩頭帶花，四個人便都跑了。」周威信料想事情不假，心中大喜，縱馬回入林中，說道：「林外有十來個點子埋伏，給我一陣趕殺，通統逃了！」說著這謊話時，不自禁臉上微微一紅，心道：「江湖上有言道：『做賊的心虛，放屁的臉紅。』我可得定下神來，別讓人瞧出了破綻。」

張鏢師揚著單刀，得意洋洋的道：「甚麼太岳四俠，原來是胡吹大氣！」衆鏢子和衛士縱聲大笑。周威信瞧著豎立在地下的那塊墓碑，兀自不明所以。忽聽得林子後面傳來「哎喲、哎喲」的呻吟聲。周威信道：「是受傷的點子！」衆人一陣風般奔將過去。聽那呻吟聲是從一片荊棘叢中發出，數十人四下散開，將棘叢團團圍住。周威信喝道：「小毛賊！快出來！」棘叢中呻吟聲卻更加響了。周威信右手一揚，啪的一聲，一枝甩手箭打了進去。裏面那人「啊」的一聲慘叫，顯已中箭。

兩名趟子手齊聲歡呼：「打中了！總鏢頭好箭法！」提刀搶進，將那人揪了出來。衆人一見，面面相覷，做聲不得。

原來那人卻是押解鏢銀的大胖子汪鹽商，衣服已給棘刺撕得稀爛。江湖上有言道：「十個胖子九個富，只怕胖子沒屁股。」這個大胖子汪鹽商屁股倒是有的，就是屁股上赫然插了一支甩手箭！

太岳四俠躲在密林之中，眼見威信鏢局一行人走得遠了，這才出來。花劍影撕下一塊衣襟，給逍遙子裹紮肩頭的刀傷。常長風道：「大哥，不礙事麼？」逍遙子道：「沒事，沒事！咱們好漢敵不過人多，算不了甚麼。」花劍影道：「我早說敵人聲勢浩大，很不好鬥，二哥偏要出馬，累得大哥受了傷。」蓋一鳴道：「這批渾人胡塗得緊，聽得咱們太岳四俠響噹噹的英名居然不退，那有甚麼法子？」逍遙子道：「這也怪不得二弟，要劫寶貝嘛，總得找鏢局子下手。」常長風道：「現下怎生是好？咱們兩手空空，總不能去見人啊。」

蓋一鳴道：「依我說……」話猶未了，忽聽得林外腳步聲響，有人自南而北，急奔而來。蓋一鳴探頭一望，下垂的眉毛向上一揚，說道：「來的共是兩人！這一次咱們兩個服侍一個，管教這兩隻肥羊走不了！」常長風道：「對！好歹也得弄他幾十兩銀子！」捧起了墓碑，抱在手裏。原來他外號叫作「雙掌開碑」，便以墓碑作兵器，仗著力大，端起大石碑當頭砸將過去，敵人往往給他嚇跑了。至於墓碑是誰的，倒也不拘一格，順手牽碑，瞧是那個死人晦氣，死後不積德，撞上他老人家罷了。當下四人一打手勢，分別躲在大樹之後。

那兩人一前一後，奔進林子。前面那人是個二十七八歲的漢子，手執單刀，大聲喝罵：「賊婆娘，這麼橫，當眞要殺人麼？」太岳四俠一怔，瞧後面追來那人卻是個少婦。那女子背上負著個嬰兒，手執彈弓，吧吧吧吧，一陣聲響，連珠彈猛向那壯漢打去。那壯漢揮單刀左擋右格，卻不敢回身砍殺。

逍遙子見一男一女互鬥，喝道：「來者是誰？爲何動手？」蓋一鳴一聲唿哨，四人齊從大樹後奔出，喝道：「快快住手。」那壯漢向前直衝，回頭罵道：「賊婆娘，你這般狠毒，我可要出手無情了！」那少婦罵道：「狗賊！今日不打死你，我任飛燕誓不爲人。」

便在此時，太岳四俠已攔在那壯漢身前。少婦任飛燕叫道：「林玉龍，你還不給我站住？」林玉龍對阻在身前的常長風喝道：「閃開！」頭一低，讓開身後射來的一枚彈丸，只聽得「哎喲」一聲，彈丸恰好打中了常長風鼻子。常長風大怒，罵道：「臭婆娘！你打中我啦！」任飛燕道：「打了你又怎樣？」吧吧兩響，兩枚彈丸對準了他射出。常長風高舉墓碑，擋了個空，兩枚彈丸一中胸口，一中手臂，不由得手臂一酸，墓碑砰的一響掉在地下，「哎喲」一聲，跳將起來，原來墓碑顯靈，砸中了他腳趾。

蓋一鳴和花劍影見二哥吃虧，齊向任飛燕撲去。任飛燕拉開彈弓，一陣連珠彈打出。蓋一鳴眉心中了一彈，花劍影卻給打落了一顆門牙。蓋一鳴大叫：「風緊，風緊！要不要扯呼哪？」

任飛燕讓四人這麼一阻，眼見林玉龍已頭也不回的奔出林子，心中大怒，急步搶出，回首吧的一響，飛彈打出，將逍遙子手中的煙管打落在地。這一彈手勁既強，準頭更是奇佳，乃彈弓術中出名的「回馬彈」。任飛燕微微一笑，轉頭罵道：「林玉龍你這臭賊，還不給我站住。」只聽林玉龍遙遙叫道：「你眞有能耐，便跟你大爺眞刀眞槍拚上三百回合，用彈弓趕人，算甚麼本事？」

耳聽得兩人越罵越遠，向北追逐而去。花劍影道：「大哥，這林玉龍和任飛燕是甚麼人物？」逍遙子沉吟道：「林玉龍是使單刀的好手，那婦人任飛燕定是用彈弓的名家。」蓋一鳴道：「大哥料事如神，言之有理。」花劍影道：「這少婦相貌不差，想是那姓林的瞧上了她，意圖非禮。」逍遙子道：「正是，想咱們太岳四俠行俠仗義，最愛打抱不平，日後撞上了林玉龍這淫棍，定要好好叫他吃點苦頭。」常長風道：「說不定那林任二人有殺父之仇，也不知誰是誰非。他媽的，腳上這一下子好痛。」說著伸手撫腳。逍遙子正色道：「那姓林的滿臉橫肉，一見便知不是善類。那姓任的女子雖出手魯莽，但瞧她武功出手，該屬名門正宗。」蓋一鳴道：「大哥料事如神，言之有理。」

常長風還待辯駁，忽聽得林外一人長聲吟道：「黃金逐手快意盡，昨日破產今朝貧，丈夫何事空嘯傲？不如燒卻頭上巾……」隨著吟聲，一個少年書生手中輕搖摺扇，緩步入林，後面跟著個書僮，挑著一擔行李。

花劍影手指間拈著一枚掉下的門牙，正沒好氣，見那書生自得其樂的漫步而至，口裏還在吟哦，只聽得他說甚麼黃金、白銀，當下向蓋一鳴使個眼色，一躍而前，喝道：「兀那書生，你在這裏嘰哩咕嚕的嚕嗦甚麼？吵得大爺們頭昏腦脹，快快賠來。」

那書生見了四人情狀，吃了一驚，問道：「請問仁兄，要賠甚麼？」蓋一鳴道：「賠我們四個的頭昏腦脹啊。每個人一百兩銀子，一共是四百兩！」那書生舌頭一伸，道：「這麼貴？便是當今皇上頭疼，也不用這許多銀子醫治。」蓋一鳴道：「皇帝老兒算甚麼東西？你拿我們比作皇帝，當眞大膽，這一次不成了，四百兩得翻上一番，共是八百兩。」那書生道：「仁兄比皇上還要尊貴，當眞令人好生佩服。請問仁兄尊姓大名，是甚麼來頭？」蓋一鳴道：「嘿嘿，在下姓蓋名一鳴，江湖上人稱八步趕蟾、賽專諸、踏雪無痕、獨腳水上飛、雙刺蓋七省。太岳四俠中排行第四。」那書生拱手道：「久仰，久仰。」向花劍影道：「這一位仁兄呢？」

花劍影眉頭一皺，道：「誰有空跟你這酸丁稱兄道弟？」一把推開那書僮，提起他所挑的籃子一掂，入手只覺重甸甸地，心頭一喜，打開籃子看時，不由得倒抽一口涼氣，原來滿籃子都是舊書。常長風喝道：「呸！都是廢物。」那書生忙道：「仁兄此言差矣！聖賢之書，如何能說是廢物？有道是書中自有黃金屋。」常長風道：「書中有黃金？呸！這些破書一文錢一斤，也沒人要。」這時蓋一鳴已打開扁擔頭另一端行李，除布被布衣之外，亦有幾本舊書，卻沒絲毫值錢之物。太岳四俠都好生失望。

那書生道：「在下遊學尋母，得見四位仁兄，幸何如之？四位號稱太岳四俠，想必是扶危濟困，行俠仗義，江湖上大大有名的了。」逍遙子道：「你這幾句話倒還說得不錯。」那書生道：「今日得見英俠，當眞三生有幸。在下眼前恰好有一件為難之事，要請四位大俠拔刀相助，賜予援手。」逍遙子道：「這個容易！我們做俠客的，若見到旁人有難而不伸手，那可空負俠義之名了。」那書生連連作揖道謝。蓋一鳴道：「到底是誰欺侮了你？」那書生道：「這件事說來慚愧，只怕四位兄台見笑。」花劍影恍然大悟，道：「啊，原來是你妹子生得美貌，給惡霸強搶去了。」那書生搖頭道：「不，我沒妹子。」蓋一鳴鼓掌道：「嗯，定是甚麼土豪還是贓官強佔了你的老婆。」那書生搖頭道：「也不是。我還沒娶親，何來妻室？」常長風焦躁起來，大聲道：「到底是甚麼事？快給我爽爽快快的說了吧。」那書生道：「說便說了，四位大俠可別見怪。」

太岳四俠雖自稱「四俠」，但江湖之上，武林之中，從來沒讓人這麼大俠前、大俠後的恭敬稱呼，這時聽那書生言語之中對自己如此尊重，各人都胸脯一挺，齊道：「快說，快說！有甚爲難之事，太岳四俠定當爲你擔待。」那書生團團一揖，說道：「在下江湖飄泊，道經貴地，阮囊羞澀，床頭金盡，唯有求懇太岳四俠相助幾十兩紋銀。四俠義薄雲天，樂善好施，在下這裏先謝過了。」

四俠一聽，不由得一齊皺起眉頭，說不出話來。他們本要打劫這個書生，那知讓他一番說辭，反給擠得下不了台。雙掌開碑常長風伸手一拍胸口，大聲道：「大丈夫爲朋友兩脅插刀，尚且不辭，何況區區幾十兩紋銀？大哥、三弟、四弟，拿錢出來啊。我這裏有——」伸手到懷裏一掏，單掌不開，原來衣囊中空空如也，連一文銅錢也沒有。

幸好花劍影和蓋一鳴身邊都還有幾兩碎銀子，兩人掏了出來，交給書生。那書生打躬作揖，連連稱謝，說道：「助銀之恩，在下終身不忘，他日山水相逢，自當報德。」說著攜了書僮，揚長出林。

他走出林子，哈哈大笑，對那書僮道：「這幾兩銀子，都賞了你吧！」那書僮整理給四人翻亂了的行李，揭開一本舊書，太陽下金光耀眼，書頁之間，竟夾著一片片薄薄的金葉子，笑道：「相公跟他們說書中自有黃金，他們偏偏不信。」

太岳四俠雖偷鷄不著蝕把米，但覺做了一件豪俠義舉，心頭倒說不出的舒暢。蓋一鳴道：「這書生漫遊四方，定能傳揚咱們太岳四俠的名頭……」話猶未了，忽聽得鸞鈴聲響，蹄聲得得，一乘馬遠遠自南而來。四俠久在江湖，聽風辨音之術倒也略知一二。逍遙子道：「各位兄弟，聽這馬兒蹄聲清脆，倒是一匹好馬。不管怎麼，將馬兒扣下來再說，便沒甚麼其他寶物，這匹馬也可當作禮物了。」蓋一鳴道：「大哥料事如神，言之有理。」忙解下腰帶，說道：「快解腰帶，做個絆馬索。」忙將四根腰帶接起，正要在兩棵大樹之間拉開，那乘馬已奔進林來。

馬上乘客見四人蹲在地下拉扯繩索，一怔勒馬，問道：「你們在幹甚麼？」蓋一鳴道：「安絆馬索兒……」話一出口，知道不妥，回首瞧去，見馬上乘客是個美貌少女，這一瞧之下，先放下了一大半心。那少女問道：「安絆馬索幹麼？」蓋一鳴站直身子，拍了拍手上塵土，說道：「絆你的馬兒啊！好，你既已知道，這絆馬索也不用了。你乖乖下馬，將馬兒留下，你好好去吧。咱們太岳四俠雖在黑道，素來單只劫財，決不劫色，守身如玉，有個響噹噹的名聲。太岳四俠遇上美貌姑娘堂客，自當擺出正人君子模樣，連一眼也不多瞧。」

那少女道：「你都瞧了我七八眼啦，還說一眼也不多瞧呢？」蓋一鳴道：「這個不算，我是無意之中，隨便瞧瞧！咱們太岳四俠決不能欺侮單身女子，自壞名頭。」那少女嫣然一笑，說道：「你們要留下我馬兒，還不是欺侮我嗎？」蓋一鳴結結巴巴的道：「這個嘛……自有道理。」逍遙子道：「我們不欺侮你，只欺侮你的坐騎。一頭畜牲，算得甚麼？」他見這馬身軀高大，毛光如油，極是神駿，兼之金勒銀鈴，單是這副鞍具，所值便已不菲，不由得越看越愛。

蓋一鳴道：「不錯，我們太岳四俠，是江湖上鐵錚錚的好漢，決不能難為婦孺之輩。你只須留下坐騎，我們不碰你一根毫毛。想我八步趕蟾、賽專諸、踏雪無痕……」那少女伸手掩住雙耳，忙道：「別說，別說。你們不知道我是誰，我也不知道你們是誰，是不是？」蓋一鳴奇道：「是啊！不知道那便如何？」那少女微笑道：「咱們既然互不相識，若有得罪，爹爹便不能怪我。呔！好大膽的毛賊，四個兒一齊上吧！」

四人眼前一晃，只見那少女手中已多了一對雙刀，這一下兵刃出手，其勢如風，縱馬向前一衝，俯身右手一刀割斷了絆馬索，左手一刀便往蓋一鳴頭頂砍落。蓋一鳴叫道：「好男不與女鬥！何必動手……」眼見白光閃動，長刀已砍向面門，急忙舉起鋼刺一擋。錚的一響，兵刃相交，但覺那少女的刀上有股極大黏力，一推一送，手中兵刃拿揑不住，登時脫手飛出，直射上數丈之高，釘入了一棵大樹的樹枝。

花劍影和常長風雙雙自旁搶上，那少女騎在馬上，居高臨下，左右雙刀連砍，花常二人堪堪招架不住。那少女見了常長風手中的石碑，甚是奇怪，問道：「喂，大個子，你拿著的是甚麼玩意兒？」常長風道：「這是常二俠的奇門兵刃，不在武林十八般兵器之內，招數奇妙，啊喲……哎唷！」卻原來那少女反轉長刀，以刀背在他手腕上一敲。

常長風吃痛，奇門兵刃脫手，無巧不巧，奇之又奇，又砸上先前砸得腫起了的腳趾。

逍遙子見勢頭不妙，提起旱煙管上前夾攻，他這煙管是精鐵所鑄，使的是判官筆招數，居然出手點穴打穴，只是所認穴道不大準確，未免失之毫厘，謬以尺寸。那少女瞧得暗暗好笑，賣個破綻，讓他煙管點中自己左腿，只感微微生疼，喝道：「癆病鬼，你點的是甚麼穴？」逍遙子道：「這是『中瀆穴』，點之腿膝痲痺，四肢軟癱，還不給我束手待縛？」那少女笑道：「中瀆穴不在這裏，偏左了兩寸。」逍遙子一怔，道：「偏左了，不會吧？」伸出煙管，又待來點。

那少女一刀砍下，將他煙管打落，隨即雙刀交於右手，左手一把抓住了他衣領，足尖在馬腹上輕輕一點，那馬一聲長嘶，直竄出林。逍遙子給她拿住後頸，全身痲痺，四肢軟癱，只有束手待縛。太岳四俠中賸下的三俠大呼：「風緊，風緊！」沒命價撒腿追來。

那馬瞬息間奔出里許。逍遙子給她提著，雙足在地下拖動，擦得鮮血淋漓，說道：「你抓住我的風池穴，那是足少陽和陽維脈之會，我自然沒法動彈，那也不足爲奇，非戰之罪，雖敗猶榮。」那少女格格一笑，勒馬止步，將他擲落，說道：「你自身的穴道倒說得對！」冷笑一聲，伸刀架在他頸中，喝道：「你對姑娘無禮，不能不殺！」

逍遙子嘆了口氣道：「此言錯矣，老夫年逾五旬，猶是童子之身，生平決不對姑娘太太無禮。你當眞要殺，最好從我天柱穴中下刀，一刀氣絕，免得多受痛苦！」那少女忍不住好笑，心想這癆病鬼臨死還在鑽研穴道，我再嚇他一嚇，瞧是如何，將刀刃抵住他頭頸「天柱」和「風池」兩穴之間，說道：「便是這裏了。」逍遙子大叫：「不，不，姑娘錯了，還要上去一寸二分……」

只聽得來路上三人氣急敗壞的趕來，叫道：「姑娘連我們三個一起殺了……」正是常長風等三俠。那少女道：「幹甚麼自己來送死？」蓋一鳴道：「我太岳四俠義結金蘭，不求同年同月同日生，但願同年同月同日死。姑娘殺我大哥，我兄弟三人不願獨生，便請姑娘一齊殺了。有誰皺一皺眉頭，不算好漢！」說著走到逍遙子身旁，直挺挺的一站，竟是引頸待戮。

那少女舉刀半空，作勢砍落，蓋一鳴咧嘴一笑，毫不閃避。那少女道：「好！你們四人武藝平常，義氣卻重，算得是好漢子，我饒了你們吧。」說著收刀入鞘。四人喜出望外，大爲感激。蓋一鳴道：「請問姑娘尊姓大名，我們太岳四俠定當牢記在心，日後以報不殺之恩。」那少女聽他仍口口聲聲自稱「太岳四俠」，絲毫不以爲愧，忍不住又格的一笑，說道：「我的姓名你們不用問了。我倒要請問，幹麼要搶我坐騎？」

蓋一鳴道：「今年三月初十，是晉陽大俠蕭半和的五十誕辰……」那少女聽到蕭半和的名字，微微一怔，道：「你們識得蕭老英雄麼？」蓋一鳴道：「我們不識蕭老英雄，只素仰他老人家英名，算得上神交已久，要乘他五十誕辰前去拜壽。說來慚愧，我們四兄弟少了一份賀禮，上不得門，因此……便……所……以……這個……」那少女笑道：「原來你們要搶我坐騎去送禮。嗯，這個容易。」從頭上拔下一枚金釵，說道：「這隻金釵給了你們，釵上這顆明珠很值錢，你們拿去作爲賀禮，蕭老英雄一定歡喜。」說著一提馬韁，那駿馬四蹄翻飛，遠遠去了。

蓋一鳴持釵在手，見釵上一顆明珠又大又圓，寶光瑩然，四俠雖不大識貨，卻也知是希世之珍。四俠呆呆望著這顆明珠，都歡喜不盡。逍遙子道：「這位姑娘慷慨豪爽，倒是我輩中人。」常長風道：「果然好一位俠義道中的女俠！哎唷！」原來給墓碑砸中的腳趾恰好發疼。蓋一鳴道：「大哥、二哥料事如神，言之有理。」

那少女坐在官水鎮汾安客店的一間小客房裏，桌上放著把小小酒壺，壺裏裝的是天下馳名的汾酒。這官水鎮在晉州西南，正是汾酒產地。可是她只喝了一口，嘴裏便辣辣的又麻又痛，這酒實在並不好喝。爲甚麼爹爹卻這麼喜歡？爹爹常說：「女孩子不許喝酒。」在家中得聽爹爹的話，這次一個人偷偷出來，這汾酒非得好好喝上一壺不可。但要喝乾這一壺，還眞不容易。她又喝了一大口，自覺臉上有些發熱，伸手一摸，竟有些燙手。

隔壁房裏的鏢客們卻你一杯、我一杯的在不停乾杯，難道他們不怕辣麼？一個粗大的嗓子叫了起來：「夥計，再來三斤！」那少女聽著搖了搖頭。另一個聲音說道：「張兄弟，這道上還是把細些的好，少喝幾杯！江湖上有言道：『手穩口也穩，到處好藏身。』待到了北京，咱們再痛痛快快的大醉一場。」先前那人笑道：「總鏢頭，我瞧你也穩得太過了。那四個渾點子胡吹一輪甚麼太岳四俠，就把你嚇得……嘿，嘿……夥計，快打酒來。」

那少女聽到「太岳四俠」的名頭，忍不住便要笑出聲來，想來這批鏢師也跟太岳四俠交過手。只聽那總鏢頭說道：「我怕甚麼了？你那知道我身上挑的千斤重擔啊！這十萬兩鹽鏢，也沒放在我姓周的心上。哼，這時也不便跟你細說，到了北京，你自會知道。」那張鏢師笑道：「不錯，不錯！我不知道，我不知道。嘿嘿，鴛鴦刀啊鴛鴦刀！」

那少女一聽到「鴛鴦刀」三字，心中怦的一跳，將耳朵湊到牆壁上去，想聽得仔細些，但隔房霎時之間聲息全無。那少女心裏一動，從房門中溜了出去，悄步走到眾鏢師的窗下一站。

只聽得周總鏢頭說道：「你怎知道？是誰洩漏了風聲？張兄弟，這件事可不是鬧著玩的。」他壓低了嗓門，但語調卻極爲鄭重。那張鏢師輕描淡寫的道：「這裏的兄弟們誰人不知，那個不曉？單就你自已，才當是個甚麼了不起的大秘密。」周總鏢頭聲音發顫，忙問：「是誰說的？」張鏢師道：「哈哈，還能有誰？是你自己。」周總鏢頭更急了，忙道：「我幾時說過了？張兄弟，今日你不說個明明白白，咱哥兒們可不能算完。我姓周的平素待你不薄啊……」只聽另一人道：「總鏢頭，你別急。張大哥的話沒錯，是你自己說的。」周總鏢頭道：「我？我？我怎麼會？」那人道：「咱們鏢車一離西安，每天晚上你睡著了，便儘說夢話，翻來覆去總是說：『鴛鴦刀，鴛鴦刀！這一次送去北京，可不能出半點岔子，得了鴛鴦刀，無敵於天下……』」

周威信又驚又愧，那裏還說得出話來？怎想得到自己牢牢守住的大秘密，只因白天裏儘想著，腦中除了「鴛鴦刀」之外再沒其他念頭，日有所思，夜有所夢，在睡夢中竟說了出來。他向衆鏢師團團一揖，低聲道：「各位千萬不可再提『鴛鴦刀』三字。從今晚起，我用布包著嘴巴睡覺。」

那少女在窗外聽了這幾句話，心中大樂，暗想：「踏破鐵鞋無覓處，得來全不費功夫。這一對鴛鴦刀，竟在這鏢師身上。我盜了回去，瞧爹爹怎麼說？」

這少女姓蕭名中慧，她爹爹便是晉陽大俠蕭半和。

蕭半和威名遠震，與江湖上各路好漢廣通聲氣，上月間得到訊息，武林中失落有年的一對鴛鴦刀重現江湖，竟爲川陝總督劉於義所得。這對刀跟蕭半和大有淵源，他非奪到手不可，心下計議，料想劉於義定會將寶刀送往京師，呈獻皇帝，與其趕到重兵駐守的要地搶奪，不如半途中攔路截劫。豈知劉於義狡猾多智，一得到寶刀，便大布疑陣，假差官、假貢隊，派了一次又一次，使得覬覦這對寶刀的江湖豪士接連上當，反而折了不少人手。蕭半和想起自己五十生辰將屆，便撒下英雄帖，廣邀秦晉冀魯四省好漢來喝一杯壽酒，但有些英雄帖中卻另有附言，囑託各人務須將這對寶刀劫奪下來。當然，若不是他熟知其人性情來歷的血性朋友，請帖中自無附言，否則風聲洩漏，打草驚蛇，別說寶刀搶不到，只怕還累了好朋友們的性命。

蕭中慧一聽父親說起這對寶刀，當即躍躍欲試。蕭半和派出徒兒四處撒英雄帖，她便也要去，蕭半和派人在陝西道上埋伏，她更加要去。但蕭半和總搖頭說道：「不成！」她求得急了，蕭半和便道：「你問你大媽去，問你媽媽去。」蕭半和有兩位夫人，大夫人姓袁，二夫人姓楊。中慧是楊夫人所生，可是袁夫人對她十分疼愛，當她便如是自己親生女兒一般。楊夫人說不能去，中慧還可撒嬌，還可整天說非去不可，但袁夫人一說不能去，中慧便不敢辯駁。這位袁夫人對她很慈和，但神色間自有一股威嚴，她從小便不敢對大媽的話有半點違拗。

然而搶奪寶刀啊，又凶險，又奇妙，這可多麼有趣！蕭中慧一想到，無論如何按捺不住，終於在一天半夜裏，留了個字條給爹爹、大媽和媽媽，偷偷牽了一匹馬，便離開了晉陽。她遇到了要去給爹爹拜壽的太岳四俠，只覺天下英雄好漢，武功也不過如此；

她再聽到了鏢師們的說話，更覺要劫奪鴛鴦刀，似乎也不是甚麼太大的難事。

她轉過身來，要待回房，再慢慢盤算如何向鏢隊動手，只跨出兩步，突然之間，隔著天井的對面房中傳出噹的一聲響，這是她從小就聽慣了的兵刃撞擊聲。她心中一驚：「啊喲，不好！人家瞧見我啦！」卻聽得一人罵道：「當眞動手麼？」一個女子聲音叫道：「那還跟你客氣？」但聽得乒乒乓乓之聲不絕，打得甚是激烈，還夾雜一個嬰兒的大聲哭叫。對面房中窗格上顯出兩個黑影，一男一女，每人各執一柄單刀，縱橫揮霍，拚命砍殺。

這麼一打，客店中登時大亂。只聽得周總鏢頭喝道：「大夥兒別出去，各人戒備，守住鏢車，小心歹人調虎離山之計。」蕭中慧一聽，心想：「這般不要性命的拚鬥，那裏是調虎離山的假打？只可惜他不出來瞧瞧，否則倒眞是盜刀的良機。」再瞧那兩個黑影時，女的顯已力乏，不住倒退，那男的卻步步進逼，毫不放鬆。她俠義之心登起，心想：「這惡賊好生無禮，黌夜搶入女子房中，橫施強暴，這抱不平豈可不打？」待要衝進去助那女子，但轉念一想：「不好！我一出手，不免露了行藏，若讓那些鏢師瞧見了，再下手盜刀便不容易。」強忍怒氣，只聽得兵刃相擊之聲漸緩，男女兩人破口大罵起來，說的是魯南土語，蕭中慧倒有一大半不懂。

她聽了一會，煩躁起來，正要回房，忽聽得呀的一聲，東邊一間客房的板門推開，出來一個少年書生。只聽他朗聲說道：「兩位何事爭吵？有話好好分辨道理，何必動刀動槍？」他一面說，一面走到男女兩人窗下，似要勸解。蕭中慧心道：「那惡徒如此兇蠻，誰來跟你講理？」只聽得那房中兵刃相交之聲又起，小兒啼哭之聲越來越響，驀地裏一粒彈丸從窗格中飛出，啪的一聲，正好將那書生的帽子打落在地。那書生叫道：「啊喲，不好！」接著喃喃自言自語：「城門失火，殃及池魚。君子不立於危牆之下，還是明哲保身要緊。」說著慢慢踱回房去。

蕭中慧既覺好笑，又為那女子著急，心想那惡賊肆無忌憚，這女子非吃大虧不可。但這時那房中鬥毆之聲已息，客店中登時靜了下來。蕭中慧心下琢磨：「爹爹常說，行事當分輕重緩急，眼前盜刀要緊，只好讓那兇徒無法無天。」回到房中，關上了門，躺在炕上，尋思如何盜劫寶刀：「這鏢隊的人可真不少，我一個人怎對付得了？本該連夜趕回晉陽，去跟爹爹說知，讓他來調兵遣將。可是若我用計將刀盜來，雙手捧給爹爹，豈不更妙？」想到得意之處，左邊臉頰上那個酒窩兒深深陷了進去。可是用甚麼計呢？她自幼得爹爹調教，武功不弱。但說到用計，咱們的蕭姑娘可不大在行，肚裏計策並不算多，簡直可以說不大有。

她躺在炕上，想得頭也痛了，雖想出了五六個法兒，但仔細一琢磨，竟沒一條管用。矇矇矓矓間眼皮重了起來，靜夜之中，忽聽得篤、篤、篤……一聲一聲自遠而近的響著，有人以鐵杖敲擊街上石板，一路行來，顯是個盲人。

敲擊聲響到客店之前，戛然而止，接著那鐵杖便在店門上突、突、突的敲響，跟著是店小二開門聲、呵斥聲，一個蒼老的聲音哀求著要一間店房。店小二要他先給錢，那老瞎子給了錢，可是還差著兩吊。於是推拒聲、祈懇聲、店小二罵人的污言穢語，一句一句傳入蕭中慧耳裏。

她越聽越覺那盲人可憐，翻身坐起，在包袱中拿了一小錠銀子，開門出去，卻見那書生已在指手劃腳、之乎者也的跟店小二理論，看來他雖要明哲保身，仍不免喜歡多管閒事。只聽他說道：「小二哥，敬老恤貧，乃是美德，差這兩吊錢，你就給他墊了，也就完啦。」店小二怒道：「相公的話倒說得好聽，你既好心，那你便給他墊了啊。」那書生道：「你這話又不對了。想我是行旅之人，盤纏帶得不多，寶店的價錢又大得嚇人，倘若隨便出手，轉眼間便如夫子之厄於陳蔡了。因此，所以，還是小二哥少收兩吊錢吧。」

蕭中慧噗哧一笑，叫道：「喂，小二哥，這錢我給墊了，接著！」店小二一抬頭，只見白光一閃，一塊碎銀飛了過來，忙伸手去接。他這雙手銀子是接慣了的，可說百不失一，這般空中飛來的銀子，這次卻是生平破題兒頭一遭來接，不免少了習練，噗的一聲，那塊銀子已打中了他胸口，雖說是銀子，來者不拒，但打在身上不免也有點兒疼痛，忍不住「啊喲」一聲，叫了出來。

那書生道：「你瞧，人家年紀輕輕一位大姑娘，尚且如此好心。小二哥，你枉爲男子漢，可差得遠了。」蕭中慧向他掃了一眼，見他長臉俊目，劍眉斜飛，容顏間英氣逼人，心中一跳，忙低下頭去。只聽那老瞎子道：「多謝相公好心，你給老瞎子付了房飯錢，當眞多謝多謝，但不知恩公高姓大名，我瞎子記在心中，日後也好感恩報德。」那書生道：「小可姓袁名冠南，區區小事，何足掛齒？這房飯錢，其實不是我代惠的。老丈你尊姓大名啊？」那老瞎子道：「我瞎子的賤名，叫做卓天雄。」

蕭中慧心中正自好笑：「這老瞎子當眞眼盲心也盲，明明是我給的銀子，卻去多謝旁人。」突然間聽到「卓天雄」三字，心頭一震：「這名字好像聽見過的。那天爹爹和大媽似乎曾低聲說過這個名字，那時我剛好走過大媽房門口，爹爹和大媽一見到我，便住了口。但說不定是同名同姓，更許是音同字不同。爹爹怎能識得這老瞎子？」

袁冠南伴了卓天雄，隨著店小二走到內院。經過蕭中慧身旁時，袁冠南突然躬身長揖，說道：「姑娘，你帶了很多銀子出來麼？」蕭中慧沒料到他竟會跟自己說話，臉上一紅，似還禮不似還禮的蹲了一蹲，說道：「怎麼？」袁冠南道：「小可見姑娘如此豪闊，意欲告貸幾兩盤纏之資！」蕭中慧更沒料到他居然會單刀直入的開口借錢，越加發窘，滿臉通紅，不知如何回答才是，呆了一呆，轉過臉去。那書生道：「好，既不肯借，那也不妨。待小可去打別人主意吧！」說著又是一揖，轉身回房。

蕭中慧心頭怦怦而跳，一時定不下神，忽然之間，那邊房裏兵刃聲和喝罵聲又響了起來，砰的一聲大響，窗格飛開，一個壯漢手持單刀，從窗中躍出，左手中卻抱了個嬰兒。跟著一個少婦從窗裏追了出來，頭髮散亂，舞刀叫罵：「快還我孩子，你抱他到那裏去？」兩人一前一後，直衝出店房。蕭中慧見那少婦滿臉惶急之情，俠義之心再也難以抑制，心道：「這兇徒搶了她孩子，如此傷天害理，非伸手管一管不可！」忙回房取了雙刀，趕將出去。

遠遠聽見那少婦不住口的叫罵：「快放下孩子，半夜三更的，嚇壞他啦！你這千刀萬剮的殺胚，嚇壞了孩子，我……我……」蕭中慧循聲急追，不料這兇徒和少婦的輕身功夫均自不弱，直追出里許，來到一處荒涼的墓地，才見到兩人雙刀相交，正自惡鬥。那兇徒懷抱孩子，形勢不利，砍了幾刀，逼開少婦，將孩子放在一塊青石之上，才迴刀砍殺。蕭中慧停步站住，先瞧一瞧那兇徒的武功，但見他膂力強猛，刀法兇悍，那少婦邊打邊退，看來轉眼間便要傷在他刀下。蕭中慧提刀躍出，喝道：「惡賊，還不住手？」右手短刀使個虛式，左手長刀逕刺那兇徒胸膛。

那少婦見蕭中慧殺出，呆了一呆，心疼孩子，忙搶過去抱起。那兇徒舉刀一架，問道：「你是誰？」蕭中慧微微冷笑，道：「打抱不平的姑娘。」揮刀砍出，她除了跟爹爹及師兄們過招之外，當眞與人動手第一次是獨鬥太岳四俠，第二次便是鬥這兇徒了。這兇徒的武功可比太岳四俠強得太多，招數變幻，一柄單刀盤旋飛舞，左手不時還擊出沉雄的掌力。蕭中慧叫道：「好惡賊，這麼橫！」左手刀著著進攻，驀地裏使個「分花拂柳式」，長刀急旋。那兇徒吃了一驚，側身閃避。蕭中慧叫道：「躺下！」短刀斜削，那兇徒左腿上早著。他大吼一聲，一足跪倒，兀自舉刀還招。蕭中慧雙刀齊劈，引得他橫刀擋架，一腿掃去，將他踢倒在地，跟著短刀又刺他右腿。

陡然間風聲颯然，一刀自後襲到，蕭中慧吃了一驚，顧不到傷那兇徒，急忙迴刀招架，這一招「獅子回首」分寸拿捏得恰到好處，噹的一聲，雙刀相交，黑暗中火星飛濺。她一看之下，更驚得呆了，原來在背後偷襲的，竟是那懷抱孩子的少婦。這少婦一刀給她架開，跟著又是一刀。蕭中慧識得這一招「夜叉探海」志在傷敵，竟是不顧自身安危的拚命打法，當即揮短刀擋過，叫道：「你這女人莫不是瘋了？」那少婦道：「你才瘋了！」單刀斜閃，溜向蕭中慧長刀的刀盤，就勢推撥，滑近她手指。蕭中慧一驚，見這少婦力氣不及那兇徒，但刀法之狡譎，卻遠有過之。

這時那兇徒已包紮了腿上傷口，提刀上前夾擊，兩人一攻一拒，招招狠辣。蕭中慧暗暗叫苦：「原來這兩人設下圈套，故意引我上當。」她刀法雖精，終究少了臨敵的經歷，這時子夜荒墳，受人夾擊，不知四下裏還伏了多少敵人，不由得心中先自怯了，一面打，一面罵道：「我跟你們無怨無仇，幹麼設下這毒計害我？」

那兇徒罵道：「誰跟你相識了？小賤人，無緣無故的來砍我一刀。」那少婦也喝道：「你到底是甚麼路道？不問青紅皂白便出手傷人。」問那兇徒道：「龍哥，你腿上傷得怎樣？」語意之間，極是關切。那兇徒道：「他媽的，痛得厲害。」蕭中慧奇道：「你們不是存心害我麼？」那少婦道：「你到底幹甚麼的？這麼強兇霸道，自以爲武藝高強麼？我瞧也不見得，可眞不要臉哪。」蕭中慧怒道：「我見你給這兇徒欺侮，好心救你，誰知你們是假裝打架。」那少婦道：「誰說假裝打架？我們夫妻爭鬧，平常得緊，你多管甚麼閒事？」

蕭中慧聽得「夫妻爭鬧」四字，大吃了一驚，結結巴巴的問道：「你們……你們是夫妻？」當即向後躍開，腦中一陣混亂。那壯漢道：「怎麼啦？我們一男一女住在一房，又生下了孩子，難道不是夫妻麼？」蕭中慧奇道：「這孩子是你們的兒子？」那少婦道：「他是孩子爸爸，我是孩子媽媽，礙著你甚麼事了？他叫林玉龍，我叫任飛燕，你還要問甚麼？」說著氣鼓鼓的舉刀半空，又要搶上砍落。

蕭中慧道：「你們既是夫妻，又生下了孩子，自然恩愛得緊。怎地又打又罵，又動刀子？這不奇嗎？」任飛燕冷笑道：「哈哈，大姑娘，等你嫁了男人，就明白啦。夫妻不打架，那還叫甚麼夫妻？有道是床頭打架床尾和，你見過不吵嘴不打架的夫妻沒有？」蕭中慧脫口而出，說道：「我爹爹媽媽就從來不吵嘴不打架。」林玉龍撫著傷腿，罵道：「他媽的，這算甚麼夫妻？定然路道不正！啊唷，啊唷……」任飛燕聽得丈夫呼痛，忙放下孩子，去瞧他傷口，這神情半點不假，當眞是一對恩愛夫妻。林玉龍兀自喃喃叫罵：「他媽的，不動刀子不拌嘴，算是甚麼夫妻？」

蕭中慧一怔，心道：「嘿，這可不是罵我爹娘來著？」怒氣上衝，又想上前教訓他，但以一敵二，料想打不過，見那嬰兒躺在石上，啼哭不止，心中怨氣不出，一轉身抱起嬰兒，飛步便奔。

任飛燕爲丈夫包好傷口，回頭卻不見了兒子，驚叫：「兒子呢？」林玉龍「啊喲」一聲，跳了起來，說道：「給那賤人抱走啦。」任飛燕道：「你怎不早說？」林玉龍道：「你自己抱著的，誰教你放在地下？」任飛燕大怒，飛身上前，吧的一聲，打了他個嘴巴，喝道：「我給你包傷口啊！死人！」林玉龍回了一拳，罵道：「兒子也管不住，誰要你討好？」任飛燕道：「畜生，快去搶回兒子，回頭再跟你算帳。」說著拔步狂追。林玉龍道：「不錯，搶回兒子要緊。臭婆娘，自己親生的兒子也管不住，有個屁用？」跟著追了下去。

蕭中慧躲在一株大樹背後，按住小孩嘴巴，不讓他哭出聲來，見林任夫婦邊罵邊追，越追越遠，心中暗暗好笑，突然間身上一陣熱，一驚低頭，見衣衫上濕了一大片，原來那孩子拉了尿。她好生煩惱，輕輕在孩子身上一拍，罵道：「要拉尿也不說話？」那孩子未滿週歲，如何會說話？給她這麼一拍，放聲大哭。蕭中慧心下不忍，只得「乖孩子、好寶貝」的慢慢哄他。哄了一會，那孩子合眼睡著了。蕭中慧見他肥頭胖耳，臉色紅潤，傻裏傻氣的甚是可愛，不由得頗爲喜歡，心想：「去還給他爹爹媽媽吧，嚇得他們也夠了。」見這對夫婦雙雙向北，當下也不回客店，向北追去。

行了十餘里，天已黎明，那對夫妻始終不見，待得天色大明，到了一座樹木茂密的林中，鳥鳴聲此起彼和，野花香氣撲鼻而至。蕭中慧見林中景色清幽，一夜不睡，也眞倦了，揀了一處柔軟的草地，倚樹養神，低頭見懷中孩子睡得香甜，過不多時，自己竟也睡著了。

陽光漸烈，樹林中濃蔭匝地，花香愈深，睡夢中忽聽得「威武——信義——，威武——信義——」一陣陣鏢局的趟子聲遠遠傳來，蕭中慧打個呵欠，雙眼尚未睜開，卻聽得趟子聲漸漸近了。

來的正是威信鏢局的鏢隊。

鐵鞭鎭八方周威信率領著鏢局人衆，迤邐將近棗香林，只要過了這座林子，前面到晉州一直都是平陽大道，眼見紅日當空，眞是個好天，本來今日說甚麼也不會出亂子，可是他心中卻不自禁的暗暗發毛。鏢隊後面那老瞎子的鐵杖在地下篤的一聲敲，他心中便突的一跳。

一早起行，那老瞎子便跟在鏢隊後面，初時大夥兒也不在意，但坐騎和大車趕得快了，說也奇怪，那瞎子竟始終跟在後面。周威信覺得有些古怪，向張鏢師和詹鏢師使個眼色，鞭打牲口，急馳疾奔，刹時間將老瞎子拋得老遠。他心中一寬。但鏢車沉重，快跑難以持久，一會兒便慢了下來。過不多久，篤、篤、篤聲隱隱起自身後，這老瞎子居然又趕了上來。

這麼一露功夫，鏢隊人衆無不相顧失色，老瞎子這門輕功，可當眞不含糊。鏢隊慢了，那瞎子並不追趕上前，鐵杖擊地，總是篤、篤、篤的，與鏢隊相距這麼十來丈遠。

眼見前面黑壓壓的是一片林子，周威信低聲道：「張兄弟，大夥兒得留上了神，這老瞎子可眞有點邪門，江湖上有言道：『念念當如臨敵日，心心便似過橋時。』」張鏢師昨天打跑了太岳四俠，一直飄飄然的自覺英雄了得，聽周威信這麼說，心道：「就算他輕身功夫不壞，一個老瞎子又怕他何來？我瞧你啊，見了耗子就當是大蟲。」彎腰從地下拾起一塊小石子，使出打飛蝗石手法，沉肘揚腕，瞄準向那瞎子打去。只聽得嗤嗤聲響，石子破空，去勢甚急，那瞎子更不抬頭，鐵杖微抬，噹的一聲響，將那石子激回。張鏢師叫道：「啊喲！」那石子正打中他額角，鮮血直流。鏢隊中登時一陣大亂。

張鏢師叫道：「賊瞎子，有你沒我！」縱馬上前，舉刀往瞎子肩頭砍落。那瞎子舉杖擋格，張鏢師手中單刀倒翻上來，只震得手臂酸痲，虎口隱隱生疼。詹鏢師叫道：「有強人哪，併肩子齊上啊。」衆人雖見那瞎子武功高強，但想他終究不過單身一人，眼睛又瞎了，好漢敵不過人多，於是刀槍並舉，七八名鏢師、衛士一齊擁上，將他圍在垓心。那瞎子似不在意，鐵杖輕揮，東一敲，西一戳，只數合間，已將一名衛士打倒在地。

周威信遠遠瞧著，見老瞎子出手沉穩，好整以暇，竟似絲毫沒將衆人放在心上，驀地裏見他眼皮一翻，一對眸子精光閃爍，竟不是瞎子，跟著一轉身，抬腿將詹鏢師踢了個觔斗。周威信大駭，心知這瞎子決非太岳四俠中的逍遙子可比，卻是當眞身負絕藝的高手，想到自己身上的重任，高叫：「張兄弟，你將老瞎子拿下了，可別傷他性命。我先行一步，咱們晉州見。」心道：「江湖上有言道：『路逢險處須當避，不是才子莫吟詩。』」雙腿一夾，縱馬奔向林子。

剛馳進樹林，只見一株大樹後刀光閃爍，他是老江湖了，暗暗叫苦：「原來那瞎子並非獨腳大盜，這裏更伏下了幫手。」當下沒命價鞭馬向前急馳，只馳出四五丈，便見一個人影從樹後閃出。

周威信見這人手持單刀，神情兇猛，當下更不打話，手一揚，一枝甩手箭脫手飛出，向那人射去，同時縱騎衝前。那人揮刀格開甩手箭，罵道：「甚麼人，亂放暗青子？」另一人跟著趕到，喝道：「你有暗青子，我便沒有麼？」拉開彈弓，吧吧吧一陣響，八九枚連珠彈打了過來，有兩枚打在馬臀上，那馬吃痛，後腳亂跳，登時將周威信掀下馬來。周威信早執鞭在手，在地下打個滾，剛躍起身，吧的一聲，手腕上又中一枚彈丸，鐵鞭拿捏不住，掉落在地。那兩人一左一右，同時搶上，雙刀齊落，架在他頸中，一人問道：「你是甚麼人？」另一個問道：「幹麼亂放暗青子？」先一人又道：「你瞧見我孩子沒有？」另一人又問：「有沒有見一個年輕姑娘走過？」先一人又問：「那年輕姑娘有沒抱著孩子？」

片刻之間，每個人都問了七八句話，周威信便有十張嘴，也答不盡這許多話。原來這兩人正是林玉龍和任飛燕夫婦。

林玉龍向妻子喝道：「你住口，讓我來問他。」任飛燕道：「幹麼要我住口？你閉嘴，我來問。」兩人你一言，我一語，爭吵了起來。周威信爲兩柄單刀同時架在頸中，生怕任誰一個脾氣大了，隨手一按，自己的腦袋和身子不免各走各路，正是：「江湖上有言道：你去你的陽關道，我走我的獨木橋。」又想：「江湖上有言道：『光棍不吃眼前虧，伸手不打笑臉人。』」當下滿臉堆笑，說道：「兩位不用心急，先放我起來，再慢慢說不遲。」林玉龍喝道：「幹麼要放你？」任飛燕見他右手反轉，牢牢按住背上包袱，似乎其中藏著十分貴重之物，喝道：「那是甚麼？」

周威信自從在總督大人手中接過了這對鴛鴦刀之後，心中片刻也沒忘記過「鴛鴦刀」三字，只因心無旁騖，竟在睡夢之中也不住口的叫了出來，這時鋼刀架頸，情勢危急，任飛燕又問得緊迫，實無思索餘地，不自禁衝口而出：「鴛鴦刀！」

林任兩人一聽，吃了一驚，兩隻左手齊落，同時往他背上的包袱抓去。周威信一言既出，立時懊悔無已，當下情急拚命，百忙中腦子裏轉過了一個念頭：「江湖上有言道：『一夫拚命，萬夫莫當。』何況他們只有兩夫？不，只有一夫，另一個是女不是夫。」顧不得冷森森的利刃架在頸中，向前一撲，待要滾開。林任夫妻同時運勁，猛力一扯，卻將他連人帶包袱提起。原來周威信以細鐵鍊將寶刀縛在背上，林任兩人雖一齊使力，仍拉不斷鐵鍊。

三個人纏作一團。周威信回手一拳，砰的一下，打在林玉龍臉上。任飛燕倒轉刀柄，在周威信後頸重重的砸了一下，問道：「龍哥，你痛不痛？」林玉龍怒道：「那還用問？自然痛啦。」任飛燕怒道：「哈，我好心問你，難道問錯了？」兩人一面搶奪包袱，一面又拌起嘴來。

斗然間草叢中鑽出一人，叫道：「要不要孩子？」林任二人一抬頭，見那人正是蕭中慧，雙手高舉著自己兒子，心中大喜，立即一齊伸手去接。蕭中慧右手遞過孩子，左手短刀嗤的一聲，已割開了周威信背上包袱，跟著右手探出，從包袱中拔出一把刀來，青光閃耀，寒氣逼人，隨手一揮，果眞好寶刀，鐵鍊應刃斷絕。蕭中慧搶過包袱，翻身便上了周威信的坐騎，這幾下手法兔起鶻落，迅捷利落之至。

她一提馬韁，喝道：「快走！」不料那馬四隻腳便如牢牢釘在地下，竟然不動。蕭中慧伸足去踢馬腹，驀地裏雙足膝彎同時一麻。她暗叫：「不好！」待要躍下馬背，可那裏還來得及，早已給人點中穴道，身子騎在馬上，卻一動也不能動了。

只見馬腹下翻出一人，正是那老瞎子，也不知他何時擺脫鏢隊的糾纏，趕來悄悄藏在馬腹之下，他一伸手便奪過蕭中慧手中一對鴛鴦刀。任飛燕將孩子往地下一放，拔刀撲上。林玉龍跟著自旁側攻。那瞎子提著出了鞘的長刃鴛刀往上擋格，叮噹兩響，林任夫婦手中雙刀齊斷。兩人只一呆，腰間穴道酸麻，已讓點中大穴，再也動彈不得了。

周威信勢如瘋虎，喝道：「賊瞎子，有你沒我！」拾起地下鐵鞭，使一招「呼延十八鞭」的「橫掃千軍」，向瞎子橫砸過去。那瞎子竟不閃避，提起鴛鴦長刀，向前刺出，說也奇怪，這一刺既非刺向鐵鞭，也不是刺向周威信胸口，卻是刺在包袱中的刀鞘之內，跟著連刀帶鞘橫砸而至。他竟將刀鞘當作鐵鞭使，而招數一模一樣，也是「呼延十八鞭」中的「橫掃千軍」，刀鞘在鐵鞭上一格，周威信這一條十六斤重的鐵鞭登時給攔在半空，再也砸不下分毫。這半空不知算不算「一方」，是否「鐵鞭鎮八方」，大有商量餘地。一刀一鞭略一相持，呼的一聲響，那鐵鞭竟給瞎子的內勁震得脫手飛出，這一招「鐵鞭飛一方」使出來，周威信虎口破裂，滿掌是血。那瞎子白眼一翻，冷笑道：「呼延十八鞭最後一招，你沒學會吧？」

周威信這一驚非同小可，「呼延十八鞭」雖號稱十八鞭，但傳世的只十七招，他師父曾道，最後一招叫做「一鞭斷十槍」，當年北宋大將呼延贊受敵人圍攻，曾以一根鋼鞭震斷十條長槍，這一路鞭法，不論招數，單憑內力，會者無多，當世只他師伯有此神功。周威信從未見過師伯，只知他是清廷侍衛，「大內七大高手」之首，向來深居禁宮，從不出外，因此始終無緣拜見。這時心念一動，顫聲問道：「你……你老人家姓卓？」那瞎子道：「不錯。」周威信驚喜交集，拜伏在地，說道：「弟子周威信，叩見卓師伯。」

那老瞎子微微一笑，道：「虧得你知道世上還有個卓天雄。」周威信道：「師父在日，常稱道師伯的神威。弟子不識師伯，剛才多有冒犯。江湖上有言道：『有緣千里來相會，無緣對面不相逢。』不知師伯幾時從北京出來？」卓天雄微笑道：「皇上派我來接你啊。」周威信又惶恐，又歡喜，道：「若非師伯伸手相援，這對鴛鴦刀只怕要落入匪徒手中了。」卓天雄道：「皇上明見萬里，早料到這對刀上京時會出亂子。你一離西安，我便跟在鏢隊後面。你晚上睡著時，口中直嚷些甚麼啊？」周威信面紅過耳，囁嚅著說不出話來，心道：「師伯一路躡著我們鏢隊，連我夜裏說夢話也給聽去了，我卻絲毫不覺，若不是師伯而是想盜寶刀的大盜，我這條小命還在麼？江湖上有言道：『萬事不由人計較，一生都是命安排。』」

卓天雄道：「你的夥計們膽子都小著點兒，這會兒也不知躲到了那兒。你去叫叫齊，咱們一塊兒趕路吧。」周威信連聲稱是。卓天雄舉起那對刀來，略一拂拭，只覺一股寒氣，直逼眉目，不禁叫道：「好刀！」

周威信正要出林，忽聽左邊一人叫道：「喂，姓卓的，乖乖的便解開我穴道，咱們好好來鬥一場。」另一個女子道：「你乘人不備，出手點穴，算是那一門子的英雄好漢？」卓天雄轉過頭去，但見林玉龍、任飛燕夫婦各舉半截斷刀，作勢欲砍，苦在全身動彈不得，空自發狠。卓天雄伸指在短刀上一彈，錚的一響，聲若龍吟，悠悠不絕，說道：「不論你有多少匪徒，來一個，擒一個，來兩個，捉一雙。」轉頭向蕭中慧道：「小姑娘，你也隨我進京走一遭，去瞧瞧京裏的花花世界吧。」

蕭中慧大急，叫道：「快放了我，你再不放我，要叫你後悔無窮。」卓天雄哈哈大笑，道：「這麼說，我更加不能放你了，且瞧瞧你怎地令我後悔無窮。」蕭中慧暗運內息，想衝開腿上給點中的穴道，但一股內息降到腰間便自回上，心中越焦急，越覺全身酸麻，半分力氣也使不出來，一張俏臉脹得通紅，淚水在眼中滾來滾去，便欲奪眶而出。

忽聽得林外一人縱聲長吟：「天子重英豪，文章敎爾曹，萬般皆下品，唯有讀書高……」高吟聲中，一人走進林來。蕭中慧看去，正是昨晚在客店中見到的那個少年書生袁冠南，自己這副窘狀又多了一人瞧見，更加難受，心中一急，眼淚便如珍珠斷線般滾了下來。

卓天雄手按鴛鴦雙刀，厲聲道：「姓袁的，這對刀便在這裏，有本事不妨來拿去。你裝腔作勢，瞞得過別人，可乘早別在卓天雄眼前現世。」說著雙刀平平一擊，錚的一響，聲振林梢。

袁冠南右手提著一枝毛筆，左手平持一隻墨盒，說道：「在下詩興忽來，意欲在樹上題詩一首，閣下大呼小叫，未免掃人淸興。」說著東張西望，似乎尋覓題詩之處。卓天雄早瞧出他身有武功，見他如此好整以暇，怕他身負絕藝，倒也不敢輕敵，將雙刀還入刀鞘，交給周威信，鐵棒一頓，喝道：「你要題詩，便題在我瞎子的長衫上吧！」說著揮動鐵棒，往袁冠南腦後擊去。

蕭中慧情不自禁，脫口而出叫道：「別打！」她見袁冠南文謅謅手無縛鷄之力，這一棒打上去，還不將他砸得腦漿迸裂？那知袁冠南頭一低，叫聲：「啊喲！」從鐵棒下鑽過，說道：「姑娘叫你別打，怎不聽話？」

卓天雄迴過鐵棒，平腰橫掃。袁冠南撲地向前一跌，鐵棒剛好從頭頂掠過。卓天雄喝道：「這一下不錯！」左手成掌劈出。袁冠南含胸沉肩，毛筆在墨盒中一蘸，往他手腕上點去。兩人數招一過，蕭中慧暗暗驚異：「這書生原來有一身武功，這一次我可走了眼啦。」但見他身形飄動，東閃西避，卓天雄的鐵棒始終打不到他。她暗自禱祝：「老天爺生眼睛，保佑這書生得勝，讓他助我脫困。」

林玉龍喝采道：「秀才相公，瞧不出你武功還這樣強，快殺了這瞎子，解開我們穴道。」任飛燕道：「你這不是一廂情願嗎？我瞧這小秀才未必便是老瞎子對手。」林玉龍喝道：「臭婆娘，儘說不吉利話，你懂得甚麼？」任飛燕道：「嘿，我瞧得見他們動手，你瞧見麼？」原來她面對卓袁兩人，林玉龍卻是背向。林玉龍道：「瞧得見便又怎地？我聽那瞎子的鐵棒亂揮，一味呼呼風響，全不管事。」任飛燕啐了一口，道：「不管事，不管事！哼，他可點得你動彈不得。」林玉龍道：「那你呢？你倒動給我瞧瞧！」兩人你一言，我一語，越吵越兇，苦於身子轉動不得，否則早又相互拳腳交加。任飛燕氣忿不過，一口唾液向丈夫吐了過去。林玉龍無法閃避，眼睜睜的任那唾沫飛過來黏在自己鼻樑正中，當即波的一聲，也吐了一口唾沫過去。夫妻倆你一口，我一口，相互吐得滿頭滿臉都是唾沫。

蕭中慧見他夫妻身在危難之中，兀自不停吵鬧，又好氣，又好笑，斜目再瞧袁卓二人時，不由得芳心暗驚，但見袁冠南不住倒退，似乎已非卓天雄敵手，心道：「但願他這是裝腔作勢，故意戲弄老瞎子，其實並非眞敗！」

可是事與願違，卓天雄的武功，其實比袁冠南高出頗多。初時卓天雄見他以毛筆與墨盒作武器，心想他如此有恃無恐，定有驚人藝業，因而小心翼翼，不敢強攻，待得試了幾招，見他身法雖快，終究稚嫩，而毛筆的招數之中更無異狀，當下鐵棒橫掃直砸，使出「呼延十八鞭」中的精妙家數。袁冠南沒料到竟遇上如此厲害對手，手裏又沒武器，立時左支右絀，迭遇險著，不由得暗暗叫苦：「我忒也托大，把這假瞎子瞧得小了，那知他竟是這等硬手？」眼見鐵棒斜斜砸來，忙縮肩閃避。卓天雄叫聲：「躺下！」鐵棒翻起，打中了袁冠南左腿。蕭中慧心中怦的一跳，叫道：「啊喲！」

袁冠南強自支撐，腳步略一踉蹌，退出三步，卻不跌倒，知道今日之事兇險萬狀，腿上既已受傷，便欲全身退走，亦已不能，情急智生，叫道：「好啊！小爺有好生之德，不願用這『腐骨穿心膏』。你既無禮，說不得，只好叫你嘗嘗滋味。」說著將毛筆在墨盒中蘸得飽飽的，提筆往卓天雄臉上抹去。卓天雄聽得「腐骨穿心膏」五字，吃了一驚，叫道：「且住！五毒聖姑是你何人？」

五毒聖姑是貴州安香堡出名的女魔頭，武林中聞名喪膽，她所使的毒藥之中，尤以「腐骨穿心膏」最爲馳名，據說只要肌膚略沾半分，十二個時辰爛肉見骨，廿四個時辰毒血攻心，天下無藥可救。袁冠南數年前曾聽人說過，當時也不在意，這時給卓天雄逼得無法，信口胡吹，見他一聽之下，立時臉色大變，心下暗喜，說道：「五毒聖姑是我姑母，你問她怎的？」卓天雄將信將疑，說道：「既是如此，我也不來難爲你，快給我走吧。」袁冠南冷笑道：「你打了我一棒，難道就此了局？」說著走上兩步。卓天雄望著他左手所端的墨盒，如見蛇蠍，心想：「毛筆墨盒原本不能用作武器，他如此跟我相鬥，其中定有古怪。」見他上前，不自禁的退了兩步。他那知袁冠南倜儻自喜，仗著武功了得，往往空手制勝，手拿筆墨，只不過意示閒暇，今日撞到卓天雄如此扎手人物，心中其實早已叫苦不迭，不知幾十遍的在自罵該死了。

袁冠南又走上兩步，說道：「我姑母武功又不怎樣，也不過會配製一些兒毒藥，你又何必嚇成這樣？」見卓天雄遲遲疑疑的又退了一步，突然轉身，向左一閃，欺到周威信身畔，提起毛筆，便往他雙眼抹去。周威信大駭，舉臂來格。袁冠南手肘一撞，墨盒交在右手，左手探出，已將鴛鴦雙刀搶過。卓天雄大吃一驚，心想皇上命我來迎接寶刀進京，如給這小子奪去，那是多大罪名？縱然冒犯五毒聖姑，可也說不得了，當下飛身來搶，右掌斜劈袁冠南肩頭，左手五指成爪，往鴛鴦雙刀抓落。

袁冠南早防到這一著，自知硬搶硬奪，必敗無疑，提起毛筆，對準他左手一抹，跟著便哈哈大笑。卓天雄猛覺手背上一涼，一驚之下，見手背上已給濃濃的抹了一大條墨痕，以前聽人所說五毒聖姑如何害人慘死的話，霎時間在腦中閃過，不由得全身大震。他五根手指雖已碰到雙刀的刀鞘，竟抓不下去，一呆之下，越想越怕，大叫一聲，飛奔出林。周威信見師伯尚且如此，那裏還敢逗留，跟在卓天雄後面衝了出去。

袁冠南暗叫：「慚愧！」生怕卓天雄察覺眞相，重行追來，不敢在林中多耽，拿起鴛鴦雙刀，轉身便行。林玉龍叫道：「喂，小秀才，你怎不給我們解開穴道？」袁冠南道：「過了六個時辰，穴道自解。」蕭中慧大急，叫道：「再等六個時辰，人也死了。」袁冠南笑道：「別心急，死不了！」蕭中慧嗔道：「好，壞書生！下次你別撞在我手裏。」袁冠南想起卓天雄棒擊自己之時，這姑娘曾出言阻止，良心倒好，但她三人顯然也是爲了鴛鴦刀而來，若給他們解開穴道，只怕又起枝節，微一沉吟，從地下撿起兩塊小石子，右手揮動，兩塊石子先後飛出，分擊林任夫婦穴道，雖相隔數丈，認穴之準，仍不爽分毫，兩人受封的穴道立時便解開了。

林任夫婦各自積著滿腔怒火，穴道一解，提著半截單刀，登時乒乒乓乓的打了起來。袁冠南再擲出一枚石子，擊中蕭中慧腰間的「京門穴」。蕭中慧「啊」的一聲，從馬上倒摔下來，橫臥在地，雙目緊閉，一動也不動了。袁冠南吃了一驚，自忖這枚石子並未打錯穴道，如何竟會傷了她？忙走近身去，彎腰看時，見她臉色有異，似乎呼吸也沒有了。袁冠南這一下更加心驚，問道：「姑娘，你怎麼啦？」伸手去探她鼻息。蕭中慧突然大叫一聲，翻身躍起，從他手中搶過了短刃的鴦刀，偷襲得手，不敢再轉長刀的念頭，格格一笑，轉身便逃。

林玉龍叫道：「啊，鴛鴦刀！」任飛燕從地下抱起孩子，叫道：「快追！」兩人向蕭中慧追去。袁冠南罵道：「好丫頭，恩將仇報！」提氣疾追，但他左腿中了卓天雄一棒，傷勢不輕，一蹺一拐，輕功只賸下五成，眼看蕭林任三人向西北荒山疾馳而去，竟追趕不上，但想鴛鴦刀少了一把，不能成爲鴛鴦，腿上雖痛，仍窮追不捨。

奔出二十餘里，地勢越來越荒涼，他奔上一個高岡，四下張望，見西北方四五里外，樹木掩映中露出一角黃牆，似是一座小廟，心想這三人別處無可藏身，多半在這廟中，於是折了一根樹幹當作拐杖，撐持著奔去。

走近廟來，見匾額上寫著「紫竹庵」三字，原來是座尼庵。袁冠南走進庵去，見大殿上站著一個老尼姑，衣履潔淨，面目慈祥。袁冠南作了一揖，說道：「師太請了，可有一位藍衫姑娘，來到寶庵隨喜麼？」那老尼道：「小庵地處荒僻，並沒施主到來。」袁冠南不信，道：「師太不必隱瞞……」話未說完，忽聽得門外篤、篤、篤連響，傳來鐵棒擊地之聲，正是卓天雄追到了。

袁冠南大吃一驚，忙道：「師太，請你做做好事。我有仇人找來，千萬別說我在此處。」也不等那老尼回答，向後院直竄進去，見東廂有座小佛堂，推門進去，見供著一座白衣觀音的神像。這時不暇思索，縱身上了佛座，揭開帷幕，便躲在神像之後。

豈知神像之後，早有人在，定睛一看，正是蕭中慧。她似笑非笑的向袁冠南瞧了一眼，說道：「好吧，算你有本事，找到這裏，這刀拿去吧！」說著將短刀遞過。只聽他身後一人說道：「別給他，要動手，咱三人打他一個。」原來林任夫婦帶著孩子，也躲在神像左側。

袁冠南此時逃命要緊，無暇奪刀，低聲道：「別作聲，老瞎子追了來啦！」蕭中慧一驚，道：「他不是中了你毒藥？」袁冠南微笑道：「毒藥是假的。」蕭中慧還待再問，只聽卓天雄粗聲粗氣的道：「四下裏並沒人家，不在這裏，又在何處？」那老尼道：「施主再往前面找找，想必是已走過了頭。」卓天雄道：「好！四下裏我都伏下了人，也不怕這小子逃到天邊去。要是找不到，回頭跟你算帳，那時我一把火燒了你這臭尼姑庵。」林玉龍和任飛燕聽得心頭火起，便欲反唇相稽，口還未張，袁冠南和蕭中慧雙指齊出，已分點了二人穴道。卓天雄走進後院，待了片刻，料想是在東張西望，聽得他喃喃咒罵，鐵棒拄地，轉身出庵去了。

原來卓天雄手背上爲黑墨抹中，心驚膽戰，忙到溪水中去洗，墨漬一洗即去，不留絲毫痕跡。他放心不下，拚命擦洗，這用力一擦，皮膚破損，眞的隱隱作疼起來。他更加吃驚，呆了良久，不再見有何異狀，才知是上了當，於是隨後追來。他雖輕功了得，奔馳如飛，但這麼一躭擱，卻給袁冠南等躲到了紫竹庵中。

袁冠南和蕭中慧待他走遠，這才解開林任夫婦穴道，從觀音大士的神像後躍下地來。四人想起卓天雄之言，都皺起了眉頭，心想此人輕功了得，追出數十里後不見蹤跡，又必尋回，四下裏無房無舍，沒地可躲，打是打不過，逃又逃不了，難道束手待斃不成？袁蕭二人相對無言，尋思脫逃之計。

林玉龍罵道：「都是你這臭婆娘不好，咱們若練成了夫妻刀法，二人合力，又何必怕這老瞎子？」任飛燕道：「練不成夫妻刀法，到底是你不好，還是我不好？那老和尚明明要你就著我點兒，怎地你一練起來便只顧自己？」兩人你一言，我一語，又吵個不休。蕭中慧聽他二人仍然不住口的爭吵，說道：「咱們四個，連著你們孩子，還有那老尼姑，個個大禍臨頭，只要老瞎子一回來，誰都活不成。你倆還吵甚麼？」袁冠南問道：「到底夫妻刀法是怎麼回事？」林任夫婦倆又說又吵，半天才說了個明白。

原來三年之前，林任夫婦新婚不久，便大打大吵，恰好遇到了一位高僧，他瞧不過眼，傳了他夫婦倆一套刀法。這套刀法傳給林玉龍和傳給任飛燕的全然不同，要兩人練得純熟，共同應敵，兩人的刀法陰陽開闔，配合得天衣無縫，一個進，另一個便退，一個攻，另一個便守。那老和尚道：「以此刀法並肩行走江湖，任他敵人武功多強，都奈何不了你夫婦。但若單獨一人使此刀法，卻半點也沒用處。」他見這對夫婦天性良善純樸，爲人俠義，只是鹵莽暴躁，不斷吵架，只怕最後反目分手，便可惜了，因此教他二人練這套奇門刀法，令他夫婦長相廝守，誰也離不了誰。這路刀法原是古代一對恩愛夫妻所創，兩人形影不離，心心相印，雙刀施展之時，也是互相迴護照應。那知林任兩人性情急躁，雖都學會了自己的刀法，但要相輔相成，配成一體，始終格格不入，只練得三四招，別說互相迴護，夫妻倆自己就砍砍殺殺的鬥將起來。

袁冠南聽兩人說完，心念一動，向蕭中慧說道：「姑娘，我有一句不知進退的話，原不該說，只事在危急，此處人人有性命之憂……」蕭中慧接口道：「我知道啦，你要我和你學這夫妻……夫妻……」說到這裏，滿臉紅暈。袁冠南道：「嗯，小可決不敢有意冒犯，實在……實因……」蕭中慧不再跟他多說，向任飛燕道：「大嫂，請你指點我，倘若我和他……和他都學會了，抵擋得了老瞎子，便可救得大家性命。」

任飛燕道：「這路刀法學起來很難，可非一朝一夕之功。」蕭中慧道：「學得多少，便是多少，總勝於白白在這裏等死。」任飛燕道：「好，我便教你。只不知他還記不記得？」林玉龍怒道：「我怎麼不記得？」林任夫婦分別口講指劃，舞動給卓天雄用寶刀斬去了半截的斷刀，一招一式的演將起來。袁蕭二人在旁各瞧各的，用心默記。

袁蕭二人武功雖均不弱，但這套夫妻刀法招數繁複，一時實不易記得許多。林任夫婦教得幾招，百忙中又拌上幾句嘴。兩個人教，兩個人學，還只教到第十二招，忽聽得門外大喝一聲：「賊小子，你躲到那裏去？」人影一閃，卓天雄手持鐵棒，闖進殿來。

林玉龍見他重來，不驚反怒，喝道：「我們刀法尚未教完，你便來了，多等一刻也不成麼？」提刀向他砍去。卓天雄舉鐵棒一擋，任飛燕也已從右側攻到。林玉龍叫道：「使夫妻刀法！」他意欲在袁蕭兩人跟前一顯身手，斷刀斜揮，向卓天雄腰間削了下去。這時任飛燕本當散舞刀花，護住丈夫，那知她急於求勝，不使夫妻刀法中的第一招，卻使了第二招中的搶攻，變成雙刀齊進的局面。卓天雄一見對方刀法露出老大破綻，鐵棒一招「偷天換日」，架開兩柄斷刀，左手手指從棒底伸出，咄咄兩聲，林任夫婦又讓點中了穴道。他二人倘若不使夫妻刀法，尚可支持得一時，但一使將出來，一來配合失誤，二來斷刀太短，難及敵身，僅一招便已受制。

林玉龍大怒，罵道：「臭婆娘，咱們這是第一招。你該散舞刀花，護住我腰脅才是。」任飛燕怒道：「你幹麼不跟著我使第二招？非得我跟著你不可？」二人雙刀僵在半空，口中卻兀自怒罵不休。

袁冠南知道今日事已無倖，低聲道：「蕭姑娘，你快逃走，讓我來纏住他。」蕭中慧沒料到他竟有這等俠義心腸，一怔之間，心中便熱，說道：「不，咱們合力鬥他。」袁冠南急道：「你聽我話，快走！若我逃得性命，再跟姑娘相見。」蕭中慧道：「不成啊……」話未說完，卓天雄已揮鐵棒搶上。袁冠南唰的一刀砍去。蕭中慧見他這一刀左肩露出空隙，不待卓天雄對攻，搶著揮刀護住他肩頭。兩人事先並未拆練，只因適才一個要對方先走，另一個卻定要留下相伴，均動了捨己爲人之念，正合「夫妻刀法」的要旨，臨敵時自然而然互相迴護。林玉龍看得分明，叫道：「好，『女貌郎才珠萬斛』，這夫妻刀法的第一招，用得妙極！」

袁蕭二人臉上都一紅，沒想到情急之下，各人順手使出一招新學刀法，竟配合得天衣無縫。卓天雄橫過鐵棒，正要砸打，任飛燕叫道：「第二招，『天教艷質爲眷屬』！」蕭中慧依言搶攻，袁冠南橫刀守禦。卓天雄勢在不能以攻爲守，只得退了一步。林玉龍叫道：「第三招，『清風引珮下瑤台』！」袁蕭二人雙刀齊飛，颯颯生風。任飛燕道：「『明月照妝成金屋』！」袁蕭二人相視一笑，心中均有喜意，刀光如月，照映嬌臉。卓天雄給逼得又退了一步。

只聽林任二人不住口的吆喝招數。一個叫：「刀光掩映孔雀屏。」一個叫：「喜結絲蘿在喬木。」一個叫：「英雄無雙風流婿。」一個叫：「卻扇洞房燃花燭。」一個叫：「碧簫聲裏雙鳴鳳。」一個叫：「今朝有女顏如玉。」林玉龍叫道：「千金一刻慶良宵。」任飛燕叫道：「占斷人間天上福。」

喝到這裏，那夫妻刀法的起手十二招已經使完，餘下尚有六十招，袁蕭二人卻未學過。袁冠南叫道：「從頭再來！」揮刀砍出，又是第一招「女貌郎才珠萬斛」。二人初使那十二招時，搭配未熟，已殺得卓天雄手忙腳亂，招架爲難。這時從頭再使，二人靈犀暗通，想起這路夫妻刀法每一招都有個風光旖旎的名字，不自禁又驚又喜，鴛鴦雙刀的配合更加緊了。使到第九招「碧簫聲裏雙鳴鳳」時，雙刀便如鳳舞鸞翔，靈動翻飛，招招直指要害，卓天雄那裏招架得住？「啊」的一聲，肩頭中刀，鮮血迸流。他自知難敵，再打下去定要將這條老命送在尼庵之中，鐵棒急封，縱身出牆而逃。

袁蕭二人脈脈相對，情愫暗生，一時不知說甚麼好。忽聽得林玉龍大聲叫道：「妙極，妙極！女貌郎才珠萬斛！」

他其實是在稱讚自己那套夫妻刀法，蕭中慧卻羞得滿臉通紅，輕聲道：「請你到蕭半和大俠家中來找我。」低頭奔出尼庵，遠遠的去了。

袁冠南追出庵門，但見蕭中慧的背影在一排柳樹邊一晃，隨即消失。忽聽得身後有人叫道：「相公！」袁冠南回過頭來，只見小書僮笑嘻嘻的站著，打開了的書籃中睡著個嬰兒，正是林任夫婦的兒子，籃中書籍上濕了一大片，自不免「書中自有孩兒尿」了。

三月初十，這一天是晉陽大俠蕭半和的五十壽誕。

蕭府中賀客盈門，羣英濟濟。蕭半和長袍馬褂，在大廳上接待來賀的各路英雄，白道上的俠士、黑道上的豪客、前輩名宿、少年新進……還有許多跟蕭半和本不相識、卻是慕名來致景仰之意的生客。

在後堂，袁夫人、楊夫人、蕭中慧也都喜氣洋洋，穿戴一新。兩位夫人在收拾外面不斷送進來的各式各樣壽禮。蕭中慧正對著鏡子簪花，突然之間，鏡中的臉上滿是紅暈，她低聲唸道：「清風引珮下瑤台，明月照妝成金屋。」

袁夫人和楊夫人對望了一眼，均想：「這小妮子自從搶了那把短刃鴦刀回家，一忽兒喜，一忽兒愁，滿懷心事。她今年十八歲啦，定是在外邊遇上了一個合她心意的少年郎君。」楊夫人見她簪花老不如意，忽然又發覺她頭上少了一件物事，問道：「慧兒，大媽給你的那枝金釵呢？」中慧格格一笑，道：「我給了人啦。」袁夫人和楊夫人又對望一眼，心想：「果然不出所料，這小妮子連定情之物也給了人家。」楊夫人問道：「給了誰啦？」中慧笑得猶似花枝亂顫，說道：「他……他麼？今兒多半會來跟爹拜壽，人家是大名鼎鼎的人物，非同小可。」

楊夫人還待再問，只見傭婦張媽捧了一隻錦緞盒子進來，說道：「這份壽禮當眞奇怪，怎地送一枝金釵給老爺？」袁楊二夫人一齊走近，只見盒中所盛之物珠光燦爛，赫然是中慧的那枝金釵。楊夫人一轉頭，見女兒喜容滿臉，笑得甚歡，忙問：「送禮來的人呢？」張媽道：「正在廳上陪老爺說話呢。」

袁楊二夫人心急著要瞧瞧到底是怎麼樣的一位人物，居然能令女兒如此顛倒，一聽得他到來便心花怒放，相互一頷首，一同走到大廳的屏風背後。只聽得一人結結巴巴的道：「小人名叫蓋一鳴，外號人稱八步趕蟾、賽專諸、踏雪無痕、獨腳水上飛、雙刺蓋七省，今日特地和三個兄弟來向蕭老英雄拜壽。」

二位夫人悄悄一張，見那人是個形容委瑣的瘦子，身旁還坐著三個古裏古怪的人物。蕭半和撫鬚笑道：「太岳四俠大駕光臨，還贈老夫金釵厚禮，可眞何以克當。」蓋一鳴道：「好說，好說！」袁楊二夫人滿心疑惑，難道女兒看中了的，竟是這個矮子？兩位夫人見多識廣，知道人不可以貌相，那人的外號說來甚是響亮，想來武藝必是好的，既稱得上一個「俠」字，人品也必是好的。

鼓樂聲中，門外又進來三人，齊向蕭半和行下禮去。一個英俊書生朗聲說道：「晚輩林玉龍、任飛燕、袁冠南，恭祝蕭老前輩福如東海，壽比南山。薄禮一件，請老前輩笑納。」說著呈上一隻開了蓋的長盒。蕭半和謝了，接過看時，盒中赫然是一柄青光閃閃的利刃，長刃鴛刀，和女兒日前奪回來的短刃鴦刀正是一對。

蕭府的後花園中，林玉龍在教袁冠南刀法，任飛燕在教蕭中慧刀法。耗了大半天功夫，林任二人已將餘下的六十路夫妻刀法，傾囊相授。

袁冠南和蕭中慧用心記憶，但要他們這時專心致志，確實大不容易。因蕭半和問明了得刀經過，再細問袁冠南的師從來歷，知他自小跟父母失散，又問了他學藝過程，以及生平志向和所結交的友好，由此而推知他的人品行事，跟兩位夫人一商量，當下將女兒許配給了袁冠南。言明今晚喜上加喜，就在壽誕之中，給兩人訂親。兩人心花怒放，若不是知道這路刀法威力無窮，也眞的無心在這時候學武習藝；再說，若不是武學之士不拘世俗禮法，未婚夫妻也當避嫌，不該在此日還相聚一堂。

「刀光掩映孔雀屏，喜結絲蘿在喬木……碧簫聲裏雙鳴鳳，今朝有女顏如玉……」

林玉龍和任飛燕教完了，讓他們這對未婚夫婦自行對刀練習。兩夫婦居然收了這樣一對徒弟，私心大慰，而且從教招之中，領會了一些夫妻互相扶持的道理，居然一整天沒有爭吵。

太岳四俠一直在旁瞧他們練刀，逍遙子和蓋一鳴不斷指指點點，說這一招有破綻，那一招有漏洞。林玉龍心頭有氣，抹了抹頭上的汗水，道：「蓋兄，咱夫婦以一路刀法，送給袁兄夫妻作新婚賀禮。你們太岳四俠，送甚麼禮物啊？」太岳四俠一聽此言，心頭都是一凜，一時無言可對。要知說到送禮，實是他們最要命的罩門要穴，四人面面相覷，從對方臉上，看到了人人臉色大變。

任飛燕有意開開他們玩笑，說道：「那邊汙泥河中，產有碧血金蟾，學武之士服得一隻，可抵十年功力，只不過甚難捉到。蓋兄號稱八步趕蟾、獨腳水上飛，這趕蟾嘛，原是蓋兄成名的絕技。何不去捉幾隻來，送給了新夫婦，豈不是一件重禮？」蓋一鳴大喜，道：「當眞？」林玉龍道：「我們怎敢相欺？只可惜咱夫婦的輕功不行，又不通水性，不敢下水去捉。」蓋一鳴道：「說到輕功水性，那是蓋某的拿手好戲。大哥、二哥、三哥，咱們這就捉去。」任飛燕笑道：「哈哈，蓋兄，這個你可又外行了。那碧血金蟾須得半夜子時，方從洞中出來吸取月光精華。大白天那裏捉得到？」蓋一鳴道：「是，是。我本就知道，只不過一時忘了。倘若白天能隨便捉到，那還有甚麼希罕？」

大廳上紅燭高燒，中堂正中的錦軸上，貼著一個五尺見方的金色大「壽」字。

這時客人拜壽已畢，壽星公蕭半和撫著長鬚，笑容滿面的宣布了一個喜訊：他的獨生愛女蕭中慧，今晚與少年俠士袁冠南訂親，請列位高朋喝一杯壽酒之後，再喝一杯喜酒。衆賓朋喝采聲中，袁冠南跪倒在紅氈毯上，拜見岳父岳母。蕭半和笑嘻嘻的摸出了一柄沉香扇，作爲見面禮，袁冠南謝著接過了。袁夫人也笑嘻嘻的摸出了一隻玉斑指，袁冠南謝著伸手接過……

突然之間，錚的一響，那玉斑指掉到了地下，袁冠南臉色大變，望著袁夫人的右手。原來袁夫人右手小指上，生著一個枝指。他抓起袁夫人的左手，只見小指上也有一個枝指。袁冠南顫聲道：「岳……岳母大人，你……你可識得這東西麼？」說著伸手到自己項頸之中，摸出一隻串在一根細金鍊上的翡翠獅子。袁夫人抓住獅子，全身如中雷電，叫道：「你……你是獅官？」袁冠南道：「媽，正是孩兒，我想得你好苦！」兩人抱在一起，放聲大哭。

壽堂上眾人肅靜無聲，瞧著他母子相會這一幕，人人心裏又難過，又歡喜，更雜著幾分驚奇。只聽得袁夫人哭道：「獅官，獅官，這十六年來，你在那裏啊？我無時無刻不在牽記著你。」袁冠南道：「媽，我已走遍了天下十八省，到處在打聽你下落。我只怕，只怕今生今世，再也見不到媽了。」

蕭中慧聽得袁冠南叫出一聲「媽」來，身子一搖，險些跌倒，腦海中只響著一個聲音：「原來他是我哥哥，原來他是我哥哥……他是我哥哥……」

林玉龍悄聲問妻子：「怎麼？袁相公是蕭太太的兒子？我弄得胡塗啦。」任飛燕道：「袁相公不是說出來尋訪母親麼？他還託了咱們幫他尋訪，說他母親每隻手的小指頭上都有一根枝指。這蕭太太不也認了他麼？」林玉龍搔頭道：「怎麼他姓袁，他爹爹又姓蕭？」任飛燕道：「蠢人，袁相公他三歲時就跟母親失散，三歲的孩子，怎知道自己姓甚麼，胡亂安個姓，不就是了。」林玉龍道：「這麼說來，蕭姑娘是他妹子。兄妹倆怎能成親？」任飛燕道：「既是兄妹，怎麼還能成親？你這不是廢話？」林玉龍怒道：「呸！你說的才是廢話！你是我老婆，我卻寧可你是我妹子。」

他夫妻倆越爭越大聲。蕭中慧再也忍耐不住，「啊」的一聲，掩面奔出。

蕭中慧心中茫然一片，只覺眼前黑濛濛的，了無生趣。她奔出大門，發足狂走，突然間砰的一下，肩頭與人一撞。她「啊喲」一聲叫，暗道：「不妙！我一身武功，只怕撞傷了人。」忙伸手去扶，突然手腕一緊，左臂酸麻，竟給人扣住了脈門。她一驚之下，抬起頭來，右掌自然而然的擊了出去。那人反腕擒拿，一帶一扣，又抓住了她右腕脈門。這時她已看清，眼前之人正是卓天雄。

卓天雄哈哈大笑，叫道：「威信，先收一把！」周威信應聲而上，解下了蕭中慧腰間掛著的短刃鴦刀。卓天雄道：「蕭半和名滿江湖，今日五十壽辰，府中高手如雲。威信，你有沒有膽子去取那一把長刃鴛刀？」周威信道：「弟子有師伯撐腰，便龍潭虎穴，也敢去一闖。江湖上有言道：『路大好跑馬，樹大好遮蔭。』」卓天雄哼的一聲，笑道：「沒出息，先得把師伯拉扯上！」他生平自負罕逢敵手，但讓袁冠南和蕭中慧以「夫妻刀法」聯手擊敗後，不禁心怯氣餒，此時無意間與蕭中慧相遇，暗想他男女兩人雙刀聯手固然厲害，但我既已擒住了一人，只賸下袁冠南一個小子，就不足爲懼。何況蕭中慧落入自己手中，蕭府上人手再多，也不怕蕭半和不乖乖的將長刃鴛刀交出。

當下卓天雄押著蕭中慧，知會了知府衙門，與周威信等一干鏢師，逕投蕭府而來。那「卓天雄」三字的名刺遞將進去，蕭半和矍然一凜，叫道：「快請！」過不多時，只見卓天雄昂首闊步，走進廳來。蕭半和搶上相迎，一瞥眼，見女兒雙手反剪，一名大漢手執短刃鴦刀，抵在她背心。

蕭半和心中雖驚疑不定，卻絲毫不動聲色，臉含微笑，說道：「村夫賤辰，敢勞侍衛大人玉趾？」卓天雄在京師久聞蕭半和的大名，但見他軀體雄偉，滿腮虬髯，果然極爲威武，當即伸出右手，說道：「蕭大俠千秋華誕，兄弟拜賀來遲，望乞恕罪。」蕭半和笑道：「好說，好說。」伸手與他相握。兩人一運勁，手臂一震，均感半身酸痲。這一下較量，兩人竟功力悉敵，誰也不輸於誰，心下均各欽服，便攜手同進壽堂。

兩人之中，卻以卓天雄更加驚異，他以「震天三十掌」與「呼延十八鞭」稱雄武林，那「震天三十掌」惟有「混元炁」可與匹敵，適才蕭半和所使的，正是「混元炁」功夫。但「混元炁」必須童子身方能修習，不論男女，成婚後即行消失，因其練時艱辛，散失卻又極易，因此武林中向來極少人練。他來蕭府之前，早打聽明白，知蕭半和一妻一妾，女兒也已是及笄之年，怎麼還能保有這童子功的「混元炁」功夫，豈非武學中的一大奇事？

袁冠南見蕭中慧受制於人，自情急關心，從人叢中悄悄繞到衆鏢師身後，待要伺機相救。但卓天雄眼力何等厲害，早已瞧見，喝道：「姓袁的，你給我站住！」又向周威信道：「有誰動一動手，你就一刀在這女娃子身上戳個透明窟窿！」周威信道：「是。江湖上有言道：『強中更有強中手，惡人自有……』」一想這句話不大對頭，下面「惡人磨」三字便吞入了肚中。袁冠南深恐這些人眞的傷了蕭中慧，那敢上前一步？

卓天雄道：「蕭大俠，咱們打開天窗說亮話。兄弟今日造訪尊府，一來是跟蕭大俠磕頭拜壽，二來是想以一件無價之寶，跟蕭大俠換一件有價之寶。」蕭半和道：「小人愚魯，不明卓大人言中之意。」卓天雄白眼一翻，笑道：「那無價之寶嘛，便是令愛千金，有價之寶卻是那柄長刃鴛刀。兄弟跟蕭大俠無冤無仇，只求能在皇上御前交得了差，保全了這許多兄弟們的身家性命，還盼蕭大俠高抬貴手，救一救兄弟。」說著拱了拱手。他的話說得似乎低聲下氣，但神色之間卻極倨傲。

蕭半和伸手在椅背上一按，喀喇一響，椅背登時碎裂，笑道：「卓大人望重武林，今日卻如何這等胡塗？鴛鴦刀既不在小人手中，這位姑娘更不是小人的女兒。難道練童子功混元炁的人，還能生兒育女麼？」說著衣袖拂動，一股疾風激射而出。卓天雄側身避開，心道：「半點不假，這果然是童子功混元炁。」

蕭中慧初時聽說袁冠南是自己同胞兄長，已心如刀絞，這時見父親爲了相救自己，更咬定了不肯認是父女，忍不住叫道：「爹爹！」

便在此時，只聽得外面齊聲吶喊：「莫走了反賊蕭義！」人喧馬嘶，不知府門外來了多少軍馬。蕭府幾名僕人氣急敗壞的奔了進來，叫道：「老爺……不好了！無數官兵……官兵堵住了府門，四下裏圍住了！」

卓天雄聽得「莫走了反賊蕭義」這句話，心念一動，立時省悟，喝道：「好啊！甚麼蕭半和？原來你便是皇上追捕了十六年的反賊蕭義。」只見大門口人影晃動，搶進來四名清宮侍衛，當先一人叫道：「卓大哥，這便是反賊蕭義，還不動手麼？」

蕭半和哈哈大笑，說道：「喬裝改扮一十六年，今日還我蕭義的本來面目。」伸手在臉上一抹，衆人一看，無不驚得呆了。大廳上本已亂成一團，但頃刻之間，人人望著蕭半和的臉，竟鴉雀無聲。

原來瞬息之間，蕭半和竟爾變了副容貌，本來濃髯滿腮，但手掌只這麼一抹，下巴登時光禿禿的，一根鬍鬚也沒有了，便連根拔去，也沒這等光法，更沒這等快法。

這時袁冠南的書僮提著兩隻書籃，從內堂奔將出來，說道：「公子爺，快走！」袁冠南心念一動，從書籃中抓起一本書來，向外抖揚，只見金光閃閃，飄出了數十張薄薄的金葉子。衆鏢師和官兵見黃金耀眼，如何能不動心？何況那金葉子直飄到身前，各人伸手便抓。袁冠南揚動破書，不住手的向周威信打去，大廳上便如穿花蝴蝶一般，滿空飛舞的都是金葉。周威信倒想著「鴛鴦刀」不可有失，心想：「江湖上有言道：『光棍教子，便宜莫貪。』」雖見金葉飛到，卻不去抓。袁冠南手上運勁，啪的一聲，一本數斤重的夾金破書擲去，擊中了他面門。

周威信叫聲：「啊喲！」身子晃動。袁冠南雙足一登，撲了過去。卓天雄橫掌阻截，只覺脅下風聲颯然，蕭半和使混元炁擊到。卓天雄知道厲害，只得反掌迴擋，眞力碰眞力，砰的一響，兩人各自倒退兩步。便在此時，袁冠南左手使刀將周威信殺得暈頭轉向，右手已解開了蕭中慧穴道。

賀客之中，一小半怕事的遠遠躲開，一大半卻是蕭半和的知交好友，或舞兵刃，或揮拳腳，和來襲的清宮侍衛、鏢師官兵惡鬥起來。

蕭中慧彎了半天氣，欺到周威信身邊，左手斜引，右手反勾，啪的一聲，結結實實的打了他個耳括子，順手扭住他手腕，已將他手中的短刃鴦刀奪過。袁冠南大喜，叫道：「慧妹！清風引珮下瑤台！」蕭中慧眼眶一紅，心道：「我還能和你使這勞什子的夫妻刀法嗎？」遊目四顧，見爹爹和卓天雄四掌飛舞，打得難解難分，其餘各人，也均找上了對手廝殺，但兩名清宮侍衛卻迫得袁楊兩夫人不住倒退，險象環生。袁冠南叫道：「慧妹，快救媽媽！」兩人雙刀聯手，一招「碧簫聲裏雙鳴鳳」，一名侍衛肩頭中刀，重傷倒地，再一招「今朝有女顏如玉」，又一名侍衛爲蕭中慧刀柄擊中顴骨，大叫暈去。

鴛鴦雙刀聯手，一使開「夫妻刀法」，果真威不可當，兩人並肩打到那裏，那裏便有侍衛或鏢師受傷，七十二路刀法沒使得一半，來襲的敵人已紛紛奪門而逃。

打到後來，敵人中只賸下卓天雄一個兀自頑抗。袁冠南和蕭中慧雙刀倏至，一攻左肩，一削右腿。卓天雄從腰裏抽出鋼鞭一架，錚的一聲，將蕭中慧的短刃鴦刀刀頭打落。夫妻刀法那一招「喜結絲蘿在喬木」何等神妙，袁冠南長刀晃處，嗤的一聲，卓天雄小腿中刀，深及脛骨，鮮血長流。

卓天雄小腿受傷不輕，不敢戀戰，向蕭中慧揮掌拍出，待她斜身閃避，雙足力登，已閃入天井，跟著竄高上了屋頂。本來袁蕭二人雙刀合璧，使一招「英雄無雙風流婿」，便能將卓天雄截住，但蕭中慧刀頭既折，這一招便用不上了。

蕭半和見滿廳之中打得落花流水，幸好己方只有七八個人受傷，無人喪命，大聲叫道：「各位好朋友，官兵雖然暫退，少時定當重來，這地方是不能安身的了。咱們急速退向中條山，再定後計。」眾人轟然稱是。

當下蕭半和率領家人，收拾了細軟，在府中放起火來。乘著火燄衝天，城中亂成一片，眾人衝出東門，逕往中條山而去。

在一個大山洞前的亂石岡上，蕭半和、袁楊二夫人、袁冠南、蕭中慧、林玉龍夫婦、二十來個家人弟子、三百餘位賓客朋友團團圍著幾堆火。火堆上烤著獐子、黃麖，香氣送入了每個人的鼻管。

蕭半和咳嗽一聲，伸手一摸鬍子，這是他十多年來的慣例，每次有甚麼要緊話說，總是先摸鬍子。可是這一次卻摸了個空，他下巴光禿禿地，一根鬍子也沒有了。他微微一笑，說道：「承江湖上朋友們瞧得起，我蕭義在武林中還算是一號人物。可是有誰知道，我蕭義是個太監。」

衆人聳然驚訝，「我蕭義是個太監」這句話傳入耳中，人人都道是聽錯了，但見蕭半和臉色鄭重，決非玩笑。袁楊二夫人相互望了一眼，低下頭去。

蕭半和道：「不錯，我蕭義是個太監。我在十六歲上便淨了身子，進宮服侍皇帝，爲的是要刺死滿清皇帝，爲先父報仇。我父親平生跟滿清韃子勢不兩立，終於慘遭害死。我父親的七個結義兄弟歃血爲盟，誓死要給先父報仇，但滿清勢大，我這七位伯父叔父無一能得善終，不是在格鬥中爲清宮的侍衛殺死，便是給捕到了凌遲處死，這一場冤仇越結越深。我細細思量，要練到父親和這七位伯叔一樣的功夫，便竭一生之力也未必能夠，便算練成了，也未必能報得了血海深仇，於是我甘心淨身，去做一個低三下四、爲人人瞧不起的太監。」衆人聽到這裏，想起他的苦心孤詣，無不欽佩。

蕭半和接著道：「可是禁宮之中，警衛何等森嚴，實非我初時所能想像。別說走近皇帝跟前，便想見皇帝一面，也著實不容易。在十多年之中，雖然我每日每夜都在想刺殺皇帝，始終找不到一個機會。十六年前的一天晚上，我聽得宮中的兩名侍衛談起，皇帝得知世上有一對『鴛鴦寶刀』，得之者可無敵於天下，這對刀分別在一位姓袁和一位姓楊的英雄手中。於是皇帝將袁楊二人全家捕來，勒逼二人交出寶刀。兩位大英雄不屈而死，兩位英雄的夫人卻給逮進了天牢。」他說到這裏，袁楊二夫人珠淚滾滾而下，突然相抱大哭。

袁冠南和蕭中慧對望了一眼，心中又悲又喜。只聽得蕭半和說道：「當時我心中細一琢磨，爲死人報仇，實不如救活人要緊，於是混進天牢，殺了幾名獄卒，將二位夫人救出牢來。獄官以二位夫人是女流之輩，本來看守不緊，又萬萬料不到一個太監居然會去相救欽犯，因此給我一舉得手。只是敵人勢大，倉皇奔逃之時，袁夫人的公子竟在途中失落了。這件事我生平耿耿於懷，想不到袁公子已長大成人，並且學得一身高強武藝，當眞是天大的喜事。至於中慧呢，你今年十八歲啦，我初見到你時，還只兩歲。你爹爹姓楊，乃名震當世的三湘大俠楊伯沖楊大俠。」袁冠南和蕭中慧（應該說楊中慧了）分別抱著自己母親，想起父仇時不勝悲憤，想起蕭半和的義薄雲天，又感激無已。

蕭半和又道：「我們逃出北京，皇帝自是偵騎四出，嚴加搜捕。爲了瞞過淸廷耳目，我老蕭裝上了一大叢假鬍子，又委屈袁楊兩位夫人做了我夫人。好在老蕭是個太監，這一時權宜之計，也不致辱了袁楊兩位大俠的英名。」袁冠南和蕭中慧終於相視一笑，二人均如釋重負，心道：「誰說咱倆是親兄妹啊？」

蕭半和一拍大腿，道：「老蕭是太監，羨慕大明三寶太監鄭和遠征異域，宣揚我中華的德威，因此上將名字改爲『半和』，意思說盼望有鄭和的一半英雄，嘿嘿，那是老蕭的痴心妄想。這些年來，倒也太平無事，那知鴛鴦刀出世，老蕭一心要奪回寶刀，以慰袁楊二位英雄之靈，沒再小心掩飾行藏，終於給淸廷識破了眞相。事到如今，那也沒甚麼了。不過鴛鴦雙刀只賸下一柄鴛刀，慧兒那柄短刃鴦刀，自然是假的，否則怎能折斷？定是給卓天雄這奸賊調了去，只可惜咱們沒能截住他。」

這時烤獐子的香氣愈來愈濃了，任飛燕取出刀子，一塊一塊的割切。林玉龍忽地向楊中慧大聲道：「我說的不錯麼？你說你爹爹媽媽從來不吵架，我說不吵架的夫妻便不是眞夫妻，定有些兒邪門。你林大哥可不是料事如神，言之有理？」任飛燕刀尖上帶著一塊獐肉，一刀送進了他的口中，喝道：「吃獐子肉，胡說八道甚麼？」林玉龍待要反駁，卻滿口是肉，說不出話來。

衆人正覺好笑，忽聽得林外守望的一個弟子喝道：「是誰？」跟著另一人喝道：「太岳四俠！」楊中慧噗哧一笑。只見太岳四俠滿身泥濘，用一根木棒抬著一隻大漁網，漁網中黑黝黝地一件巨物，不知是甚麼東西。楊中慧笑道：「太岳四俠，你們抬的是甚麼寶貝啊？」

蓋一鳴得意洋洋的道：「袁公子、蕭姑娘，咱兄弟四個到那汙泥河中去捉碧血金蟾，想給兩位送份大禮。那知道金蟾還沒捉到，一個人闖了過來，這人腿上受了傷，口中哼哼唧唧，行路一跛一拐。咱太岳四俠一瞧，嘿，這可不是卓天雄麼？江湖上有言道：『送上門的買賣，不做白不做！』咱們抖起漁網，悄悄給他這麼一罩，將他老人家給拿了來啦。」

衆人驚喜交集。袁冠南伸手到卓天雄腰間一摸，抽出一柄短刀來，精光耀眼，汚泥不染，自是眞正的鴦刀了。

袁夫人將鴛鴦雙刀拿在手中，仔細瞧了一會，嘆道：「滿清皇帝聽說這雙刀之中，有一個能無敵於天下的大秘密，這果然不錯，可是他便知道了這秘密，又能依著行麼？各位請看！」衆人湊近看時，只見鴛刀的刀刃上刻著「仁者」兩字，鴦刀上刻著「無敵」兩字。

「仁者無敵」！這便是無敵於天下的大秘密。

白馬嘯西風

金庸

李文秀轉過身來，見眼前那人是個老翁，身上穿的是漢人裝束。李文秀道：「老伯伯，請問你尊姓大名？這裏是甚麼地方？」

得得得，得得得……

得得得，得得得……

在黃沙莽莽的回疆大漠之上，塵沙飛起兩丈來高，兩騎馬一前一後的急馳而來。前面是匹高腿長身的白馬，馬上騎著個少婦，懷中摟著個七八歲的小姑娘。後面是匹棗紅馬，馬背上伏著的是個高瘦漢子。

那漢子左邊背心上插著一枝羽箭。鮮血從他背心流到馬背上，又流到地下，滲入了黃沙之中。他不敢伸手拔箭，只怕這枝箭一拔下來，就會支持不住，立時倒斃。誰不死呢？那也沒甚麼。可是誰來照料前面的嬌妻幼女？在身後，兇悍毒辣的敵人正緊緊追殺。

他胯下的棗紅馬奔馳了數十里地，早已筋疲力盡，在主人沒命價的鞭打催踢之下，逼得氣也喘不過來了，這時嘴邊已全是白沫，猛地裏前腿一軟，終於跪倒在地。那漢子用力提韁，那紅馬一聲哀嘶，抽搐了幾下，便即脫力而死。那少婦聽得聲響，回過頭來，忽見紅馬倒斃，吃了一驚，叫道：「大哥……怎……怎麼啦？」那漢子皺眉搖了搖頭。但見身後數里外塵沙飛揚，大隊敵人追了上來。

那少婦圈轉馬來，馳到丈夫身旁，驀然見到他背上的羽箭，背心上的大片鮮血，不禁大驚，險些暈了過去。那小姑娘失聲驚叫：「爹，爹，你背上有箭！」那漢子苦笑了一下，說道：「不礙事！」一躍而起，輕輕巧巧的落在妻子身後鞍上，他雖身受重傷，身法仍輕捷利落。那少婦回頭望著他，滿臉關懷痛惜之情，輕聲道：「大哥，你……」那漢子雙腿一夾，扯起馬韁。白馬四蹄翻飛，向前疾馳。

白馬雖然神駿，但不停不息的長途奔跑下來，畢竟累了，何況這時背上乘了三人。白馬似乎知道這是主人的生死關頭，不用催打，竟自不顧性命的奮力奔跑。

然而再奔馳得數里，終於漸漸慢了下來。

後面追來的敵人一步步迫近了。一共六十三人，卻帶了一百九十多匹健馬，只要馬力稍乏，就換一匹馬乘坐。那是志在必得，非追上不可。

那漢子回過頭來，在滾滾黃塵之中，看到了敵人身形，再過一陣，連面目也看得清楚了。那漢子一咬牙，說道：「虹妹，我求你一件事，你答不答允？」那少婦回頭來，溫柔一笑，說道：「這一生之中，我違拗過你一次麼？」那漢子道：「好，你帶了秀兒逃命，保全咱倆的骨血，保全這幅高昌迷宮地圖。」說得十分堅決，便如是下令一般。

那少婦聲音發顫，說道：「大哥，把地圖給了他們，咱們認輸便是。你……你身子要緊。」那漢子低頭親了親她左頰，聲音突然變得十分溫柔，說道：「我倆一起經歷過無數危難，這次或許也能逃脫。『呂梁三傑』不但要地圖，他們……他們還爲了你。」那少婦道：「他……他總該還有幾分同門之情，說不定，我能求求他們……」那漢子厲聲道：「難道我夫婦還能低頭向人哀求？這馬負不起我們三個。快去！」提身縱起，大叫一聲，摔下馬來。

那少婦勒定了馬，想伸手去拉，卻見丈夫滿臉怒容，跟著聽得他厲聲喝道：「快走！」她一向對丈夫順從慣了的，只得拍馬提韁，向前奔馳，一顆心卻已如寒冰一樣，不但是心，全身的血都似乎已結成了冰。

自後追到的衆人望見那漢子落馬，一齊大聲歡呼：「白馬李三倒啦！白馬李三倒啦！」十餘人縱馬圍上。其餘四十多人繼續追趕少婦。

那漢子蜷曲著臥在地下，一動也不動，似乎已經死了。一人挺起長槍，嗤的一聲，在他右肩刺了進去。拔槍出來，鮮血直噴，白馬李三仍然不動。領頭的驃悍漢子道：

「死得透了，還怕甚麼？快搜他身上。」兩人翻身下馬，去扳他身子。猛地裏白光閃動，白馬李三長刀迴旋，嚓嚓兩下，已將兩人砍翻在地。

眾人萬料不到他適才竟是裝死，連長槍刺入身子都渾似不覺，斗然間又會忽施反擊，一驚之下，六七人勒馬退開。那驃悍兇狠的大漢揮動手中雁翎刀，喝道：「李三，你當眞是個硬漢！」呼的一刀向他頭頂砍落。李三舉刀擋架，他雙肩都受了重傷，手臂無力，騰騰騰退出三步，哇的一口鮮血噴了出來。十餘人縱馬圍上，刀槍並舉，劈刺下去。

白馬李三一生英雄，一直到死，始終沒屈服，在最後倒下去之時，又手刃了兩名強敵。

那少婦遠遠聽得丈夫的一聲怒吼，當眞心如刀割：「他已死了，我還活著幹麼？」從懷中取出一塊羊毛織成的手帕，塞在女兒懷裏，說道：「秀兒，你好好照料自己！」揮馬鞭在白馬臀上一抽，雙足一撐，身子已離馬鞍。白馬鞍上一輕，那少婦見馬馱著女孩兒如風疾馳，心中略感安慰：「此馬腳力天下無雙，秀兒身子又輕，這一下，他們再也追她不上了。」前面女兒的哭喊聲「媽媽，媽媽」漸漸隱去，身後馬蹄聲卻越響越近，心中默默禱祝：「老天啊老天，願你保佑秀兒像我一般，嫁著個好丈夫，雖一生顛沛流離，卻一生快活！」

她整了整衣衫，掠好了頭髮，轉瞬間數十騎馬先後馳到，當先一人是呂梁三傑中老二史仲俊。

呂梁三傑是結義兄弟。老大「神刀震關西」霍元龍，便是殺死白馬李三的那驃悍兇狠漢子。老二「梅花槍」史仲俊是個瘦瘦長長的漢子。老三「青蟒劍」陳達海高大虬髯，原是遼東馬賊出身，後來卻在山西落腳，和霍史二人意氣相投，合夥在山西省太谷縣開設了一家晉威鏢局。

史仲俊和白馬李三的妻子上官虹原是同門師兄妹，兩人自幼一起學藝。史仲俊心中一直愛著這個嬌小溫柔的小師妹，師父也有意從中撮合，因此同門的師兄弟們早把他們當作是一對未婚夫婦。豈知上官虹無意中和白馬李三相遇，竟爾一見鍾情，家中不許他倆的婚事，上官虹便跟著他跑了。史仲俊傷心之餘，大病了一場，性情也從此變了。他對師妹始終餘情不斷，一直並沒娶親。

一別十年，想不到呂梁三傑和李三夫婦竟在甘涼道上重逢，更爲了爭奪一張地圖而動起手來。他們六十餘人圍攻李三夫婦，邊打邊追，從甘涼直追逐到了回疆。史仲俊妒恨交迸，出手尤狠，李三背上那枝羽箭，就是他暗中射的。

這時李三終於喪身大漠之中，史仲俊騎馬馳來，見上官虹孤另另的站在一片黃沙大漠之中，不由得隱隱有些內疚：「我們殺了她丈夫。從今而後，這一生中我要好好待她。」大漠上西風吹動著她衣帶，就跟十年以前，在師父的練武場上看到她時一模一樣。上官虹的兵刃是一對短劍，一把金柄，一把銀柄，江湖上有個外號，叫作「金銀小劍三娘子」。這時她手中卻不拿兵刃，臉上露著淡淡微笑。

史仲俊心中驀地升起了指望，胸口發熱，蒼白的臉上湧起了一陣紅潮。他將梅花槍往馬鞍一擱，翻身下馬，叫道：「師妹！」

上官虹道：「李三死啦！」史仲俊點了點頭，說道：「師妹，我們分別了十年，我……我天天在想你。」上官虹微笑道：「眞的嗎？你又在騙人。」史仲俊一顆心怦怦亂跳，這個笑靨，這般嬌嗔，跟十年前那小姑娘沒半點分別。他柔聲道：「師妹，以後你跟著我，永遠不教你受半點委屈。」上官虹眼中忽然閃出了奇異的光芒，叫道：「師哥，你待我眞好！」張開雙臂，往他懷中撲去。

史仲俊大喜，伸開手將她緊緊的摟住了。霍元龍和陳達海相視一笑，心想：「老二害了十年相思病，今日終於得償心願。」

史仲俊鼻中只聞到一陣淡淡的幽香，心裏迷迷糊糊的，又感到上官虹的雙手也還抱著自己，眞不相信這是眞的。突然之間，小腹上感到一陣劇痛，像甚麼利器插了進來。他大叫一聲，運勁雙臂，要將上官虹推開，那知她雙臂緊緊抱著他死命不放，終於兩人一起倒地。

這一下變起倉卒，霍元龍和陳達海一驚之下，急忙翻身下馬，上前搶救。扳起上官虹的身子時，只見她胸口一攤鮮血，揷著一把小小的金柄短劍，另一把銀柄短劍，卻揷在史仲俊的小腹之中，原來金銀小劍三娘子決心一死殉夫，在衣衫中暗藏雙劍，一劍向外，一劍向己。史仲俊一抱著她，四臂互摟不放，兩人同時中劍。

上官虹當場氣絕，史仲俊卻一時不得斃命，想到自己命喪師妹之手，心中的悲痛，比身上創傷更加難受，叫道：「三弟快幫我了斷，免我多受痛苦。」陳達海見他傷重難治，眼望大哥。霍元龍點點頭。陳達海一咬牙，挺劍對準了史仲俊的心口刺入。

霍元龍嘆道：「想不到金銀小劍三娘子竟這般烈性。」這時手下一名鏢頭馳馬來報：「白馬李三的屍身上又搜了一遍，沒地圖。」霍元龍指著上官虹道：「那麼定是在她身上。」

一番細細搜索，上官虹身上除了零碎銀兩、幾件替換衣服之外，再無別物。霍元龍和陳達海面面相覷，又失望，又奇怪。他們從甘涼道上追到回疆，始終緊緊盯著李三夫婦，地圖如在中途轉手，決不能逃過他們數十人的眼睛，何況他夫婦捨命保圖，絕無隨便交給旁人之理？陳達海再將上官虹小包裹中之物細細檢視一遍，翻到一套小女孩的衫褲時，猛地想起，說道：「大哥，快追那小女孩！」霍元龍「哦」了一聲，說道：「不用慌，諒這女娃娃在大漠上逃得到那裏？」左臂一揮，叫道：「留下兩人把史二爺安葬了，餘下的跟我來！」一提馬韁，當先馳去。蹄聲雜沓，吆喝連連，百餘匹馬追了下去。

那小女孩馳出已久，這時早在二十餘里之外。但在平坦無垠的大漠之上，一眼望去看得到十餘里遠近，那小女孩雖已逃遠，時候一長，終能追上。果然趕到傍晚，陳達海忽然大聲歡呼：「在前面！」

只見遠遠一個黑點，正在天地交界處移動。那白馬雖然神駿，但自朝至晚足不停蹄的奔跑，終於也支持不住了。霍元龍和陳達海不住更換生力坐騎，漸漸追近。

小女孩李文秀伏在白馬背上，心力交疲，早已昏昏睡去。她一整日不飲不食，在大沙漠的烈日下晒得口唇都焦了。白馬甚有靈性，知道後面追來的敵人將不利於小主人，迎著血也似紅的夕陽，奮力奔跑。突然之間，前足提起，長嘶一聲，牠嗅到了一股特異的氣息，嘶聲中隱隱有恐懼之意。

霍元龍和陳達海都武功精湛，長途馳騁，原不在意，但這時兩人都感到胸口塞悶，氣喘難當。霍元龍道：「三弟，好像有點不對！」陳達海遊目四顧，打量周遭情景，只見西北角上血紅的夕陽之旁，升起一片黃濛濛的雲霧，黃雲中不住有紫色的光芒閃動，景色奇麗，實爲生平從所未睹。

那黃雲大得好快，不到一頓飯時分，已將半邊天都遮住了。這時馬隊中數十人個個汗如雨下，氣喘連連。陳達海道：「大哥，像是有大風沙。」霍元龍道：「不錯，快追，先把女娃娃捉到，再想法躲……」一句話未畢，突然一股疾風颳到，帶著一大片黃沙，只吹得他滿口滿鼻都是沙土，下半截話也說不出來了。

大漠上的風沙說來便來，霎時間大風捲地而至。七八人身子晃動，都讓大風吹下馬來。霍元龍大叫：「大夥兒下馬，圍攏來！」

衆人力抗風沙，將一百多匹健馬拉了過來，圍成個大圈子，人馬一齊臥倒。各人手挽著手，靠在馬腹之下，只覺疾風帶著黃沙颳到臉上，啪啪作聲，有如刀割一般，臉上手上，登時起了一條條血痕。

這一隊雖人馬衆多，但在無邊無際的大沙漠之中，在那遮天鋪地的大風沙下，便如大海洋中的一葉小舟一般，只能聽天由命，全無半分自主之力。

風沙越颳越猛，人馬身上的黃沙越堆越厚……

連霍元龍和陳達海那樣甚麼也都不放在心上的剽悍漢子，這時在天地變色的大風暴威力之下，也只有戰慄的份兒。這兩人心底，同時閃起一個念頭：「沒來由的要找甚麼高昌迷宮，從山西巴巴的趕到這大沙漠中來，卻葬身在這兒。」

大風呼嘯著，咆哮著，像千千萬萬個惡鬼在同時發威。

大漠上的大風暴呼嘯了一夜，直到第二天早晨，才漸漸平靜了下來。霍元龍和陳達海從黃沙中爬起身來，檢點人馬，總算損失不大，死了兩名夥伴，五匹馬。但人人都已熬得筋疲力盡，更糟的是，白馬背上的小女孩不知到了何處，十九是葬身在大風沙中了。身負武功的粗壯漢子尚且抵不住，何況嬌嬌嫩嫩的一個小女孩兒。

衆人在沙漠上生火做飯，休息了半天，霍元龍傳下號令：「誰發現白馬和小女孩的蹤跡，賞黃金五十兩！」跟隨他來到回疆的，個個都是晉陝甘涼一帶的江湖豪客，出門千里只爲財，五十兩黃金可不是小數目。衆人歡聲呼嘯，五十多人在莽莽黃沙上散了開去，像一面大扇子般。「白馬，小女孩，五十兩黃金！」每個人心中，都轉著這三個念頭。

有的人一直向西，有的向西北，有的向西南，約定天黑之時，在正西六十里處會合。

鏢師「兩頭蛇」丁同跨上一匹健馬，縱馬向西北方衝去。他是晉威鏢局中已幹了十七年的鏢師，武功雖算不上了得，但精明幹練，是呂梁三傑手下一名得力助手。他一口氣馳出二十餘里，衆同伴都已影蹤不見，在茫茫的大漠中，突然起了孤寂和恐懼之感。縱馬上了一個沙丘，向前望去，只見西北角上一片青綠，高聳著七八棵大柳樹。在寸草不生的大沙漠中忽然見到這一大塊綠洲，當眞說不出的歡喜：「這大片綠洲中必有水泉，就算沒人家，大隊人馬也可好好將息一番。」他胯下坐騎也望見了水草，陡然間精神百倍，不等丁同提韁催逼，潑剌剌放開四蹄，奔了過去。

十餘里路程片刻即到，遠遠望去，但見一片綠洲，望不到邊際，遍野都是牛羊。極西處搭著一個個帳篷，密密層層的竟有六七百個。

丁同見到這等聲勢，不由得一驚。他自入回疆以來，所見到的帳篷人家，聚在一起的最多不過三四十個，這樣的一個大部族卻第一次見到。瞧那帳篷式樣，顯是哈薩克族人。

哈薩克人在回疆諸族中最爲勇武，不論男女，六七歲起就長於馬背之上。男子身上人人帶刀，騎射刀術，威震西陲。向來有一句話說道：「一個哈薩克人，抵得一百個懦夫；一百個哈薩克人，就可橫行回部。」

丁同聽見過這句話，尋思：「在哈薩克部族之中，可得小心在意。」

只見東北角的一座小山腳下，孤另另的有座茅屋。這茅屋外形簡陋，遠遠離開了帳篷羣。丁同仔細打量這座茅屋，心想：「這間屋似乎是漢人的式樣，莫非住的是漢人？」茅屋的屋頂上堆滿戈壁邊緣所生的硬茅草，牆壁是泥磚砌成，遠遠瞧去，似乎頗爲粗糙，顏色黃黑相雜，並未刷以石灰。他想：「先到這茅屋去瞧瞧。」縱馬往茅屋走去。他胯下的坐騎已餓了一日一夜，忽見滿地青草，走一步，吃兩口，行得甚爲緩慢。

丁同提腳狠命在馬肚上一踢，那馬吃痛，一口氣奔向茅屋。丁同一斜眼，只見茅屋後面繫著一匹高頭白馬，健腿長鬣，正是白馬李三的坐騎。他忍不住叫出聲來：「白馬，白馬在這兒！」心念一動，翻身下馬，從靴桶中抽出一柄鋒利短刀，籠在左手衣袖之中，悄悄掩向茅屋之後，正想探頭從窗子向屋內張望，冷不防那白馬「嗚哩哩……」一聲長嘶，似是發覺了他。

丁同心中怒罵：「畜生！」定一定神，再度探頭望窗中張去時，窗內竟有一張臉同時探了上來。丁同的鼻子剛好要和他的鼻子相碰，但見這人滿臉皺紋，目光炯炯。丁同大吃一驚，雙足一點，倒縱出去，喝問：「是誰？」那人冷冷的道：「你是誰？到這裏幹甚麼？」說的卻是漢語。

丁同驚魂略定，滿臉笑容，說道：「在下姓丁名同，無意間到此，驚動了老丈。請問老丈高姓大名。」那老人道：「老漢姓計。」丁同陪笑道：「原來是計老丈，大沙漠中遇到鄉親，眞是見到親人了。在下斗膽要討口水喝。」計老人道：「你有多少人同來？」丁同道：「便在下一人在此。」計老人哼了一聲，似是不信，冷冷的眼光在他臉上來回掃視。丁同給他瞧得心神不定，只有強笑。

一個冷冷的斜視，一個笑嘻嘻地十分尷尬，僵持片刻。計老人道：「要喝水，便走大門，不用爬窗子吧！」丁同笑道：「是，是！」轉身繞到木板門前，推門走了進去。

屋中陳設簡陋，但桌椅整潔，地下鋪了氈毯，打掃得乾乾淨淨。丁同坐下後四下打量，只見後堂轉出一個小女孩來，手中捧著一碗茶。兩人目光相接，那女孩吃了一驚，嗆啷一響，茶碗失手掉在地下，茶水茶葉都濺在地氈上。

丁同登時心花怒放。這小女孩正是霍元龍懸下重賞要追尋之人，他見到白馬後，本已有八分料到那女孩會在屋裏，斗然間見到，仍高興得一顆心似乎要從胸口跳了出來。

昨夜一晚大風沙，李文秀昏暈在馬背之上，人事不省，白馬聞到水草氣息，衝風冒沙，奔到了這綠草原上。計老人見小女孩是漢人裝束，忙把她救了下來。半夜中李文秀醒轉，不見了父母，不住啼哭。計老人見她玉雪可愛，不禁大起憐惜之心，問她怎麼會到大漠來，她父母是誰。李文秀說父親叫「白馬李三」，媽媽就是媽媽，聽到追趕他們的惡人遠遠叫她「三娘子」，有的還叫「金銀小劍三娘子」，到回疆來幹甚麼，她卻說不上來了。計老人喃喃的道：「白馬李三，白馬李三，那是橫行江南的俠盜，怎地到回疆來啦？」

他給李文秀飽飽的喝了一大碗乳酪，讓她睡了。老人心中，卻翻來覆去的想起了十年來的往事，思潮起伏，再也睡不著了。

李文秀這一覺睡到次日辰時才醒，一起身，便求計爺爺帶她去尋爸爸媽媽。就在此時，兩頭蛇丁同鬼鬼祟祟的過來，在窗外探頭探腦，這一切全看在計老人眼中。

李文秀手中的茶碗一摔下，計老人應聲過來。李文秀奔過去撲在他懷裏，叫道：「爺爺，他……他就是追我的惡人。」計老人撫摸著她頭髮，柔聲道：「不怕，不怕。他不是惡人。」李文秀道：「是的，是的。他們幾十個人追我們，打我爸爸、媽媽。」計老人心想：「白馬李三跟我無親無故，不知結下了甚麼仇家，我可不必捲入這是非圈子。」

丁同側目打量計老人，見他滿頭白髮，竟沒一根是黑的，身材高大，只弓腰曲背，顫顫巍巍，衰老已極，尋思：「這糟老頭就沒一百歲，也有九十，屋子裏如沒別人，將他一下子打暈，帶了女孩和白馬便走，免得夜長夢多，再生變故。」突然將手掌放在右耳旁邊，作傾聽之狀，說道：「有人來了。」跟著快步走到窗邊。

計老人卻沒聽到人聲，但聽丁同說得眞切，走到窗口外望，只見原野上牛羊低頭嚼草，四下裏一片寂靜，並無生人到來，剛問了一句：「那裏有人啊？」忽聽得丁同一聲獰笑，頭頂掌風颯然，一掌猛劈下來。

計老人雖老態龍鍾，身手卻十分敏捷，丁同的手掌與他頭頂相距尙有數寸，他身形略側，已滑了開去，跟著反手勾出，施展大擒拿手，將他右腕勾住了。丁同變招賊滑，右手一掙沒掙脫，左手向前疾送，藏在衣袖中的匕首已刺了出去，白光閃處，波的一響，匕首鋒利的刃口已刺入計老人左背。

李文秀大叫一聲：「啊喲！」她跟父母學過兩年武功，見計老人中刀，縱身而上，兩個小拳頭便往丁同背心腰眼裏打去。便在此時，計老人左手一個肘搥回撞，搥中了丁同心口，這一搥力道極猛，丁同低哼一聲，身子軟軟垂下，委頓在地，口中噴血，便沒氣了。

李文秀顫聲道：「爺爺，你……你背上有刀子……」計老人見她淚光瑩然，心想：「這女孩兒心地倒好。」李文秀又道：「爺爺，你的傷……我給你把刀子拔下來吧？」說著伸手去握刀柄。計老人臉色一沉，怒道：「你別管我。」扶著桌子，身子晃了幾晃，顫巍巍走向內室，啪的一聲，關上了板門。李文秀見他突然發怒，心中害怕，又見丁同在地下蜷縮成一團，只怕他起來加害自己，越想越怕，只想飛奔出外，但想起計老人身受重傷，沒人服侍，又不忍置之不理。

她想了一想，走到室門外，輕拍幾下，聽得室中沒半點聲音，叫道：「爺爺，爺爺，你痛嗎？」只聽得計老人粗聲道：「走開，走開！別來吵我！」這聲音和他原來慈和的說話大不相同，李文秀嚇得不敢再說，怔怔坐在地下，抱著頭嗚嗚咽咽的哭了起來。忽然呀的一聲，室門打開，一隻手撫摸她頭髮，低聲道：「別哭，別哭，爺爺的傷不礙事。」手勢和語音都甚溫柔。李文秀抬起頭來，見計老人臉帶微笑，心中一喜，登時破涕爲笑。計老人笑道：「又哭又笑，不害羞麼？」李文秀把頭藏在他懷裏。從這老人身上，她又找到了一些父母的親情溫暖。

計老人皺起眉頭，打量丁同的屍身，心想：「他跟我無冤無仇，爲甚麼忽下毒手？」李文秀掛懷關心，輕聲問道：「爺爺，你背上的傷好些了麼？」這時計老人已換過一件長袍，也不知他傷得如何。

他聽李文秀重提此事，似乎適才給刺了這一刀實爲奇恥大辱，臉上又現惱怒，粗聲道：「你囉唆甚麼？」聽得屋外那白馬噓溜溜一聲長嘶，略一沉吟，到屋後柴房中提了一桶黃色染料出來。那是牧羊人在牲口身上塗染記號所用，使得各家的牛羊不致混雜，雖經風霜，亦不脫落。他牽過白馬，用刷子自頭至尾都刷上了黃色，又到哈薩克人的帳篷之中，討了一套哈薩克男孩的舊衣服來，叫李文秀換上了。李文秀很聰明，說道：「爺爺，你要那些惡人認不出我，是不是？」計老人點了點頭，嘆了口氣，道：「爺爺老了。唉，剛才竟給他刺了一刀。」這一次他自己提起，李文秀卻不敢接口了。

計老人埋了丁同的屍體，又宰了他乘來的坐騎，馬皮、鞍鐙、蹄鐵也都埋了，沒留下絲毫痕跡，然後坐在大門口，拿著一柄長刀在磨刀石上不住磨礪。

他這番功夫果然沒白做，就在當天晚上，霍元龍和陳達海所率領的豪客，衝進了這片綠洲，大肆擄掠。這一帶素來沒盜匪，哈薩克人雖勇武善戰，但事先全沒防備，族中精壯男子又剛好大舉在北邊獵殺爲害牛羊的狼羣，在帳篷中留守的都是老弱婦孺，竟給這批來自中原的豪客攻了個措手不及。七名哈薩克男子遭殺，五名婦女給擄了去。這羣豪客也曾闖進計老人的茅屋裏，但誰也沒對一個老人、一個哈薩克孩子起疑。李文秀滿臉泥污，躲在屋角落中，誰也沒留意到她眼中閃耀著仇恨和悲哀的光芒。她卻看得清清楚楚，父親的佩刀懸在霍元龍腰間，母親的金銀小劍插在陳達海腰帶之中。這是她父母決不離身的兵刃，她年紀雖小，卻也猜到父母定然遭到了不幸。

第四天上，哈薩克的男子們從北方拖了一批狼屍回來了，當即聚集了隊伍，去找這批漢人強盜報仇。但在茫茫大漠之中，卻已失卻了他們的蹤跡，只找到了那五個遭擄去的婦女。那是五具屍身，全身衣服給脫光了，慘死在大漠之上。他們也找到了白馬李三和金銀小劍三娘子的屍身，一起都帶了回來。

李文秀撲在父母屍身上哀哀痛哭。一個粗暴的哈薩克人提起穿著皮靴的大腳，重重踢了她一腳，粗聲罵道：「眞主降罰的強盜漢人！」

計老人抱了李文秀回家，不去跟這個哈薩克人爭鬧。李文秀小小心靈之中，只是想：「爲甚麼惡人這麼多？誰都來欺侮我？」

半夜裏，李文秀又從睡夢中哭醒了，一睜開眼，只見床沿上坐著一個人。她驚呼一聲，坐了起來，卻見計老人凝望著她，目光中愛憐橫溢，神情溫柔，撫摸她頭髮，說道：「別怕，別怕，是爺爺。」李文秀淚水如珍珠斷線般流了下來，伏在計老人懷裏，把他衣襟全哭濕了。計老人道：「孩子，你沒了爹娘，就當我是你親爺爺，跟我住在一起。爺爺會好好照料你。」

李文秀哭著點頭，想起了那些殺害爸爸媽媽的惡人，又想起踢了她一腳的那個兇惡的哈薩克漢子。這一腳踢得好重，令她腰裏腫起了一大塊，她不禁又問：「爲甚麼誰都來欺侮我？我又沒做壞事？」

計老人嘆口氣，說道：「這世界上給人欺侮的，總是那些沒做壞事的好人。」他從瓦壺裏倒了一碗熱奶茶，瞧著她喝下了，又給她攏好被窩，說道：「秀兒，那個踢了你一腳的，叫做蘇魯克。他也是個正直的好人。」李文秀睜著圓圓的眼珠，很是奇怪，問道：「他……他是好人麼？」計老人點頭道：「不錯，他是好人。他跟你一樣，一天之中死了兩個最親愛的人，一個是他妻子，一個是他大兒子。都是給那批惡人強盜害死的。他只道漢人都是壞人。他用哈薩克話罵你，說你是『眞主降罰的強盜漢人』。你別恨他，他心裏的悲痛，實在跟你一模一樣。不，他年紀大了，心裏的悲痛，可比你更加多得多，深得多。」

李文秀怔怔聽著，她本來也沒怎麼恨這個滿臉鬍子的哈薩克人，只是見了他兇狠的模樣很害怕，這時忽然想起，那個大鬍子雙眼之中滿含著眼淚，只差沒掉下來。她不懂計老人說的，爲甚麼大人的悲痛會比小孩子更深更多，但對這個大鬍子卻不自禁的生了同情，覺得他也很可憐。

窗外傳進來一陣奇妙的宛轉的鳥鳴，聲音很遠，但聽得很清楚，又甜美，又淒涼，便像一個少女在唱著清脆而柔和的歌。

李文秀側耳聽著，鳴歌之聲漸漸遠去，終於低微得聽不見了。她悲痛的心靈中得到了一絲安慰，呆呆出了一會神，低聲道：「爺爺，這鳥兒唱得眞好聽。」

計老人道：「是的，唱得眞好聽！那是天鈴鳥，鳥兒的歌聲像是天上的銀鈴。這鳥兒只在晚上唱歌，白天睡覺。有人說，這是天上的星星掉下來之後變的。又有些哈薩克人說，這是草原上一個最美麗、最會唱歌的少女死了之後變的。她的情郎不愛她了，她傷心死的。」李文秀迷惘地道：「她最美麗，又最會唱歌，爲甚麼不愛她了？」

計老人出了一會神，長長的嘆了口氣，說道：「世界上有許多事，你小孩子不懂的。」這時候，遠處草原上的天鈴鳥又唱起歌來了。

唱得令人心中又甜蜜，又淒涼。

就這樣，李文秀住在計老人家裏，幫他牧羊煮飯，兩個人就像親爺爺、親孫女一般。晚上，李文秀有時候從夢中醒來，聽著天鈴鳥的歌唱，又在天鈴鳥的歌聲中回到夢裏。她夢中有江南的楊柳和桃花，爸爸的懷抱，媽媽的笑臉……

過了秋天，過了冬天，李文秀平平靜靜過著日子，她學會了哈薩克話，學會了草原上的許許多多事情。

計老人會釀又香又烈的美酒，哈薩克的男人就最愛喝又香又烈的美酒。計老人會醫牛羊馬匹的疾病，哈薩克人那些受了重傷、生了重病的牲口，說甚麼也治不好，往往就讓他治好了。牛羊馬匹是哈薩克人的性命，他們雖不喜歡漢人，卻少他不得，只好用牛羊來換他又香又烈的美酒，請了他去給牲口治傷治病。

哈薩克人的帳篷在草原上東西南北的遷移。計老人通常不跟著他們遷移，多半留在綠洲中自己的茅屋裏，等著他們回來。他只養少少幾頭牛、十幾頭羊，用不著經常遷遊，追逐水草。

一天晚上，李文秀又聽到了天鈴鳥的歌聲，只是牠越唱越遠，隱隱約約地，隨著風聲飄來了一些，跟著又聽不到了。李文秀悄悄穿衣起來，到屋外牽了白馬，生怕驚醒計老人，將白馬牽得遠遠地，這才跨上馬，跟著歌聲走去。

草原上的夜晚，天很高、很藍，星星很亮，青草和小花散播著芳香。

歌聲很清晰了，唱得又婉轉，又嬌媚。李文秀的心跟著歌聲而狂喜，輕輕跨下馬背，讓白馬自由自在的嚼著青草。她仰天躺在草地上，沉醉在歌聲之中。

那天鈴鳥唱了一會，便飛遠幾丈。李文秀在地下爬著跟隨，她聽到了鳥兒撲翅的聲音，看到了這隻淡黃色的小小鳥兒，見牠在地下啄食。牠啄了幾口，又向前飛一段路，又找到了食物。

天鈴鳥吃得很高興，突然間啪的一聲，長草中飛起黑黝黝的一件東西，將天鈴鳥罩住了。

李文秀的驚呼聲中，混和著一個男孩的歡叫，只見長草中跳出來一個哈薩克男孩，得意地叫道：「捉住了，捉住了！」他用外衣裹著天鈴鳥，鳥兒驚慌的叫聲，鬱悶地隔著外衣傳出來。

李文秀又吃驚，又憤怒，叫道：「你幹甚麼？」那男孩道：「我捉天鈴鳥。你也來捉麼？」李文秀道：「幹麼捉牠？讓牠快快活活的唱歌不好麼？」那男孩笑道：「捉來玩。」將右手伸到外衣之中，再伸出來時，手裏已抓著那隻淡黃色的小鳥。天鈴鳥不住撲著翅膀，卻那裏飛得出男孩的掌握？

李文秀道：「放了牠吧，你瞧牠多可憐？」那男孩道：「我一路撒了麥子，引得這鳥兒過來。誰叫牠吃我的麥子啊？哈哈！」

李文秀一呆，在這世界上，她第一次懂得「陷阱」的意義。人家知道小鳥兒要吃麥子，便撒了麥子，引著牠走進了死路。她年紀還小，不知道幾千年來，人們早便在說著「人爲財死，鳥爲食亡」這兩句話。她只隱隱的感到了機謀的可怕，覺到了「引誘」的令人難以抗拒。當然，她只感到了一些極模糊的影子，想不明白中間包藏著的道理。

那男孩玩弄著天鈴鳥，使牠發出一些痛苦的聲音。李文秀道：「你把小鳥兒給了我，好不好？」那男孩道：「那你給我甚麼？」李文秀伸手到懷裏一摸，她甚麼也沒有，不禁有些發窘，想了一想，道：「趕明兒我給你縫一隻好看的荷包，給你掛在身上。」那男孩笑道：「我才不上這個當呢。明兒你便賴了。」李文秀脹紅了臉，道：「我說過給你，一定給你，爲甚麼要賴呢？」那男孩搖頭道：「我不信。」月光之下，見李文秀左腕上套著一隻玉鐲，發出晶瑩柔和的光芒，隨口便道：「除非你把這個給我。」

玉鐲是媽媽給的，除了這隻玉鐲，已沒紀念媽媽的東西了。她很捨不得，但看了那天鈴鳥可憐的樣子，終於把玉鐲褪了下來，說道：「給你！」

那男孩沒想到她居然會肯，接過玉鐲，道：「你不會再要回吧？」李文秀道：「不！」那男孩道：「好！」於是將天鈴鳥遞了給她。李文秀雙手合著鳥兒，手掌中感覺到牠柔軟的身體，感覺到牠迅速而微弱的心跳。她用右手的三根手指輕輕撫摸一下鳥兒背上的羽毛，張開雙掌，說道：「你去吧！下次要小心了，可別再給人捉住。」天鈴鳥展開翅膀，飛入了草叢之中。男孩很奇怪，問道：「爲甚麼放了鳥兒？你不是用玉鐲換了來的麼？」他緊緊抓住了鐲子，生怕李文秀又向他要還。李文秀道：「天鈴鳥又飛，又唱歌，不是很快活麼？」

男孩側著頭瞧了她一會，問道：「你是誰？」李文秀道：「我叫李文秀，你呢？」男孩道：「我叫蘇普。」說著便跳了起來，揚著喉嚨大叫了一聲。

蘇普比她大了兩歲，長得很高，站在草地上很有點威武。李文秀道：「你力氣很大，是不是？」蘇普很高興，這小女孩隨口一句話，正說中了他最引以爲傲的事。他從腰間拔出一柄短刀來，說道：「上個月，我用這把刀砍傷了一頭狼，差點兒就砍死了，可惜給逃走了。」

李文秀很驚奇，有點兒不信，說道：「你這麼厲害？」蘇普更加得意了，道：「有兩頭狼半夜裏來咬我家的羊，爹不在家，我便提刀出去趕狼。大狼見了火把便逃了，我一刀砍中了另外一頭。」李文秀道：「你砍傷了那頭小的？」蘇普有些不好意思，點了點頭，但隨即加上一句：「那大狼倘使不逃走，我就一刀殺了牠。」他話雖這麼說，自己卻實在沒把握。但李文秀深信不疑，道：「惡狼來咬小綿羊，那是該殺的。下次你殺到了狼，來叫我看，好不好？」蘇普大喜，昂然道：「好啊！等我殺了狼，就剝了狼皮送給你。」李文秀道：「謝謝你啦，那我就給爺爺做一條狼皮墊子。他自己那條已給了我啦。」蘇普道：「不！我送給你的，你自己用。你把爺爺的還給他便了。」李文秀點頭道：「那也很好。」

在兩個小小的心靈之中，未來的還沒實現的希望，跟過去的事實沒多大分別。他們想到要殺狼，好像那頭惡狼眞的已經殺死了。

便這樣，兩個小孩子交上了朋友。哈薩克男性的粗獷豪邁，和漢族女孩的溫柔仁善，相處得很和諧。

過了幾天，李文秀做了一隻小小荷包，裝滿了麥糖，拿去送給蘇普。這一件禮物使這小男孩很出乎意料之外，他用小鳥兒換了玉鐲，已覺得佔了很大便宜。哈薩克人天性的正直，使他認爲應當有所補償，於是他一晚不睡，在草原上捉了兩隻天鈴鳥，第二天拿去送給李文秀。這一件慷慨的舉動未免是會錯了意。李文秀費了很多唇舌，才使這男孩明白，她所喜歡的是讓天鈴鳥自由自在，而不是要捉了來讓牠受苦，所以她把兩隻小鳥放了。蘇普最後終於懂了，但在心底，總覺得她的善心有些傻氣，古怪而可笑。

日子一天天的過去，在李文秀的夢裏，爸爸媽媽出現的次數漸漸稀了，她枕頭上的淚痕也漸漸少了。她臉上有了更多的笑靨，嘴裏有了更多的歌聲。當她和蘇普一起牧羊的時候，草原上常常飄來了遠處青年男女對答的情歌。李文秀覺得這些情致纏綿的歌兒很好聽，聽得多了，隨口便能哼了出來。當然，她還不懂歌裏的意義，爲甚麼一個男人會對一個女郎這麼念念不忘？爲甚麼一個女郎要對一個男人這麼傾心？爲甚麼情人的腳步聲令心房劇烈地跳動？爲甚麼窈窕的身子叫人整晚睡不著？只是她清脆地動聽地唱了出來。聽到的人都說：「這小女孩的歌兒唱得眞好，那不像草原上的一隻天鈴鳥麼？」

到了寒冷的冬天，天鈴鳥飛到南方溫暖的地方去了，但在草原上，李文秀的歌兒仍然響著：

「啊，親愛的牧羊少年，
請問你多大年紀？
你半夜裏在沙漠獨行，
我跟你作伴願不願意？」

歌聲在這裏頓了一頓，聽到的人心中都在說：「聽著這樣美麗的歌兒，誰不願意要你作伴呢？」

跟著歌聲又響了起來：

「啊，親愛的你別生氣，
誰好誰壞一時難知。
要戈壁沙漠變爲花園，
只須一對好人聚在一起。」

聽到歌聲的人心底裏都開了一朵花，便是最冷酷最荒蕪的心底，也升起了溫暖：「倘若是一對好人聚在一起，戈壁沙漠自然成了花園，誰又會來生你的氣啊？不管怎樣，我一生一世也不會生你的氣！」老年人年輕了幾十歲，年輕人心中洋溢歡樂。但唱著情歌的李文秀，卻不懂得歌中的意思。

聽她歌聲最多的，是蘇普。他也不懂這些草原上情歌的含義，直到有一天，他們在雪地裏遇上了一頭惡狼。

這一頭狼來得非常突然。蘇普和李文秀正並肩坐在一個小丘上，望著散在草原上的羊羣。

就像平時一樣，李文秀跟他說著故事。這些故事有些是媽媽從前說的，有些是計老人說的，另外的是她自己編的。蘇普最喜歡聽計老人那些驚險的出生入死的故事，最不欣賞李文秀自己那些孩子氣的女性故事，但一個驚險故事反來覆去的說了幾遍，便變成了不驚不險，於是他也只得耐心的聽著：白兔兒怎樣找不到媽媽，小花狗怎樣去幫牠尋找。突然之間，李文秀「啊」的一聲，向後翻倒，一頭大灰狼尖利的牙齒咬向她咽喉。

這頭狼從背後悄無聲息的襲來，兩個小孩誰都沒發覺。李文秀曾跟媽媽學過一些武功，自然而然的將頭一側，避開了兇狼對準著她咽喉的一咬。蘇普見這頭惡狼這般高大，嚇得腳也軟了，但他立即想起：「非救她不可！」從腰間拔出短刀，撲上去一刀刺在大灰狼的背上。

灰狼的骨頭很硬，短刀從牠背脊上滑開了，只傷了一些皮肉。但灰狼也察覺了危險，放開了李文秀，張開血盆大口，突然躍起，雙足搭在蘇普的肩頭，便往他臉上咬了下去。

蘇普一驚之下，向後便倒。那灰狼來勢似電，雙足跟著按了下去，白森森的獠牙已觸到蘇普臉頰。李文秀嚇得幾乎動彈不得，但仍鼓起勇氣，拉住灰狼尾巴用力向後拉扯。大灰狼給她一拉之下，退了一步，但牠餓得慌了，後足牢牢據地，叫李文秀再也拉牠不動，跟著又是一口咬落。

只聽得蘇普大叫一聲，兇狼已咬中他左肩。李文秀驚得幾乎要哭了出來，鼓起平生之力一拉。灰狼吃痛，張口呼號，卻把咬在蘇普肩頭的牙齒鬆了。蘇普迷迷糊糊的送出一刀，正好刺中灰狼肚腹上柔軟之處，這一刀直沒至柄。他想要拔出刀來再刺，那灰狼猛地躍起，在雪地裏打了幾個滾，仰天死了。

灰狼這一翻滾，帶得李文秀也摔了幾個觔斗，可是她兀自拉住灰狼的尾巴，始終不放。蘇普掙扎著站起身來，見這麼巨大的一頭灰狼死在雪地之中，不禁驚得呆了，過了半晌，才歡然叫道：「我殺死了大狼，我殺死了大狼！」伸手扶起李文秀，驕傲地道：

「阿秀，你瞧，我殺了大狼！」得意之下，雖肩頭鮮血長流，一時竟也不覺疼痛。李文秀見他的羊皮襖子左襟上染滿了血，忙翻開他皮襖，從懷裏拿出手帕，按住他傷口中不住流出的鮮血，問道：「痛不痛？」蘇普倘若獨自一個兒，早就痛得大哭大喊，但這時心中充滿了英雄氣概，搖搖頭道：「我不怕痛！」

忽聽得身後一人說道：「阿普，你在幹甚麼？」兩人回過頭來，只見一個滿臉虬髯的大漢，騎在馬上。

蘇普叫道：「爹，你瞧，我殺死了一頭大狼。」那大漢大喜，見兒子臉上濺滿了血，眼光又掠過李文秀的臉，問蘇普道：「你給狼咬了？」蘇普道：「我在這兒聽阿秀說故事，忽然這頭狼來咬她……」突然之間，那大漢臉上罩上了一層陰影，望著李文秀冷冷的道：「你便是那個眞主降罰的漢人女孩兒麼？」

這時李文秀已認出他來，那便是踢過她一腳的蘇魯克。她記起了計老人的話：「他的妻子和大兒子，一夜之間都給漢人強盜殺了，因此他恨極了漢人。」她點了點頭，正想說：「我爹爹媽媽也是給那些強盜害的。」話還沒出口，突然唰的一聲，蘇普臉上腫起了一條長長的紅痕，是給父親用馬鞭重重的抽了一下。

蘇魯克喝道：「我叫你世世代代，都要憎恨漢人，你忘了我的話，偏去跟漢人的女孩兒玩，還為漢人的女兒拚命流血！」唰的一聲，夾頭夾腦的又抽了兒子一鞭。

蘇普竟不閃避，只呆呆的望著李文秀，問道：「她是眞主降罰的漢人麼？」蘇魯克吼道：「難道不是？」迴過馬鞭，唰的一下又抽在李文秀臉上。李文秀退了兩步，伸手按住了臉。蘇普給灰狼咬後受傷本重，跟著又給狠狠的抽了兩鞭，再也支持不住，身子一晃，摔倒在地。

蘇魯克見他雙目緊閉，暈了過去，也吃了一驚，忙跳下馬來，抱起兒子，跟著和身縱起，落在馬背之上，一個繩圈甩出，套住死狼頭頸，雙腿一挾，縱馬便行。死狼在雪地中給一路拖著跟去，雪地裏兩行蹄印之間，留著一行長長的血跡。蘇魯克馳出十餘丈，回過頭來惡毒地望了李文秀一眼，眼光中似乎在說：「下次你再撞在我手裏，瞧我不狠狠的打你個半死不活！」

李文秀倒不害怕這眼色，只是心中一片空虛，知道蘇普從今之後，再不會做她朋友，再也不會來聽她唱歌、來聽她說故事了。只覺得朔風更加冷得難受，臉上的鞭傷隨著脈搏的跳動，一抽一抽地更加劇烈疼痛。

她茫茫然的趕了羊羣回家。計老人看到她衣衫上許多鮮血，臉上又腫起一條鞭痕，大吃一驚，忙問她甚麼事。李文秀只淡淡的說：「是我不小心摔的。」計老人當然不信。可是一再相詢，李文秀只這樣回答，問得急了，她哇的一聲大哭起來，竟一句話也不肯再說。

那天晚上，李文秀發著高燒，小臉蛋兒燒得血紅，說了許多胡話，甚麼「大灰狼！」「蘇普，蘇普，快救我！」甚麼「眞主降罰的漢人。」計老人猜到了幾分，很是焦急，在屋中走來走去，搥胸抱頭，苦無善策。幸好到黎明時，她燒退了，沉沉睡去。

這一場病直生了一個多月，到她起床時，寒冬已經過去，天山上的白雪開始融化，一道道雪水匯成的小溪，流到草原上來。原野上已茁起了一絲絲嫩草。

這一天，李文秀一早起來，打開圍柵的柵門，想趕了羊羣出去吃草，只見柵裏門邊拋著一張大狼皮，做成了墊子的模樣。李文秀吃了一驚，看這狼皮的毛色，正是那天在雪地中咬她的那頭大灰狼。她俯下身來，見狼皮的肚腹處有個刃孔。她心中怦怦跳著，知道蘇普並沒忘記她，也沒忘記他自己說過的話，半夜裏偷偷將這狼皮拋進她家的木柵。她將狼皮收在自己房中，不跟計老人說起，趕了羊羣，便到慣常和蘇普相會的地方去等他。

但她一直等到日落西山，蘇普始終沒來。她認得蘇普家裏的羊羣，這一天卻由一個十七八歲的青年放牧。李文秀想：「難道蘇普的傷還沒有好？怎地他又送狼皮給我？」她很想到他帳篷裏去瞧瞧他，可是跟著便想到了蘇魯克的鞭子。

這天半夜裏，她終於鼓起了勇氣，走到蘇普的帳篷後面。她不知道爲甚麼要去，是爲了想說一句「謝謝你的狼皮」？爲了想瞧瞧他的傷好了沒有？她自己也說不上來。她躲在帳篷後面。蘇普的牧羊犬識得她，過來在她身上嗅了幾下便走開了，一聲也沒吠。帳篷中還亮著牛油燭的燭光，蘇魯克粗大的嗓子在大聲咆哮：

「你的狼皮拿去送給了那一個姑娘？好小子，小小年紀，也懂得把第一次的獵物拿去送給心愛的姑娘。」他每呼喝一句，李文秀的心便劇烈地跳動一下。蘇普在講故事時說過哈薩克人的習俗，每一個青年最寶貴自己第一次的獵物，總是拿去送給他心愛的姑娘，以表示情意。這時她聽到蘇魯克這般喝問，小小的臉蛋兒紅了，心中感到了驕傲。他們二人年紀都還小，不知道眞正的情愛是甚麼，但隱隱約約的，也嘗到了初戀的甜蜜和苦澀。

「你定是拿去送給了那個眞主降罰的漢人姑娘，那個叫做李甚麼的賤種，是不是？好，你不說，瞧是你厲害，還是你爹爹的鞭子厲害？」

只聽得唰唰唰唰，幾下鞭子抽打在肉體上的聲音。像蘇魯克這一類的哈薩克人，素來相信只有鞭子下才能產生強悍的好漢子，管教兒子不能用溫和的法子。他祖父這樣鞭打他父親，他父親這樣鞭打他，他自己便也這樣鞭打兒子，父子之愛並不因此而減弱。男兒漢對付男兒漢，在朋友和親人是拳頭和鞭子，在敵人便是匕首和長刀。但對於李文秀，她爹爹媽媽從小連重話也不對她說一句，只要臉上少了一絲笑容，少了一些愛撫，便是痛苦的懲罰了。這時每一鞭都如打在她身上一般痛楚。「蘇普的爹爹一定恨極了我，自己親生的兒子都打得這麼兇狠，會不會打死了他呢？」

「好！你不回答！你回不回答？我猜到你定是拿去送給了那個漢人姑娘。」鞭子不住的往下抽打。蘇普起初咬著牙硬忍，到後來終於哭喊起來：「爹爹，別打啦，別打啦，我痛，我痛，我痛！」蘇魯克道：「那你說，是不是將狼皮送給了那個漢人姑娘？你媽死在漢人強盜手裏，你哥哥是漢人強盜殺的，你知不知道？他們叫我哈薩克第一勇士，可是我的老婆兒子卻讓漢人強盜殺了，你知不知道？爲甚麼那天我偏偏不在家？爲甚麼總是找不到這羣強盜，好讓我給你媽媽哥哥報仇雪恨？」

蘇魯克這時的鞭子早已不是管教兒子，而是在發洩心中的狂怒。他每一鞭下去，都似在鞭打敵人，「爲甚麼那狗強盜不來跟我明刀明槍的決一死戰？你說不說？難道我蘇魯克是哈薩克第一勇士，還打不過幾個漢人的毛賊……」

霍元龍、陳達海他們所殺死的那個少年，是他最心愛的長子，遭他們強暴而死的妻子，是自幼和他一起長大的愛侶。而他自己，二十餘年來人人都稱他是哈薩克族的第一勇士，不論對刀、比拳、鬥力、賽馬，他從來沒輸過給人。

李文秀只覺蘇普給父親打得很可憐，蘇魯克帶著哭聲的這般叫喊也很可憐。「他打得這樣狠，一定永遠不愛蘇普了。他沒兒子了，蘇普也沒爹爹了。都是我不好，都是我這個眞主降罰的漢人姑娘不好！」忽然之間，她也可憐起自己來。

她不能再聽蘇普這般哭叫，於是回到了計老人家中，從被褥底下拿出那張狼皮來，看了很久很久。她和蘇普的帳篷相隔兩里多地，但隱隱的似乎聽到了蘇普的哭聲，聽到了蘇魯克的鞭子在噼啪作響。她雖然很喜歡這張狼皮，但是她不能要。

「如果我要了這張狼皮，蘇普會給他爹爹打死的。只有哈薩克的女孩子，他們伊斯蘭的女孩子才能要這張大狼皮。哈薩克那許多女孩子中，哪一個最美麗？我很喜歡這張狼皮，是蘇普打死的狼，他為了救我才不顧自己性命去打死的狼。蘇普送了給我，可是……可是他爹爹要打死他……」

第二天早晨，蘇魯克帶著滿佈紅絲的眼睛從帳篷中出來，只聽得車爾庫大聲哼著山歌，哩啦哩啦的唱了過來。他側著頭向蘇魯克望著，臉上的神色很古怪，笑咪咪的，眼中透著親善的意思。車爾庫也是哈薩克族中出名的勇士，千里外的人都知道他馴服野馬的本領。他奔跑起來快得了不得，有人說在一里路之內，任何駿馬都追他不上，即使在一里路之外輸給了那匹好馬，但也只相差一個鼻子。原野上的牧民們圍著火堆閒談時，許多人都說，如果車爾庫的鼻子不是這樣扁的話，那麼還是他勝了。

蘇魯克和車爾庫之間向來沒多大好感。蘇魯克的名聲很大，刀法和拳法都所向無敵，車爾庫暗中很有點妒忌。他比蘇魯克要小著六歲。有一次兩人比試刀法，車爾庫輸了，肩頭上給割破長長一條傷痕。他說：「今天我輸了，但五年之後，十年之後，咱們再走著瞧。」蘇魯克道：「再過二十年，咱哥兒倆又比一次，那時我下手可不會像這樣輕了！」

今天，車爾庫的笑容之中卻絲毫沒敵意。蘇魯克心頭的氣惱還沒有消，狠狠的瞪了他一眼。車爾庫笑道：「老蘇，你的兒子很有眼光啊！」蘇魯克道：「你說蘇普麼？」他伸手按住刀柄，眼中發出兇狠的神色來，心想：「你嘲笑我兒子將狼皮送給了漢人姑娘。」

車爾庫一句話已衝到了口邊：「倘若不是蘇普，難道你另外還有兒子？」但這句話卻沒說出口，他只微笑著道：「自然是蘇普！這孩子相貌不差，人也挺能幹，我很喜歡他。」做父親的聽到旁人稱讚他兒子，自然忍不住高興，但他和車爾庫一向口角慣了，說道：「你眼熱吧？就可惜你生不出一個兒子。」車爾庫卻不生氣，笑道：「我女兒阿曼也不錯，否則你兒子怎麼會看上了她？」

蘇魯克「呸」的一聲，道：「你別臭美啦，誰說我兒子看上了阿曼？」車爾庫伸手挽住了他膀子，笑道：「你跟我來，我給你瞧一件東西。」蘇魯克心中奇怪，便跟他並肩走著。車爾庫道：「你兒子前些時候殺死了一頭大灰狼。小小孩子，眞了不起，日後大了，可不跟老子一樣？父是英雄兒好漢。」蘇魯克不答腔，認定他是擺下了甚麼圈套，要引自己上當，心想：「一切須得小心在意。」

在草原上走了三里多路，到了車爾庫的帳篷前面。蘇魯克遠遠便瞧見一張大狼皮掛在帳篷外邊。他奔近幾步，嘿，可不是蘇普打死的那頭灰狼的皮是甚麼？這是兒子生平打死的第一頭獵物，他認得清清楚楚。他心下一陣混亂，隨即又高興，又迷惘：「我錯怪了阿普，昨晚這麼結結實實的打了他一頓，原來他把狼皮送了給阿曼，卻不是給那漢人姑娘。該死的，怎麼他不說呢？孩子臉嫩，沒得說的。要是他媽媽還在，她就會勸我了。唉，孩子有甚麼心事，對媽媽一定肯講……」

車爾庫粗大的手掌在他肩上一拍，說道：「喝碗酒去。」

車爾庫的帳篷中收拾得很整潔，一張張織著紅花綠草的羊毛毯掛在四周。一個身材苗條的女孩子捧了酒漿出來。車爾庫微笑道：「阿曼，這是蘇普的爹。你怕不怕他？這大鬍子可兇得很呢！」阿曼羞紅了的臉顯得更美了，眼光中閃爍著笑意，好像是說：「我不怕。」蘇魯克呵呵笑了起來，笑道：「老車，我聽人家說過的，說你有個女兒，是草原上一朵會走路的花。不錯，一朵會走路的花，這話說得眞好。你是一匹兩隻腳的快馬，哈哈……」

兩個爭鬧了十多年的漢子，突然間親密起來了。你敬我一碗酒，我敬你一碗酒。蘇魯克終於喝得酩酊大醉，瞇著眼伏在馬背，回到家中。

過了些日子，車爾庫送來了兩張精致的羊毛毯子。他說：「這是阿曼織的，一張給老的，一張給小的。」

一張毛毯上織著一個大漢，手持長刀，砍翻了一頭豹子，遠處一頭豹子正挾著尾巴逃走。另一張毛毯上織著一個男孩，刺死了一頭大灰狼。那二人一大一小，都威風凜凜，英姿颯爽。蘇魯克一見大喜，連讚：「好手藝，好手藝！」原來回疆之地本來極少豹子，那一年卻不知從那裏來了兩頭，為害人畜。蘇魯克當年奮勇追入雪山，砍死了一頭大豹，另一頭負傷遠遁。這時見阿曼在毛毯上織了他生平最得意的英勇事蹟，自然大為高興。

這一次，喝得大醉而伏在馬背上回家去的，卻是車爾庫了。蘇魯克叫兒子送他回去。在車爾庫的帳篷之中，蘇普見到了自己的狼皮。他正在大惑不解，阿曼已紅著臉在向他道謝。蘇普喃喃的說了幾句話，全然不知所云，他不敢追問為甚麼這張狼皮竟會到了阿曼手中。第二天，他一早便到那個殺狼的小丘去，盼望見到李文秀問她一問。可是李文秀沒有來。

他等了兩天，都是一場空。到第三天上，終於鼓起了勇氣走到計老人家中。李文秀出來開門，一見是他，說道：「我從此不要見你。」啪的一聲，便把板門關上了。蘇普呆了半晌，莫名其妙的回到自己家裏，心裏感到一陣悵惘：「唉，漢人的姑娘，不知她心裏在想些甚麼？」

他自然不會知道，李文秀是躲在板門之後掩面哭泣。此後一直哭了很久很久。她很喜歡再和蘇普在一起玩，說故事給他聽，可是她知道只要給他父親發覺了，他又得狠狠挨一頓鞭子，說不定會給他父親打死的。

日子一天一天的過去，三個孩子給草原上的風吹得高了，給天山腳下的冰雪凍得長大了，會走路的花更加嬝娜美麗，殺狼的小孩變成了英俊的青年，那草原上的天鈴鳥呢，也唱得更加嬌柔動聽了。不過她很少唱歌，只在夜半無人的時候，獨自在蘇普殺過灰狼的小丘上唱一支歌兒。她沒一天忘記過這個兒時的伴侶，常常望到他和阿曼並騎出遊，有時，也聽到他倆互相對答，唱著情致纏綿的歌兒。

這些歌中的含意，李文秀小時候並不懂得，這時候卻嫌懂得太多了。如果她仍然不懂，豈不是少了許多傷心？少了許多不眠的長夜？可是不明白的事情，一旦明白之後，永遠不能再回到從前幼小時胡裏胡塗、卻又甜甜蜜蜜那樣的迷惘了。

是一個春深的晚上，李文秀騎了白馬，獨自到那個殺狼的小山上去。白馬給染黃了的毛早已脫盡，全身又是像天山頂上的雪那樣白。

她悄立在那個小山丘上，遠遠望見哈薩克人的帳篷之間燒著一堆大火，音樂和歡鬧的聲音一陣高、一陣低的傳來。原來這天是哈薩克人的節日，青年男女已玩過了「姑娘追」遊戲，都聚在火堆之旁，跳舞唱歌，極盡歡樂。

李文秀心想：「他和她今天一定特別快樂，這麼熱鬧，這麼歡喜。」她心中的「他」，沒第二個人，自然是蘇普，那個「她」自然是那朵會走路的花，阿曼。

但這一次李文秀卻沒猜對，蘇普和阿曼這時候並不特別快樂，卻是在特別的緊張。在火堆之旁，蘇普正在和一個瘦長的青年摔跤。這是節日中最重要的一個項目，摔跤第一的有三件獎品：一匹駿馬、一頭肥羊，還有一張美麗的毛毯。

蘇普已接連勝了四個好漢，那個瘦長的青年叫做桑斯爾。他是蘇普的好朋友，可也要分一個勝敗。何況，他心中一直在愛著那朵會走路的花。這樣美麗的臉，這樣婀娜的身材，這樣巧妙的手藝，誰不愛呢？桑斯爾明知蘇普和阿曼從小便很要好，但他是倔強的高傲的青年。草原上誰的馬快，誰的力大，誰便處處佔了上風。他心中早便在這樣想：「只要我在公開的角力中打敗了蘇普，阿曼便會喜歡我的。」他已用心的練了三年摔跤和刀法。他的師父，便是阿曼的父親車爾庫。

至於蘇普的武功，當然是父親親傳的。

兩個青年扭結在一起。突然間桑斯爾肩頭中了重重的一拳，他腳下一個踉蹌，向後便倒，但他在倒下時右足一勾，蘇普也倒下了。兩人一同躍起，兩對眼睛互相凝視，身子左右盤旋，找尋對方的破綻，誰也不敢先出手。

蘇魯克坐在一旁瞧著，手心中全是汗水，只是叫道：「可惜，可惜！」車爾庫的心情卻很難說得明白。他知道女兒的心意，就算桑斯爾打勝了，阿曼喜歡的還是蘇普，說不定只有喜歡得更加厲害些。可是桑斯爾是他的徒弟，這一場角力，就如是他自己和「哈薩克第一勇士」蘇魯克的比賽。車爾庫的徒弟如果打敗了蘇魯克的兒子，那可有多光采！這件事會傳遍數千里草原。當然，阿曼將會很久很久的鬱鬱不樂，可是這些事不去管它。他還是盼望桑斯爾打勝。雖然蘇普是個好孩子，他一直很喜歡他。

圍著火堆的人們爲兩個青年吶喊助威。這是一場勢均力敵的角鬥。蘇普身壯力大，桑斯爾卻更加靈活，到底誰會最後獲勝，誰也說不上來。

只見桑斯爾東一閃，西一避，蘇普數次伸手扭他，都給躲開了。青年男女們吶喊助威的聲音越來越響。「蘇普，快些，快些！」「桑斯爾，反攻啊！別儘逃來逃去的。」「啊喲，蘇普摔了一交！」「不要緊，用力扳倒他。」

聲音遠遠傳了出去，李文秀隱隱聽到了大家叫著「蘇普，蘇普」。她有些奇怪：「爲甚麼大家叫蘇普？」於是騎了白馬，向著呼叫的聲音奔去。在一棵大樹的後面，她看到蘇普正在和桑斯爾搏鬥，旁觀的人興高采烈地叫嚷著。突然間，她在火光旁看到了阿曼的臉，臉上閃動著關切和興奮，淚光瑩瑩，一會兒擔憂，一會兒歡喜。李文秀從來沒這樣淸楚的看過阿曼，心想：「原來她是這樣的喜歡蘇普。」

驀地裏衆人一聲大叫，蘇普和桑斯爾一齊倒了下去。隔著人牆，李文秀看不到地下兩個人搏鬥的情形。但聽著衆人的叫聲，可以想到一時是蘇普翻到了上面，一時又是給桑斯爾壓了下去。李文秀手中也是汗水，因爲瞧不見地下的兩人，她只有更加焦急。忽然間，衆人的呼聲全部止歇，李文秀淸淸楚楚聽到相鬥兩人粗重的呼吸聲。只見一個人搖搖晃晃的站了起來。衆人歡聲呼叫：「蘇普，蘇普！」

阿曼衝進人圈之中，拉住了蘇普的手。

李文秀覺得又高興，又淒涼。她圈轉馬頭，慢慢走了開去。衆人圍著蘇普，誰也沒留心到她。

她不再拉韁繩，任由白馬在沙漠中漫步而行。也不知走了多少時候，她驀地發覺，白馬已走到了草原的邊緣，再過去便是戈壁沙漠了。她低聲斥道：「你帶我到這裏來幹麼？」便在這時，沙漠上出現了兩乘馬，接著又是兩乘。月光下隱約可見，馬上乘客都是漢人打扮，手中握著長刀。

李文秀吃了一驚：「莫非是漢人強盜？」一遲疑間，只聽一人叫道：「白馬，白馬！」縱馬衝來，又叫：「站住！站住！」李文秀喝道：「快奔！」縱馬往來路馳回，但聽得蹄聲急響，迎面又有幾騎馬截了過來。這時東南北三面都有敵人，她不暇細想，只得催馬往西疾馳。

但向西是永沒盡頭的大沙漠。

她小時候曾聽蘇普說過，大沙漠中有鬼，走進了大沙漠的，沒一個人能活著出來。不，就是變成了鬼也不能出來。走進了大沙漠，就會不住的大兜圈子，在沙漠中不住的走著走著，突然之間，在沙漠中發現了一行足跡。那人當然大喜若狂，以爲找到了道路，跟著足跡而行，但走到後來，他終於會發覺，這足跡原來就是自己留下的，他走來走去，只是在兜圈子。這樣死在大沙漠中的人，變成了鬼也不得安息，他不能進天上的樂園，因爲眞主不保祐他，他始終要足不停步的大兜圈子，千年萬年、日日夜夜的兜下去永遠不停。

李文秀曾問過計老人，大沙漠是不是眞的這樣可怕，是不是走進去之後，永遠不能再出來。計老人聽到她這樣問，突然間臉上的肌肉痙攣起來，露出了非常恐怖的神色，眼睛向著窗外偷望，似乎見到了鬼怪一般。李文秀從來沒有見過他會嚇得這般模樣，不敢再問了，心想這事一定不假，說不定計爺爺還見過那些鬼呢。

她騎著白馬狂奔，眼見前面黃沙莽莽，無窮無盡都是沙漠，想到了大沙漠中永遠在兜圈子的鬼魂，越來越害怕，但後面的強盜在飛馳著追來。她想起了爸爸媽媽，想起了蘇普的媽媽和哥哥，知道要是給那些強盜追上了，那是有死無生，甚至要比死還慘些。

可是走進大沙漠呢，那是變成了鬼也不得安息。她眞想勒住白馬不再逃了，回過頭來，哈薩克人的帳篷和綠色的草原早不見了，兩個強盜已落在後面，但還是有五個強盜吆喝著緊緊追來。李文秀聽到粗暴的、充滿了喜悅和興奮的叫聲：「是那匹白馬，錯不了！捉住她，捉住她！」

隱藏在胸中的多年仇恨突然間迸發了出來，她心想：「爹爹和媽媽是他們害死的。我引他們到大沙漠裏，跟他們同歸於盡。我一條性命，換了五個強盜，反正……反正……便活在世上，也沒甚麼樂趣。」她眼中含著淚水，心中再不猶豫，催動白馬向著西方疾馳。

這些人正是霍元龍和陳達海鏢局中的下屬，他們追趕白馬李三夫婦來到回疆，雖將李三夫婦殺了，但那小女孩卻從此不知下落。他們確知李三得到了高昌迷宮的地圖。這張地圖既在李三夫婦身上遍尋不獲，那麼定是在那小女孩身上。高昌迷宮中藏著數不盡的珍寶，晉威鏢局一干人誰都不死心，在這一帶到處遊蕩，找尋那小女孩。這一躭便是十年，他們不事生產，仗著有的是武藝，牛羊駝馬，自有草原上的牧民給他們牧養。他們只須拔出刀子來，殺人，放火，搶劫、姦淫……

這十年之中，大家永遠不停的在找這小女孩，草原千里，卻往那裏找去？只怕這小女孩早死了，骨頭也化了灰，但在草原上做強盜，自由自在，可比在中原走鏢逍遙快活得多，又何必回中原去？

有時候，大家談到高昌迷宮中的珍寶，談到白馬李三的女兒。這小姑娘就算不死，也長大得認不出了，只有那匹白馬才不會變。這樣高大的全身雪白的白馬希有之極，老遠一見就能認出。但如白馬也死了呢？馬匹的壽命可比人短得多。時候一天天過去，誰都不存了指望。

那知道突然之間，竟又見到了這匹白馬。那沒錯，正是這匹白馬！

白馬這時候年齒已增，腳力已不如少年之時，但仍比常馬奔跑起來快得多，到得黎明時，竟把五個強盜拋得影蹤不見，後面追來的蹄聲也已不再聽到。但李文秀知道沙漠上留下馬蹄足印，那五個強盜雖一時追趕不上，終於還是會依循足印追來，因此竟絲毫不敢停留。

又奔出十餘里，天已大明，過了幾個沙丘，突然之間，西北方出現了一片山陵，山上樹木蒼蔥，在沙漠中突然看到，眞如見到世外仙山一般。大沙漠上沙丘起伏，幾個大沙丘將這片山陵遮住了，因此遠處全然望不見。李文秀心中一震：「莫非這是鬼山？爲甚麼沙漠上有這許多山，卻從來沒聽人說過？」轉念又想：「是鬼山最好，正好引這五個惡賊進去。」

白馬腳步迅捷，不多時到了山前，跟著馳入山谷。只見兩山之間流出一條小溪。白馬一聲歡嘶，直奔到溪邊。李文秀翻身下馬，捧了些清水洗去臉上沙塵，再喝幾口，溪水微帶甜味，清涼可口。

突然之間，後腦上忽給一件硬物頂住了，只聽得一個嘶啞的聲音問道：「你是誰？到這裏幹麼？」說的是哈薩克語。李文秀大吃一驚，待要轉身，那聲音道：「我這杖頭對準了你後腦，只須稍一用勁，你立時便重傷而死。」李文秀但覺那硬物微向前一送，果覺頭腦一陣暈眩，當下不敢動彈，心想：「這人會說話，想來不是鬼怪。他又問我到這裏幹麼，那麼自是住在此處之人，不是強盜了。」

那聲音又道：「我問你啊，怎地不答？」李文秀道：「有壞人追我，我逃到了這裏。」那人道：「甚麼壞人？」李文秀道：「是許多漢人強盜。」那人道：「甚麼漢人強盜？叫甚麼名字？」李文秀道：「我不知道。他們從前是保鏢的，到了回疆，便做了強盜。」那人道：「你是漢人嗎？你叫甚麼名字？父親是誰？師父是誰？」李文秀道：「我是漢人。我叫李文秀，我爹爹是白馬李三，媽媽是金銀小劍三娘子。我沒師父。」那人「哦」的一聲，道：「唔，原來金銀小劍嫁了白馬李三。你爹爹媽媽呢？」李文秀道：「都給那些強盜害死了。他們還要殺我。」

那人「唔」了一聲，道：「站起來！」李文秀站起身來。那人道：「轉過身來。」李文秀慢慢轉身，那人木杖的尖端離開了她後腦，一縮一伸，又點在她喉頭。但他杖上並不使勁，只虛虛的點著。李文秀向他一看，心下很是詫異，聽到那嘶啞冷酷的嗓音之時，料想背後這人定然十分的兇惡可怖，那知眼前這人卻是個平平常常的老翁，身形瘦弱，形容枯槁，愁眉苦臉，身上穿的是漢人裝束，衣帽都已破爛不堪。但他頭髮鬈曲，卻又不大像漢人。

李文秀道：「老伯伯，請問你尊姓大名？這裏是甚麼地方？」這些客套話，是計爺爺在跟她講故事時說過的，她便照著學了。那老人眼見李文秀容貌嬌美，也大出意料之外，一怔之下，冷冷的道：「我沒名字，也不知道這裏是甚麼地方。」說的是漢語。他居然會說漢語，李文秀大為詫異。

便在此時，遠處蹄聲隱隱響起。李文秀驚道：「強盜來啦，老伯伯，快躲起來。」那人道：「幹麼要躲？」李文秀道：「那些強盜惡得很，會害死你的。」那人冷冷的道：「你跟我素不相識，何必管我死活？」這時馬蹄聲更加近了。李文秀也不理他將杖尖點在自己喉頭，一伸手便拉住他手臂，道：「老伯伯，咱們一起騎馬快逃，再遲就來不及了。」

那人將手一甩，要掙脫李文秀的手，那知他這一甩微弱無力，竟掙之不脫。李文秀奇道：「你有病麼？我扶你上馬。」說著雙手托住他腰，將他送上了馬鞍。這人瘦骨伶仃，雖是男子，身重卻還不及骨肉停勻的李文秀，坐在鞍上搖搖晃晃，似乎隨時都會摔下鞍來。李文秀跟著上馬，坐在他身後扶著他，縱馬向叢山之中進去。

兩人這一耽擱，只聽得五騎馬已馳進了山谷，五個強人的呼叱之聲也隱約可聞。那人突然回頭，喝道：「你跟他們是一起的，是不是？你們安排了詭計，想騙我上當。」李文秀見他本來臉色憔悴，滿臉病容，猛地轉爲猙獰可怖，眼中也射出兇光，不禁大爲害怕，說道：「不是的，不是的，我從來沒見過你，騙你上甚麼當？」那人厲聲道：「你要騙我帶你去高昌迷宮……」一句話沒說完，突然住口。

這「高昌迷宮」四字，李文秀幼時隨父母逃來回疆之時，曾聽父母親談話中提過幾次，但當時不解，並未特別在意，現在事隔十年，這老人又忽然說及，她一時想不起甚麼時候似乎曾聽到人說過，茫然道：「高昌迷宮？那是甚麼啊？」老人見她神色真誠，不似作僞，聲音緩和一些，道：「你當眞不知高昌迷宮？」

李文秀搖頭道：「不知道，啊，是了……」老人厲聲問道：「是了甚麼？」李文秀道：「我小時候跟著爹爹媽媽逃來回疆，曾聽他們說過『高昌迷宮』。那是很好玩的地方麼？」老人疾言厲色的問道：「你爹娘還說過甚麼？可不許瞞我。」李文秀淒然道：「但願我能夠多記得一些爹媽說過的話，便只一個字，也是好的。就可惜再也聽不到他們聲音了。老伯伯，我常常這樣傻想，只要爹爹媽媽能活過來一次，讓我再見上一眼。唉！只要爹媽活著，便天天不停的打我罵我，我也很快活啊。當然，他們永遠不會打我的。」突然之間，她耳中似乎出現了蘇魯克狠打蘇普的鞭子聲，憤怒的斥罵聲。

那老人臉色稍轉柔和，「嗯」了一聲，突然又大聲問：「你嫁了人沒有？」李文秀紅著臉搖了搖頭。老人道：「這幾年你跟誰住在一起？」李文秀道：「跟計爺爺。」老人道：「計爺爺？他多大年紀了？相貌怎樣？」李文秀對白馬道：「好馬兒，強盜追來啦，快跑快跑。」心想：「在這緊急當兒，你老是問這些不相干的事幹麼？」但見他滿臉疑雲，終於還是說了：「計爺爺總有八十多歲了吧，他滿頭白髮，臉上全是皺紋，比你還老。他待我很好的。」老人道：「你在回疆又識得甚麼漢人？計爺爺家裏還有甚麼人？」李文秀道：「計爺爺家裏再沒別人了。我連哈薩克人也不識得，別說漢人啦。」最後這兩句話卻是憤激之言，她想起了蘇普和阿曼，心想雖識得他們，也等於不識。

白馬背上乘了兩人，奔跑不快，後面五個強盜追得更加近了，只聽得颼颼幾聲，三枝羽箭接連從身旁掠過。那些強盜想擒活口，並不想用箭射死她，這幾箭只是威嚇，要她停馬。

李文秀心想：「橫豎我已決心和這五個惡賊同歸於盡，就讓這位伯伯獨自逃生吧！」當即躍下地來，在馬臀一拍，叫道：「白馬，白馬！快帶了伯伯先逃！」老人一怔，沒料到她心地如此仁善，竟會捨己助人，叫自己獨自逃開，稍一猶豫，低聲道：「接住我手裏的針，小心別碰著針尖。」李文秀低頭一看，只見他右手兩根手指間挾著一枚細針，當下伸手指拿住了，卻不明其意。老人道：「這針尖上沾了非常毒的毒藥，那些強盜倘若捉住你，只要輕輕一下刺在他們身上，強盜就死了。」李文秀吃了一驚，適才早見到他手中持針，當時也沒在意，看來先前這番對答倘若不滿他意，他已將毒針刺在自己身上了。

那老人催馬快步而去。白馬要停下來等李文秀，那老人提韁揮鞭，不讓白馬等候。五乘馬馳近身來，團團將李文秀圍在垓心。五個強人見到了這般年輕貌美的姑娘，誰也沒想到去追那老頭兒了。

五個強盜紛紛跳下馬來，臉上都是獰笑。李文秀心中怦怦亂跳，暗想那老伯伯雖說這毒針能制人死命，但這樣小小一枚針兒，如何擋得住眼前這五個兇橫可怖的大漢，便算眞能刺得死一人，可還有四個。還是一針刺死了自己吧，也免得遭強人的凌辱。只聽得一人叫道：「好漂亮的妞兒！」便有兩人向她撲了過來。

左首一個漢子砰的一拳，將另一個漢子打翻在地，厲聲道：「你跟我爭麼？」跟著便抱住了李文秀的腰。李文秀慌亂之中，將針在他右臂一刺，大叫：「惡強盜，放開我。」那大漢呆呆的瞪著她，突然不動。摔在地下的漢子伸出雙手，抱住李文秀小腿，使勁一拖，將她拉倒在地。李文秀左手撐拒，右手前伸，順手一針刺入他胸膛。那大漢正在哈哈大笑，忽然間笑聲中絕，張大了口，也是身形僵住，一動也不動了。

李文秀爬起身來，搶著躍上一匹馬的馬背，縱馬向山中逃去。餘下三個強盜見那二人突然僵住，宛似中邪，都道給李文秀點中了穴道，心想這少女武功奇高，不敢追趕。這三人都不會點穴解穴，要帶兩個同伴去見首領，豈知一摸二人身子，竟在漸漸冰冷，再一探鼻息，已然氣絕身死。

三人大驚之下，半晌說不出話來。一個姓宋的較有見識，解開兩人衣服看時，見一人手臂上有一塊錢大黑印，黑印中有個細小針孔，另一人卻是胸口有個黑印。他登時省悟：「這妞兒用針刺人，針上餵有劇毒。」一個姓全的道：「那就不怕！咱們遠遠的用暗青子打，不讓這小賤人近身便是。」另一個強人姓雲，說道：「知道了她的鬼手段，便不怕再著她道兒！」話是這麼說，三人終究不敢急追，一面商量，一面提心吊膽的追進山谷。

李文秀兩針奏功，不禁又驚又喜，但也知其餘三人必會發覺，只要有了防備，決不容自己再施毒針。縱馬正逃之間，忽聽得左首有人叫道：「到這兒來！」正是那老人的聲音。

李文秀急忙下馬，聽那聲音從一個山洞中傳出，當即奔進。那老人站在洞口，問：

「怎麼樣？」李文秀道：「我……我刺中了兩個……兩個強盜，逃了出來。」老人道：「很好，咱們進去。」進洞後見山洞甚深，李文秀跟隨在老人之後，那山洞越行越窄。

行了數十丈，山洞豁然開朗，竟可容得一二百人。老人道：「咱們守住狹窄的入口之處，那三個強人便不敢進來。這叫一夫當關，萬夫莫開。」李文秀愁道：「可是咱們也走不出去了。這山洞裏面另有通道麼？」老人道：「通道是有的，不過終究通不到山外去。」

李文秀想起適才之事，猶然心中驚怕，問道：「伯伯，那兩個強盜給我一刺，忽然一動也不動了，難道當眞死了麼？」老人傲然道：「在我毒針之下，豈有活口留下？」李文秀伸過手去，將毒針遞給他。老人伸手欲接，突然又縮回了手，道：「放在地下。」李文秀依言放下。老人道：「你退開三步。」李文秀覺得奇怪，便退了三步。那老人這才俯身拾起毒針，放入一個針筒。李文秀這才明白，原來他疑心很重，怕自己突然用毒針刺他。

那老人道：「我跟你素不相識，爲甚麼剛才你讓馬給我，要我獨自逃命？」李文秀道：「我也不知道啊。我見你身上有病，怕強盜害你。」那老人身子晃了晃，厲聲道：「你怎麼知道我身上……身上有……」說到這裏，突然間滿臉肌肉抽動，神情痛苦不堪，額頭不住滲出黃豆般大的汗珠來，又過一會，忽然大叫一聲，在地下滾來滾去，高聲呻吟。

李文秀只嚇得手足無措，但見他身子彎成了弓形，手足痙攣，柔聲道：「是背上痛得厲害麼？」伸手在他腰間輕輕敲擊，又在他臂彎膝彎關節處推拿揉拍。老人痛楚漸減，點頭示謝，過了一炷香時分，這才疼痛消失，站了起來，問道：「你可知我是誰？」李文秀道：「不知道。」老人道：「我是漢人，姓華名輝，江南人氏，江湖上人稱『一指震江南』的便是。」

李文秀道：「唔，是華老伯伯。」華輝道：「你沒聽見過我的名頭麼？」言下微感失望，心想自己「一指震江南」華輝的名頭當年轟動大江南北，武林中無人不知，但瞧李文秀的神情，竟毫無驚異的模樣。

李文秀道：「我爹爹媽媽一定知道你名字，我到回疆來時還只八歲，甚麼也不懂。」華輝臉色轉愉，道：「那就是了。你……」一句話沒說完，忽聽洞外山道中有人說道：「定是躲在這兒，小心她毒針！」跟著腳步聲響，三個人一步一停的進來。

華輝忙取出一枚毒針，將針尾插入木杖的杖頭，交了給她，指著進口之處，低聲道：「等人進來後刺他背心，千萬不可性急而刺他前胸。」

李文秀心想：「這進口處如此狹窄，乘他進來時刺他前胸，不是易中得多麼？」華輝見她臉有遲疑之色，說道：「生死存亡，在此一刻，你敢不聽我的話麼？」說話聲音雖輕，語氣卻十分嚴峻。便在此時，只見進口處一柄明晃晃的長刀伸了進來，急速揮動，護住了面門前胸，以防敵人偷襲，跟著便見一個黑影慢慢爬進。

李文秀記著華輝的話，縮在一旁，絲毫不敢動彈。華輝冷冷道：「你看我手中是甚麼東西？」伸手虛揚。第二個跟著進來的人急叫：「雲大哥，快退！」那姓雲的一閃身，橫刀身前，凝神瞧著華輝，防他發射暗器。華輝喝道：「刺他！」李文秀手起杖落，杖頭在他背心上一點，毒針已入肌膚。那姓雲的只覺背上微微一痛，似乎被蜜蜂刺了一下，大叫一聲，就此僵斃。那姓全的緊隨在後，見他又中毒針而死，只道是華輝手發毒針，只嚇得魂飛天外，不及轉身逃命，倒退著手腳齊施的爬了出去。

華輝嘆道：「倘若我武功不失，區區五個毛賊，何足道哉！」李文秀心想他外號「一指震江南」，自是武功極強，怎地見了五個小強盜，竟沒法對付，說道：「華伯伯，你因爲生病，因此武功施展不出，是麼？」華輝道：「不是的，不是的。我……我立過重誓，如不到生死關頭，決不輕易動武。」李文秀「嗯」的一聲，覺得他言不由衷，剛才明明說「倘若武功不失」，卻又支吾掩飾，但他既不肯說，也就不便追問。

華輝也察覺自己言語中有了破綻，當即岔開話頭，說道：「我叫你刺他後心，你明白這中間的道理麼？他攻進洞來，全神防備的是面前敵人，你不會武功，襲擊他正面是不能得手的。我引得他凝神提防我，你在他背心一刺，自是應手而中。」李文秀點頭道：「伯伯的計策很好。」華輝的江湖閱歷何等豐富，要擺佈這樣一個小毛賊，自是游刃有餘。

華輝從懷中取出一大塊蜜瓜的瓜乾，遞給李文秀，道：「先吃一些。那兩個毛賊再也不敢進來了，可是咱們也不能出去。待我想個計較，須得一舉將兩人殺了。要是只殺一人，餘下那人必定逃去報訊，大隊人馬跟著趕來，可就棘手得很。」李文秀見他思慮周詳，智謀豐富，反正自己決計想不出比他更高明的法子，那也不用多傷腦筋了，於是飽餐了一頓瓜乾，靠在石壁上養神。

約莫過了半個時辰，李文秀突然聞到一陣焦臭，跟著便咳嗽起來。華輝道：「不好！毛賊用煙來薰！快堵住洞口！」李文秀捧起地下的沙土石塊，堵塞進口之處，好在洞口甚小，一堵之下，湧進洞來的煙霧便大爲減少，而且內洞甚大，煙霧吹進來之後，又從後洞散出。

如此又相持良久，從後洞映進來的日光越來越亮，似乎已是正午。突然間華輝「啊」的一聲叫，摔倒在地，又即全身抽動。但這時比上次似乎更加痛楚，手足狂舞，竟似不可抑制。李文秀心中驚慌，忙又走近去給他推拿揉拍。華輝痛楚稍減，喘息道：「姑……李姑娘，這一次我只怕好不了啦。」李文秀安慰道：「快別這般想，今日遇到強人，不免勞神，休息一會便好了。」華輝搖頭道：「不成，不成！我反正要死了，我跟你實說，我是後心的穴道上中了……中了一枚毒針。」

李文秀道：「啊，你中了毒針，幾時中的？是今天麼？」華輝道：「不是，中了十二年啦！」李文秀駭道：「也是這麼厲害的毒針麼？」華輝道：「一般無異。只是我運功抵禦，毒性發作較慢，後來又服了解藥，這才挨了一十二年，但照今天這樣痛得厲害，只怕再也挨不下去了。唉！身上留著這枚鬼針，這一十二年中，每天總要大痛兩三場，早知如此，倒是當日不服解藥的好，多痛這一十二年，到頭來又有甚麼好處？」

李文秀胸口一震，這句話勾起了她的心事。十年前倘若跟著爹爹媽媽一起死在強人手中，後來也少受許多苦楚。

然而這十年之中，都是苦楚麼？不，也有過快活的時光。十七八歲的年輕姑娘，雖然寂寞傷心，花一般的年月之中，總有不少的歡笑和甜蜜。尤其，以前和蘇普在一起的時光。

只見華輝咬緊牙關，竭力忍受全身的疼痛，李文秀道：「伯伯，你設法把毒針拔了出來，說不定會好些。」華輝斥道：「廢話！這誰不知道？我獨個兒在這荒山之中，有誰來跟我拔針？進山來的就沒一個安著好心，哼，哼……」李文秀滿腹疑團：「他為甚麼不到外面去求人醫治，一個人在這荒山中一住便是十二年，有甚麼意思？」顯見他對自己還是存著極大的猜疑提防，但眼看他痛得實在可憐，說道：「伯伯，我來試試。你放心，我決不會害你。」

華輝凝視著她，雙眉緊鎖，心中轉過了無數念頭，似乎始終打不定主意。李文秀拔下杖頭上的毒針，遞了給他，道：「讓我瞧瞧你背上的傷痕。倘若你見我想要害你，你便用毒針刺我吧！」華輝道：「好！」解開衣衫，露出背心。李文秀一看之下，忍不住低聲驚呼，但見他背上點點斑斑，不知有幾千百處傷疤。華輝道：「我千方百計要挖毒針出來，總是取不出。」

這些傷疤有的似乎是在尖石上撞破的，有的似乎是用指尖硬生生剜破的，李文秀瞧著這些傷疤，想起這十二年來他不知受盡了多少折磨，心下大是惻然，問道：「那毒針刺在那裏？」華輝道：「一共有三枚，一在『魄戶穴』，一在『志室穴』，一在『至陽穴』。」一面說，一面反手指點毒針刺入的部位，只因時日相隔已久，又加滿背傷疤，早已瞧不出針孔的所在。

李文秀驚道：「共有三枚麼？你說是中了一枚？」華輝怒道：「先前你又沒說要給我拔針，我何必跟你說實話？」李文秀知他猜忌之心極重，實則是中了三枚毒針後武功全失，生怕自己加害於他，故意說曾發下重誓，不得輕易動武，便是所中毒針之數，也少說了兩枚，那麼自己如有害他之意，也可多一些顧忌。她實在不喜他這些機詐疑忌的用心，但想救人救到底，這老人也實在可憐，一時也理會不得這許多，心中沉吟，盤算如何為他拔出深入肌肉中的毒針。

華輝問道：「你瞧清楚了吧？」李文秀道：「我瞧不見針尾，你說該當怎樣拔才好？」華輝道：「須得用利器剖開肌肉，方能見到。毒針深入數寸，很難尋著。」說到這裏，聲音已是發顫。李文秀道：「嗯，可惜我沒帶著小刀。」華輝道：「我也沒刀子。」忽然指著地下摔著的那柄長刀說道：「就用這柄刀好了！」那長刀青光閃閃，甚是鋒銳，橫在那姓雲的強人身旁，此時人亡刀在，但仍令人見之生懼。

李文秀見要用這樣一柄長刀剖割他的背心，大為遲疑。華輝猜知了她的心意，語轉溫和，說道：「李姑娘，你只須助我拔出毒針，我要給你許許多多金銀珠寶。我不騙你，眞的是許許多多金銀珠寶。」李文秀道：「我不要金銀珠寶，也不用你謝。只要你身上不痛，那就好了。」華輝心知她天性仁善，雖覺不合情理，仍道：「好吧，那你快些動手。」

李文秀過去拾起長刀，在那姓雲強人衣服上割撕下十幾條布條，以備止血和裹紮傷口，說道：「伯伯，我是盡力而為，你忍一忍痛。」咬緊牙關，以刀尖對準了他所指點的「魄戶穴」旁數分之處，輕輕一割。

刀入肌肉，鮮血迸流，華輝竟哼也沒哼一聲，問道：「見到了嗎？」這十二年中他熬慣了痛楚，對這利刃一割，竟絲毫不以爲意。李文秀從頭上拔下髮簪，在傷口中一探，果然探到一枚細針，牢牢的釘在骨中。

她兩根手指伸進傷口，揑住針尾，用力一拉，手指滑脫，毒針卻拔不出來，直到第四下出盡全力抓牢針尾，才將毒針拔出。華輝大叫一聲，痛得暈去。李文秀心想：「他暈了過去，倒可少受些痛楚。」剖肉露針，跟著將另外兩枚毒針拔出，用布條給他裹紮傷口。

過了好一會，華輝才悠悠醒轉，一睜開眼，便見面前放著三枚烏黑的毒針，恨恨的道：「鬼針，賊針！你們在我肉裏待了十二年，今日總出來了罷。」向李文秀道：「李姑娘，你救我性命，老夫無以爲報，便將這三枚毒針贈送於你。這三枚毒針雖在我體內潛伏一十二年，毒性依然尚在。」李文秀搖頭道：「我不要。」華輝奇道：「毒針的威力，你親眼見過了。你有此一針在手，誰都會怕你三分。」李文秀低聲道：「我不要別人怕我。」她心中卻是想說：「我只要別人喜歡我，這毒針可無能爲力。」

毒針取出後，華輝雖因流血甚多，十分虛弱，但心情暢快，精神健旺，閉目安睡了一個多時辰。睡夢中忽聽得有人大聲咒罵，他一驚而醒，只聽得那姓宋的強人在洞外污言穢語的辱罵，所說的言詞惡毒不堪。顯然他不敢進來，卻要激敵人出去。

華輝越聽越怒，站起身來，說道：「我體內毒針已去，一指震江南還懼怕區區兩個毛賊？」但一加運氣，勁力竟提不上來，嘆道：「毒針在我體內停留過久，看來三四個月內武功難復。」耳聽那強盜「千老賊，萬老賊」的狠罵，怒道：「難道我要等你辱罵數月，再來宰你？」又想：「他們要是始終不敢進洞，再僵下去，終於回去搬了大批幫手前來，那可糟了。這便如何是好？」

突然間心念一動，說道：「李姑娘，我來教你一路武功，你出去將這兩個毛賊收拾了。」李文秀道：「要多久才能學會？沒這麼快吧。」華輝沉吟道：「如教你獨指點穴、刀法拳法，至少也得半年才能奏功，眼前非速成不可，那只有練見功極快的旁門兵刃，必須一兩招間便能取勝。只是這山洞之中，那裏去找甚麼偏門的兵器？」一抬頭間，突然喜道：「有了，去把那邊的葫蘆摘兩個下來，要連著長藤，咱們來練流星鎚。」

李文秀見山洞透光入來之處，懸著十來個枯萎已久的葫蘆，不知是那一年生在那裏的，於是用刀連藤割了兩個下來。華輝道：「很好！你用刀在葫蘆上挖一個孔，灌沙進去，再用葫蘆藤塞住了小孔。」李文秀依言而爲。兩個葫蘆中灌滿了沙，每個都有七八斤重，果然是一對流星鎚模樣。華輝接在手中，說道：「我先教你一招『星月爭輝』。」當下提起一對葫蘆流星鎚，慢慢的練了一個姿勢。

這一招「星月爭輝」左鎚打敵人胸腹之交的「商曲穴」，右鎚先縱後收，彎過來打敵人背心的「靈台穴」，雖只一招，但其中包含著手勁眼力、盪鎚認穴的諸般法門，又要提防敵人左右閃避，借勢反擊，因此李文秀足足學了一個多時辰，方始出鎚無誤。

她抹了抹額頭汗水，歉然道：「我真笨，學了這麼久！」華輝道：「你一點也不笨，可說是聰明得很。你別小覷這一招『星月爭輝』，雖是偏門功夫，但變化奇幻，大有威力，尋常人學它十天八天，也未必能有你這般成就呢。以之對付武林好手，單是一招自不中用，但要打倒兩個毛賊，卻已綽綽有餘。你休息一會，便出去宰了他們吧。」

李文秀吃了一驚，道：「只這一招便成了？」華輝笑道：「我雖只教你一招，你總算已是我的弟子，一指震江南的弟子，對付兩個小毛賊，還要用兩招麼？你也不怕損了師父的威名？」李文秀應道：「是。」華輝道：「你不想拜我為師麼？」李文秀實在不想拜甚麼師父，不由得遲遲不答，但見他臉色顯得失望，到後來更似頗為傷心，甚感不忍，於是跪下來拜了幾拜，叫道：「師父。」

華輝又歡喜，又難過，愴然道：「想不到我九死之餘，還能收這樣一個聰明靈慧的弟子。」李文秀淒然一笑，心想：「我在這世上除了計爺爺外，再沒一個親人。學不學武功，那也罷了。不過多了個師父，總是多了一個不會害我、肯來理睬我的人。」

華輝道：「天快黑啦，你用流星鎚開路，衝將出去，到了寬敞的所在，便收拾了這兩個賊子。」李文秀很有點害怕。華輝怒道：「你既信不過我的武功，何必拜我為師？

當年閻北雙雄便雙雙喪生在這招『星月爭輝』之下。這兩個小毛賊的本事，比起閻北雙雄卻又如何？」李文秀那知道閻北雙雄的武功如何，見他發怒，只得硬了頭皮，搬開堵在洞口的石塊，右手拿了那對葫蘆流星鎚，左手從地下拾起一枚毒針，喝道：「該死的惡賊，毒針來了！」

那姓宋和姓全的兩個強人守在洞口，聽到「毒針來了」四字，只嚇得魂飛魄散，急忙退出。那姓宋的原也想到，她若要施放毒針，決無先行提醒一句之理，既然這般呼喝，那便是不放毒針，可是眼見三個同伴接連命喪毒針之下，卻教他如何敢於托大不理？

李文秀慢慢追出，心中的害怕實在不在兩個強人之下。三個人膽戰心驚，終於都過了那十餘丈狹窄的通道。

那姓全的一回頭，李文秀左手便是一揚，姓全的一慌，腳下一個踉蹌，摔了個觔斗。那姓宋的還道他中了毒針，腳下加快，直衝出洞。姓全的跟著也奔到了洞外。兩人長刀護身，一個道：「還是在這裏對付那丫頭！」一個道：「不錯，她發毒針時也好瞧得清楚些。」

這時夕陽在山，閃閃金光正照在宋全二人的臉上，兩人微微側頭，不令日光直射進眼，猛聽得山洞中一聲嬌喝：「毒針來啦！」兩人急忙向旁閃避，只見山洞中飛出兩個葫蘆，李文秀跟著跳了出來。兩人先是吃驚，待見她手中提著的竟是兩個枯槁的葫蘆，不由得失笑，不過笑聲之中，卻也免不了有幾分戒懼。

李文秀心中怦怦而跳，她只學了一招武功，實不信單是一招便能管用，幼時雖跟父母學過一些武藝，但父母死後就拋荒了，早已忘記乾淨。她對這兩個面貌兇惡的強人委實害怕之極，若能不鬥，能虛張聲勢的將他們嚇跑，那就最妙不過，於是大聲喝道：「你們再不逃走，我師父一指震江南便出來啦！他老人家毒針殺人，猶如探囊取物一般，你們膽敢和他作對，當眞好大的膽子！」

這兩個強人都是尋常角色，「一指震江南」的名頭倒也似乎聽見過，但跟他們毫無瓜葛，聽了也不放在心上，相互使個眼色，心中都想：「乘早抓了這丫頭去見霍大爺、陳二爺，至少便是五十兩黃金，管他甚麼震江南、震江北？」齊聲呼叱，分從左右撲上。

李文秀大吃一驚：「他二人一齊上來，這招星月爭輝卻如何用法？」也是華輝一心一意的教她如何出招打穴，竟忘了教她怎生對付兩人齊上。要知對敵過招，千變萬化，一兩個時辰之中，又能教得了多少？

李文秀手忙腳亂，向右跳開三尺。那姓全的站在右首，搶先奔近，李文秀不管三七二十一，兩枚葫蘆揮出，惶急之下，這一招「星月爭輝」只使對了一半，左鎚倒是打中了他胸口的「商曲穴」，右鎚卻正碰在他的長刀口上，噹的一響，葫蘆送上去讓刀鋒割開，黃沙飛濺。

那姓宋的正搶步奔到，沒料到葫蘆中竟會有大片黃沙飛出，十數粒沙子鑽入了眼中，忙伸手揉眼。李文秀又是一鎚擊出，只因右鎚破裂，少了借助之勢，只打中了他的背心，卻沒中「靈台穴」。但這一下七八斤重的飛鎚擊在身上，那姓宋的也站不住腳，向前一撲，眼也沒睜開，便抱住了李文秀的肩頭。李文秀叫聲：「啊喲！」左手忙伸手出去推，慌亂中忘了手中還持著一枚毒針，這一推，卻是將毒針刺入了他肚腹。那姓宋的雙臂一緊，便此死去。

這強人雖死，手臂卻抱得極緊，李文秀猛力掙扎，始終擺脫不了。華輝嘆道：「蠢丫頭，學的時候倒頭頭是道，使將起來，卻這般亂七八糟！」在那姓宋的尾閭骨上踢了一腳。那死屍鬆開雙臂，往後便倒。

李文秀驚魂未定，轉頭看那姓全的強人時，只見他直挺挺的躺在地上，雙目圓睜，一動也不動，竟已讓她以灌沙葫蘆擊中要穴而死。李文秀一日之中連殺五人，雖說是報父母之仇，又為抵禦強暴，終究驚懼不安，怔怔的望著兩具屍體，忍不住哭了出來。

華輝微笑道：「為甚麼哭了？師父教你的這一招『星月爭輝』，可好不好？」李文秀嗚咽道：「我……我又殺了人。」華輝道：「殺幾個小毛賊算得了甚麼？我武功回復之後，就將一身功夫都傳了於你，待此間大事一了，咱們回歸中原，師徒倆縱橫天下，有誰能當？來來來，到我屋裏去歇歇，喝兩杯熱茶。」說著引導李文秀走去左首叢林之後，行得里許，經過一排白樺樹，到了一間茅屋前。

李文秀跟著他進屋，見屋內陳設雖然簡陋，卻頗雅潔，堂中懸著一副木板對聯，每一塊木板上刻著七個字，上聯道：「白首相知猶按劍。」下聯道：「朱門早達笑彈冠。」她自來回疆之後，從未見過對聯，也從來沒人教過她讀書，好在這十四個字均不艱深，小時候她母親都曾教過的，文義卻全然不懂，喃喃的道：「白首相知猶按劍……」華輝道：「你讀過這首詩麼？」李文秀道：「沒有。這十四個字寫的是甚麼？」

華輝文武全才，說道：「這是王維的兩句詩。上聯說的是，你如有個知己朋友，跟他相交一生，兩個人頭髮都白了，但你還是別相信他，他暗地裏仍會加害你的。他走到你面前，你還是按著劍柄的好。這兩句詩的上一句，叫做『人情翻覆似波瀾』。至於『朱門早達笑彈冠』這一句，那是說你的好朋友得意了，青雲直上，要是你盼望他來提拔你、幫助你，只不過惹得他一番恥笑罷了。」

李文秀自跟他會面以後，見他處處對自己猜疑提防，直至給他拔去體內毒針，他才相信自己並無相害之意，再看了這副對聯，想是他一生之中，曾受到旁人極大損害，而且這人恐怕還是他的知交好友，因此才如此憤激，如此戒懼。這時也不便多問，當下自去烹水泡茶。

兩人各自喝了兩杯熱茶。李文秀道：「師父，我得回去啦。」華輝一怔，露出十分失望的神色，道：「你要走了？你不跟我學武藝了？」

李文秀道：「不！我昨晚整夜不歸，計爺爺一定很牽記我。待我跟他說過之後，再來跟你學武藝。」華輝突然發怒，脹紅了臉，大聲道：「你如果跟他說了，那就永遠別來見我。」李文秀嚇了一跳，低聲道：「不能跟計爺爺說麼？他……他很疼我的啊。」華輝道：「跟誰也不能說。你快立下一個毒誓，今日之事，對誰也不許說起，否則的話，我不許你離開此山……」他一怒之下，背上傷口突然劇痛，「啊」的一聲，暈了過去。

李文秀忙將他扶起，在他額頭潑了些清水。過了一會，華輝悠悠醒轉，奇道：「你還沒走？」李文秀卻問：「你背上很痛麼？」華輝道：「好一些啦。你說要回去，怎麼還不走？」李文秀心想：「計爺爺最多不過心中記掛，但師父重創之後，我如不留著照料，說不定他竟會死了。」便道：「師父沒大好，讓我留著服侍你幾日。」華輝大喜。

當晚兩人便在茅屋中歇宿。李文秀找些枯草，在廳上做了個睡鋪，睡夢之中接連驚醒了幾次，不是夢到突然給強人捉住，便是見到血淋淋的惡鬼來向自己索命。

次晨起身，見華輝休息了一晚，精神已大爲健旺。早飯後，華輝便指點她修習武功，說道：「你年紀已大，這時起始練上乘武功，已經遲了些。但徒兒資質聰明，師父更不是泛泛之輩。明師收了高徒，還怕些甚麼？五年之後，叫你武林中罕遇敵手。」李文秀心道：「我不要罕遇敵手。只要學了武功之後，教惡人不能再欺侮我，那就好了。」

如此練了七八日，李文秀練功的進境很快，華輝背上的創口也逐漸平復，她這才拜別師父，騎了白馬回去。華輝沒再逼著她立誓。她回去之後，卻也沒有跟計爺爺說起，只說在大漠中迷了路，越走越遠，幸好遇到一隊駱駝隊，才不致渴死在沙漠之中。

自此每過十天半月，李文秀便到華輝處居住數日。她生怕再遇到強人，出來時總是穿了哈薩克的男子服裝。這數日中華輝悉心教導她武功。李文秀心靈無所寄託，便一心一意的學武，學了外功又練內功，果然是高徒得遇明師，進境奇快。

這般過了兩年，華輝常常讚她：「以你今日的本事，江湖上已可算得是一流好手，回到中原，一出手，立時便可揚名立萬。」但李文秀卻一點也不想回去中原，在江湖上幹甚麼「揚名立萬」的事，但要報父母的大仇，要免得再遇上強人時受他們侵侮，武功卻非練好不可。在她內心深處，另有一個念頭在激勵：「學好了武功，我能把蘇普搶回來。」只不過這個念頭從來不敢多想，每次想到，自己就會滿臉通紅。她雖不敢多想，這念頭卻深深藏在心底，於是，在計老人處的時候越來越少，在師父家中的日子越來越多。計老人問了一兩次見她不肯說，知她從小便性情執拗，打定了的主意再也不會轉彎回頭，也就不問了。

這一日李文秀騎了白馬，從師父處回家，走到半路，忽見天上彤雲密佈，大漠中天氣說變就變，但見北風越颳越緊，看來轉眼便有一場大風雪。她縱馬疾馳，只見牧人們趕著羊羣急速回家，天上的鴉雀也一隻都沒有了。快到家時，驀地裏蹄聲得得，一乘馬快步奔來。李文秀微覺奇怪：「眼下風雪便作，怎麼還有人從家裏出來？」那乘馬一奔近，只見馬上乘者披著一件大紅羊毛披風，是個哈薩克女子。

李文秀這時的眼力和兩年前已大不相同，遠遠便望見這女子身形嬝娜，面目姣好，正是阿曼。李文秀不願跟她正面相逢，轉過馬頭，到了一座小山丘之南，勒馬樹後。卻見阿曼騎著馬也向小丘奔來，她馳到丘邊，口中唿哨一聲，小丘上樹叢中竟也有一下哨聲相應。阿曼翻身下馬，一個男人向她奔了過去，兩人擁抱在一起，傳出了陣陣歡笑。那男人道：「轉眼便有大風雪，你怎地還出來？」卻是蘇普的聲音。

阿曼笑道：「小傻子，你知道有大風雪，又爲甚麼大著膽子在這裏等我？」蘇普笑道：「咱兩個天天在這兒相會，比吃飯還要緊。便落刀落劍，我也會在這裏等你。」

他二人並肩坐在小丘之上，情話綿綿，李文秀隔著幾株大樹，不由得痴了。他倆的說話有時很響，便聽得清清楚楚，有時變成了喁喁低語，就一句也聽不見。驀地裏，兩人不知說到了甚麼好笑的事，一齊縱聲大笑。

但即使是很響的說話，李文秀其實也聽而不聞，她不是在偷聽他們說情話。她眼前似乎看見一個小男孩，一個小女孩，也這麼並肩的坐著，也坐在草地上。小男孩是蘇普，小女孩卻是她自己。他們在講故事，講甚麼故事，她早忘記了，但十年前的情景，卻清清楚楚地出現在眼前……

鵝毛般的大雪一片片的飄下來，落在三匹馬上，落在三人的身上。蘇普和阿曼笑語正濃，渾沒在意；李文秀卻是沒覺得。雪花在三人的頭髮上堆積起來，三人的頭髮都白了。

幾十年之後，當三個人的頭髮眞的都白了，是不是蘇普和阿曼仍這般言笑晏晏，李文秀仍這般寂寞孤單？她仍牢牢記著別人，別人心中卻早沒了一絲她的影子？

突然之間，樹枝上喇啦啦的一陣急響，蘇普和阿曼一齊跳起，叫道：「落冰雹啦！快回去！」兩人翻身上了馬背。

李文秀聽到兩人的叫聲，一驚醒覺，手指大的冰雹已落在頭上、臉上、手上，感到疼痛，忙解下馬鞍下的毛氈，兜在頭上，這才馳馬回家。

將到家門口時，只見廊柱上繫著兩匹馬，其中一匹正是阿曼所乘。李文秀一怔：「他們到我家來幹甚麼？」這時冰雹越下越大，她牽著白馬，從後門走進屋去，只聽得蘇普爽朗的聲音說道：「老伯伯，冰雹下得這麼大，我們只好多躭一會啦。」計老人道：「平時請也請你們不到。我去沖一壺茶。」

自從晉威鏢局一干豪客在這帶草原上大肆劫掠之後，哈薩克人對漢人甚為憎恨，雖然計老人在當地居住已久，哈薩克人又生性好客，尚不致將他驅逐離羣，但大家對他卻頗為疏遠，若不是逢到大喜慶事，誰也不向他買酒；若不是當眞要緊的牲口得病難治，誰也不會去請他來醫。蘇普和阿曼的帳篷這時又遷得遠了，若不是躲避風雪，只怕再過十年，也未必會到他家來。

計老人走到灶邊，見李文秀滿臉通紅，正自怔怔出神，說道：「啊……你回……」李文秀縱起身來，伸手按住他嘴，在他耳邊低聲說道：「別讓他們知道我在這兒。」計老人很奇怪，點了點頭。

過了一會，計老人拿著羊乳酒、乳酪、鹹奶茶出去招待客人。李文秀坐在火旁，隱隱聽得蘇普和阿曼的笑語聲從廳堂上傳來，她心底一個念頭竟不可抑制：「我要去見見他，跟他說幾句話。」但跟著便想到了蘇普父親的斥罵和鞭子，十二年來，鞭子的聲音無時無刻不在她心頭響著。

計老人回到灶下，遞了一碗混和著奶油和鹽的熱茶給她，眼光中流露出慈愛的神色。兩人共居了十二年，便像是親爺爺和親生的孫女一般，互相體貼關懷，可是對方的心底深處到底想著些甚麼，卻誰也不明白。

終究，他們不是骨肉，沒有那一份與生俱來的、血肉相連的感應。

李文秀突然低聲道：「我不換衣服了，假裝是個哈薩克男子，到你這兒來避冰雪，你千萬別說穿。」也不等計老人回答，從後門出去牽了白馬，冒著漫天遍野的大風雪，悄悄走遠。

一直走出里許，才騎上馬背，兜了個圈子，馳向前門。大風雪之中，只覺天上的黑雲像要壓到頭頂來一般。她在回疆十二年，從沒見過這般古怪的天色，心下也不自禁的害怕，忙縱馬奔到門前，伸手敲門，用哈薩克語說道：「借光，借光！」計老人開門出來，也以哈薩克語大聲問道：「兄弟，甚麼事？」

李文秀道：「這場大風雪可了不得，老丈，我要在貴處躲一躲。」計老人道：「好極，好極！出門人那有把屋子隨身帶的，已先有兩位朋友在這裏躲避風雪。兄弟請進罷！」說著讓李文秀進去，又問：「兄弟要上那裏去？」李文秀道：「我要上黑石圍子，打從這裏去還有多遠？」心中卻想：「計爺爺裝得眞像，一點破綻也瞧不出來。」計老人假作驚訝，說道：「啊喲，要上黑石圍子？天氣這麼壞，今天無論如何到不了的啦，不如在這兒躭一晚，明天再走。要是迷了路，可不是玩的。」李文秀道：「這可打擾了。」

她走進廳堂，抖去了身上雪花。見蘇普和阿曼並肩坐著，圍著一堆火烤火。蘇普笑道：「兄弟，我們也是來躲風雪的，請過來一起烤吧。」李文秀道：「好，多謝！」走過去坐在他身旁。阿曼含笑招呼。蘇普和她八九年沒見，李文秀從小姑娘變成了少女，又改了男裝，蘇普那裏還認得出？計老人送上飲食，李文秀一面吃，一面詢問三人的姓名，自己說叫作阿斯托，是二百多里外一個哈薩克部落的牧人。

蘇普不住到窗口去觀看天色，其實，單是聽那撼動牆壁的風聲，不用看天，也知道走不了。阿曼擔心道：「你說草屋頂會不會給風揭去？」蘇普道：「我倒是擔心這場雪太大，屋頂吃不住，待會我爬上屋頂去剷一剷雪。」阿曼道：「可別讓大風把你颳下來。」蘇普笑道：「地下的雪已積得這般厚，便摔下來，也跌不死。」阿曼又道：「牆壁會不會給風吹倒？」蘇普道：「牆壁要是倒了，我站在你身前給你擋風！」其實茅屋的牆壁是用泥磚砌的，泥磚用戈壁灘上的黑泥燒成，很是結實，輕易不會倒塌。

李文秀拿著茶碗的手微微發顫，心中念頭雜亂，不知想些甚麼才好。兒時的朋友便坐在自己身邊。他是真的認不出自己呢，還是認出了假裝不知道？他已把自己全然忘了，還是心中並沒忘記，不過不願讓阿曼知道？

天色漸漸黑了，李文秀坐得遠了些。蘇普和阿曼手握著手，輕輕說著一些旁人聽來毫無意義、但在戀人的耳中心頭卻甜蜜無比的情話。火光忽暗忽亮，照著兩人的臉。

李文秀坐在火光的圈子之外。

突然間，李文秀聽到了馬蹄踐踏雪地的聲音。一乘馬正向著這屋子走來。草原上積雪已深，馬足拔起來時很費力，已經跑不快了。

馬匹漸漸行近，計老人也聽見了，喃喃的道：「又是個避風雪的人。」蘇普和阿曼或者沒聽見，或者便聽見了也不理會，兩人四手握著，偎倚著喁喁細語。

過了好一會，那乘馬到了門前，接著便砰砰砰的敲起門來。打門聲很粗暴，不像是求宿者的禮貌。計老人皺了皺眉頭，去開了門。只見門外站著一個身穿羊皮襖的高大漢子，虯髯滿腮，腰間掛著一柄長劍，大聲道：「外邊風雪很大，馬走不了啦！」說的哈薩克語很不純正，目光炯炯，向屋中各人打量。計老人道：「請進來。先喝碗酒吧！」說著端了一碗酒給他。那人一飲而盡，坐到了火堆之旁，解開了外衣，只見他腰帶上左右各插著一柄精光閃亮的短劍。兩柄劍的劍把一柄金色，一柄銀色。

李文秀一見到這對小劍，心中一凜，喉頭便似一塊甚麼東西塞住了，眼前一陣暈眩，心道：「這是媽媽的雙劍！」金銀小劍三娘子逝世時李文秀雖還年幼，但這對小劍卻認得清清楚楚，決不會錯。她斜眼向這漢子一瞥，認得分明，這人正是當年指揮人衆、追殺他父母的三個首領之一，經過了十二年，她自己的相貌體態全然變了，但一個三十多歲的漢子長了十二歲年紀，卻沒多大改變。她生怕他認出自己，不敢向他多看，暗想：「倘若不是這場大風雪，我見不到蘇普，也見不到這賊子。」

計老人道：「客人從那裏來？要去很遠的地方吧？」那人道：「嗯，嗯！」自己又倒了一碗酒喝了。

這時火堆邊圍坐了五個人，蘇普已不能再和阿曼說體己話兒，他向計老人凝視了片刻，忽道：「老伯伯，我向你打聽一個人。」計老人道：「誰啊？」蘇普道：「那是我小時候常跟她在一起玩兒的，一個漢人小姑娘……」他說到這裏，李文秀心中突的一跳，將頭轉開了，不敢瞧他。只聽蘇普續道：「她叫做阿秀，後來隔了八九年，一直沒再見到她。她是跟一位漢人老公公住在一起的。那一定就是你了？」計老人咳嗽了幾聲，想從李文秀臉上得到一些示意。但李文秀轉開了頭，他不知如何回答才好，只得「嗯、嗯」的幾聲，不置可否。

蘇普又道：「她的歌唱得最好聽的了，有人說她比天鈴鳥唱得還好。但這幾年來，我一直沒聽到她唱歌。她還住在你這裏麼？」計老人很尷尬，道：「不，不，她不……她不在了……」李文秀插口道：「你說的那個漢人姑娘，我倒也識得。她早死了好幾年啦！」

蘇普吃了一驚，道：「啊，她死了，怎麼會死的？」計老人向李文秀瞧了一眼，說道：「是生病……生病……」蘇普眼眶微濕，說道：「我小時候常和她一同去牧羊，她唱了很多歌給我聽，還說了很多故事。好幾年不見，想不到她……她竟死了。」計老人嘆道：「唉，可憐的孩子。」

蘇普望著火燄，出了一會神，又道：「她說她爹媽都給惡人害死了，孤苦伶仃的到這地方來……」阿曼道：「這姑娘很美麗吧？」蘇普道：「那時候我年紀小，也不記得了。只記得她的歌唱得好聽，故事說得好聽……」

那腰中插著小劍的漢子突然道：「你說是一個漢人小姑娘？她父母遭害，獨個兒到這裏來？」蘇普道：「不錯，你也認得她麼？」那漢子不答，又問：「她騎一匹白馬，是不是？」蘇普道：「是啊，那你也見過她了。」那漢子突然站起身來，對計老人厲聲道：「她死在你這兒的？」計老人又含糊的答應了一聲。那漢子道：「她留下來的東西呢？你都好好收著麼？」

計老人向他橫了一眼，奇道：「這干你甚麼事？」那漢子道：「我有一件要緊物事，給那小姑娘偷了去。我到處找她不到，不料她竟已死了……」蘇普霍地站起，大聲道：「你別胡說八道，阿秀怎會偷你的東西？」那漢子道：「你知道甚麼？」蘇普道：「阿秀從小跟我一起，她是個很好很好的姑娘，決不會拿人家的東西。」那漢子嘴一斜，做個輕蔑的臉色，說道：「可是她偏巧便偷了我的東西。」蘇普伸手按住腰間佩刀的刀柄，喝道：「你叫甚麼名字？我看你不是哈薩克人，說不定便是那夥漢人強盜。」

那漢子走到門邊，打開大門向外張望。門一開，一陣疾風捲著無數雪片直捲進來。

但見原野上漫天風雪，人馬已無法行走。那漢子心想：「外面不會再有人來了。這屋子裏一個女子，一個老人，一個瘦骨伶仃的少年，都是手一點便倒。只有這粗豪少年，要費幾下手腳打發。」當下也不放在心上，說道：「是漢人怎樣？我姓陳，名達海，江湖上外號叫做青蟒劍，你聽過沒有？」

蘇普根本不懂這些漢人的規矩，搖了搖頭，道：「我沒聽見過。你是漢人強盜麼？」陳達海道：「我是鏢師，是靠打強盜吃飯的。怎麼會是強盜了？」蘇普聽說他不是強盜，臉上神色登時便緩和了，說道：「不是漢人強盜，那便好啦！我早說漢人中也有很多好人，可是我爹爹偏偏不信。你以後別再說阿秀拿你東西。」

陳達海冷笑道：「這個小姑娘人都死啦，你還記著她幹麼？」蘇普道：「她活著的時候是我好朋友，死了之後仍舊是我好朋友。我不許人家說她壞話。」陳達海沒心思跟他爭辯，轉頭又問計老人道：「那小姑娘的東西呢？」

李文秀聽到蘇普為自己辯護，心中十分激動：「他沒忘了我，沒忘了我！他還是對我很好。」但聽陳達海一再查問自己留下的東西，不禁奇怪：「我沒拿過他甚麼物事啊，他要找尋些甚麼？」只聽計老人也問道：「客官失落了甚麼東西？那個小姑娘自來誠實，老漢很信得過的，她決計不會拿別人的物事。」

陳達海微一沉吟，道：「那是一張圖畫。在常人是得之無用，但因為那是……那是先父手繪的，我定要找回那幅圖畫。這小姑娘既曾住在這裏，你可曾見過這幅圖麼？」計老人道：「是怎麼樣的圖畫，畫的是山水還是人物？」陳達海道：「是……是山水吧？」

蘇普冷笑道：「是甚麼樣的圖畫也不知道，還誣賴人家偷了你的。」陳達海大怒，唰的一聲拔出腰間長劍，喝道：「小賊，你可是活得不耐煩了？老爺殺個把人還不放在心上。」蘇普也從腰間拔出短刀，冷冷的道：「要殺一個哈薩克人，只怕沒這麼容易。」阿曼道：「蘇普，別跟他一般見識。」蘇普聽了阿曼的話，把拔出的刀子緩緩還入鞘內。

陳達海一心一意要得到那張高昌迷宮的地圖，他們在沙漠上躭了十二年，踏遍了數千里的沙漠草原，便是爲了找尋李文秀，眼下好容易聽到了一點音訊，他雖生性悍惡，卻也知道小不忍則亂大謀的道理，向蘇普狠狠的瞪了一眼，轉頭向計老人說：「那幅畫嘛，也可說是一幅地圖，繪的是大漠中一些山川地形之類。」

計老人身子微微一顫，說道：「你怎……怎知這地圖是在那姑娘的手中？」陳達海道：「此事千眞萬確。你若將這幅圖尋出來給我，自當重重酬謝。」說著從懷中取出兩隻銀元寶來放在桌上，火光照耀之下，閃閃發亮。

計老人沉思片刻，緩緩搖頭，道：「我從來沒見過。」陳達海道：「我要瞧瞧那小姑娘的遺物。」計老人道：「這個……這個……」陳達海左手一起，拔出銀柄小劍，登的一聲，插在木桌之上，說道：「甚麼這個那個的？我自己進去瞧瞧。」說著點燃了一根羊脂蠟燭，推門進房。他先進去的是計老人的臥房，一看陳設不似，隨手在箱籠裏翻了一下，便到李文秀的臥室中去。

他看到床上擺著幾件少女服飾，說道：「哈，她長大了才死啊。」這一次他可搜檢得十分仔細，連李文秀幼時的衣物也都翻了出來。李文秀因這些孩子衣服都是母親的手澤，自己年紀雖然大了，不能再穿，但還是一件件好好的保存著。陳達海一見到這幾件小孩的花布衣服，依稀記得十二年前在大漠中追趕她的情景，歡聲叫道：「是了，是了，便是她！」可是他將那臥室幾乎翻了一個轉身，每一件衣服的裏子都割開來細看，卻那裏找得到地圖的影子？

蘇普見他這般蹧蹋李文秀的遺物，幾次按刀欲起，每次均給阿曼阻住。計老人偶爾斜眼瞧李文秀一眼，只見她眼望火堆，對陳達海的暴行似乎視而不見。計老人心中難過：「在這暴客的刀子之前，她有甚麼法子？」

李文秀看看蘇普的神情，心中又淒涼，又甜蜜：「他一直記著我，他爲了保護我的遺物，竟要跟人動刀子拚命。」但心中又很奇怪：「這惡強盜說我偷了他的地圖，到底是甚麼地圖？」當日她母親逝世之前，將一塊羊毛手帕塞在她懷內，其時危機緊迫，母親只叫她好好照料自己，別的甚麼也來不及說，母女倆就此分手，從此再不相見。晉威鏢局那一干強人十二年來足跡遍及天山南北，找尋她的下落，李文秀自己卻半點也不知情。

陳達海翻尋良久，全無頭緒，心中沮喪之極，回到廳堂後厲聲問道：「她的墳葬在那裏？」計老人一呆，道：「葬得很遠，很遠。」陳達海從牆上取下一柄鐵鍬，說道：「你帶我去！」蘇普站起身來，喝道：「你要去幹麼？」陳達海道：「你管得著麼？我要去挖開她的墳來瞧瞧，說不定那幅地圖給她帶到了墳裏？」

蘇普橫刀攔在門口，喝道：「你不能去動她墳墓。」陳達海舉起鐵鍬，劈頭打去，喝道：「閃開！」蘇普向左一讓，手中刀子遞了出去。陳達海拋開鐵鍬，從腰間拔出長劍，叮噹一聲，刀劍相交，兩人各自向後躍開一步，隨即同時攻上，鬥在一起。

這屋子的廳堂本不甚大，刀劍揮處，計老人和阿曼都退在一旁，靠壁而立，只李文秀仍站在窗前。阿曼搶過去拔起陳達海插在桌上的小劍，想要相助蘇普，但他二人鬥得正緊，卻插不下手去。

蘇普這時已盡得他父親蘇魯克的親傳，刀法變幻，招數甚爲兇悍，初時陳達海頗落下風，暗暗驚異：「想不到這個哈薩克小子，武功竟不在中原的好手之下。」便在此時，背後風聲微響，一柄小劍擲了過來，卻是阿曼忽施偷襲。陳達海向右一讓避開，嗤的一聲響，左臂已給蘇普的短刀劃了一道口子。陳達海大怒，唰唰唰連刺三劍，使出他成名絕技「青蟒劍法」來。蘇普但見眼前劍尖閃動，猶如蟒蛇吐信一般，不知他劍尖要刺向何處，一個擋架不及，敵人的長劍已刺到面門，忙側頭避讓，頸旁已然中劍，鮮血長流。陳達海得理不讓人，又是一劍，刺中蘇普手腕，噹啷一聲，短刀落地。

眼見他第三劍跟著刺出，蘇普無可抵禦，勢將死於非命，李文秀踏出一步，只待他刺到第三劍時，便施展「大擒拿手」抓他手臂，卻見阿曼一躍而前，攔在蘇普身前，叫道：「不能傷他！」

陳達海見阿曼容顏如花，卻滿臉是惶急的神色，心中一動，這一劍便不刺出，劍尖指在她的胸口，笑道：「你這般關心他，這小子是你情郎麼？」阿曼臉上一紅，點了點頭。陳達海道：「好，你要我饒他性命也使得，明天風雪一止，你便得跟我走！」

蘇普大怒，吼叫一聲，從阿曼身後撲了出來。陳達海長劍抖動，已指住他咽喉，左腳又在他小腿上一掃，蘇普撲地摔倒，那長劍仍指在他喉頭。李文秀站在一旁，看得甚準，只要陳達海真有相害蘇普之意，她立時便出手解救。

李文秀看了陳達海的劍招，知道這時以自己武功，要對付這人可說輕而易舉。她明知自己一出手便可殺了眼前這惡強盜，既報了父母的大仇，又救了心上人的危難，但她竭力忍耐，要看看當蘇普危難之際，阿曼如何反應？當陳達海要強擄阿曼而去之時，蘇普又怎生處置？

但阿曼怎知大援便在身旁，情急之下，只得說道：「你別刺，我答允了便是。」陳達海大喜，劍尖卻不移開，說道：「你答允明天跟著我走，可不許反悔。」阿曼咬牙道：「我不反悔，你把劍拿開。」陳達海哈哈一笑，道：「你便要反悔，也逃不了！」將長劍收入鞘中，拾起銀柄小劍，揷回腰帶，又把蘇普的短刀撿起，握在手中。這麼一來，屋中便只他一人身上帶有兵刃，更加不怕各人反抗。他拉起遮住窗戶的毛氈向外瞧了瞧風雪，說道：「這會兒不能出去，只好等天晴了再去掘墳。」

阿曼將蘇普扶在一旁，見他頭頸中汩汩流出鮮血，很是慌亂，便要撕下自己衣襟給他裹傷。蘇普從懷中掏出一塊大手帕來，說道：「用這手帕包住吧！」阿曼接住手帕，給他包好了傷口，想到自己落入了這強人手裏，不知是否有脫身之機，不禁掉下淚來。蘇普低聲罵道：「狗強盜，賊強盜！」這時早已打定了主意，如果這強盜眞的要帶阿曼走，便是明知要送了性命，也要決死一拚。

經過了適才這一場爭鬥，五個人圍在火堆之旁，心情都甚爲緊張。陳達海一手持刀，一手拿著酒碗，時時瞧瞧阿曼，又瞧瞧蘇普。屋外北風怒號，捲起一團團雪塊，拍打著牆壁屋頂。誰都沒說話。

李文秀心中在想：「且讓這惡賊再猖狂一會，不忙便殺他。」突然火堆中一個柴節爆裂了起來，啪的一響，火頭暗了一暗，跟著便十分明亮，照得各人的臉色淸淸楚楚。

李文秀看到了蘇普頭頸中裏著的手帕，心中一凜，目不轉瞬的瞧著。計老人見到她目光有異，也向那手帕望了幾眼，問道：「蘇普，你這手帕那裏來的？」

蘇普一楞，手撫頭頸，道：「你說這手帕麼？就是那死了的阿秀給我的。小時候我們在一起牧羊，有一隻大灰狼來咬我們，我殺了那頭狼，但也給狼咬傷了。阿秀就用這手帕給我裏傷……我爹爹不許我見她，我卻一直把她的手帕帶在身邊……」

李文秀聽著這些話時，看出來的東西都模糊了，原來眼中已充滿了淚水。

陳達海一聽，從懷裏摸出一條青布汗巾，交給蘇普，說道：「你用這塊布裏傷，把手帕解下來給我瞧瞧。」蘇普道：「為甚麼？」陳達海喝道：「叫你解下來便解下來。」蘇普怒目不動。阿曼怕陳達海用強，給蘇普解下手帕，交給了他，隨即又用汗巾為蘇普裏傷。

陳達海將那染了鮮血的手帕鋪在桌上，剔亮油燈，俯身細看。他瞪視了一會，突然喜呼：「是了，是了，這便是高昌迷宮的地圖！」伸手抓起手帕，哈哈大笑，喜不自勝。

計老人右臂一動，似欲搶奪手帕，終於強自忍住。

便在此時，忽聽得遠處有人叫道：「蘇普，蘇普……」又有人大聲叫道：「阿曼，阿曼哪……」蘇普和阿曼同時躍起，齊聲叫道：「爹爹在找咱們。」蘇普奔到門邊，待要開門，突然後頸一涼，一柄長劍架在頸中。陳達海冷冷的道：「給我坐下，不許動！」蘇普無奈，只得頹然坐下。

過了一會，兩個人的腳步聲走到了門口。只聽蘇魯克道：「這是那賊漢人的家嗎？我不進去。」車爾庫道：「不進去？卻到那裏避風雪去？我耳朵都凍得快掉下來啦。」

蘇魯克手中拿著個酒葫蘆，一直在路上喝酒以驅寒氣，這時已有八九分酒意，醉醺醺的道：「我寧可凍掉腦袋，也不進漢人家裏。」車爾庫道：「你不進去，在風雪裏凍死了吧，我可要進去了。」蘇魯克道：「我兒子和你女兒都沒找到，怎麼就到賊漢人的家裏躲避？你……你半分英雄氣概也沒有。」車爾庫道：「一路上沒見他二人，定是在那裏躲起來了，不用擔心。別要兩個小的沒找到，兩個老的先凍死了。」

蘇普見陳達海挺起長劍躲在門邊，只待有人進來便是一劍，情勢頗為危急，叫道：「爹，不能進來！」陳達海瞪目喝道：「你再出聲，我立時殺了你。」蘇普見父親處境危險，提起凳子向陳達海撲將過去。陳達海側身避開，唰的一劍，正中蘇普大腿。蘇普大叫一聲，翻倒在地。他身手甚是敏捷，生怕敵人又再砍下，一個打滾，滾出數尺。

陳達海卻不追擊，只舉劍守在門後，心想這哈薩克小子轉眼便能料理，且讓他多活片刻，外面來的二人卻須先行砍翻。李文秀看在眼裏，默默走前一步，倘若陳達海當眞揮劍偷襲，便決意搶先把他殺了。

只聽門外蘇魯克大著舌頭叫道：「你要進該死的漢人家裏，我就打你！」說著一拳，打在車爾庫胸口。車爾庫若在平時，知他醉了，雖吃了重重一拳，自也不會計較，但這時肚裏酒也湧了上來，伸足一勾。蘇魯克本已站立不定，給他一絆，登時摔倒，趁勢抱住了他小腿。兩人便在雪地中翻翻滾滾的打了起來。

驀地裏蘇魯克抓起地下一團雪，塞在車爾庫嘴裏，車爾庫忙伸手亂抓亂挖，蘇魯克樂得哈哈大笑。車爾庫吐出了嘴裏的雪，砰的一拳，打得蘇魯克鼻子上鮮血長流。蘇魯克並不覺痛，仍笑聲不絕，卻揪住了車爾庫的頭髮不放。兩人都是哈薩克族中千里馳名的勇士，酒醉之後相搏，竟如頑童打架一般。

蘇普和阿曼焦急異常，都盼蘇魯克打勝，便可阻止車爾庫進來。但聽得門外砰砰嘭嘭之聲不絕，你打我一拳，我打你一拳，又笑又罵，醉話連篇。突然之間，轟隆一聲大響，板門撞開，寒風夾雪撲進門來，同時蘇魯克和車爾庫互相摟抱，著地翻滾而進。板門這一下驀地撞開，卻將陳達海夾在門後，他這一劍便砍不下去。蘇魯克和車爾庫進了屋裏，仍扭打不休。

車爾庫道：「你這不進來了嗎？」蘇魯克大怒，手臂扼住他脖子，只嚷：「出去，出去！」兩人在地下亂扭，一個要拖對方出去，另一個卻想按住對方，不讓他動彈。忽然間蘇魯克唱起歌來，又叫：「你打我不過，我是哈薩克第一勇士，蘇普第二，蘇普將來生的兒子第三……你車爾庫第五……」

陳達海見是兩個醉漢，心想不足為懼。其時風勢甚勁，只颳得火堆中火星亂飛，陳達海忙用力推上了門。蘇普和阿曼見自己父親滾向火堆，忙過去扶，同時叫：「爹爹，爹爹。」但兩人身軀沉重，卻那裏扶得起來？

蘇普叫道：「爹，爹！這人是漢人強盜！」

蘇魯克雖然大醉，但十二年來心中念念不忘於深仇大恨，一聽「漢人強盜」四字，登時清醒了三分，一躍而起，叫道：「漢人強盜在那裏？」蘇普向陳達海一指。蘇魯克伸手便去腰間拔刀，但他和車爾庫二人一陣亂打，將刀子都掉在門外雪地之中，他摸了個空，叫道：「刀呢，刀呢？我殺了他！」

陳達海長劍一挺，指在他喉頭，喝道：「跪下！」蘇魯克大怒，和身撲上，但酒後乏力，沒撲到敵人身前，便已摔倒。陳達海一聲冷笑，揮劍砍下，登時蘇魯克肩頭血光迸現。蘇魯克大聲慘叫，要站起拚命，可是兩條腿便如爛泥相似，說甚麼也站不起來。

車爾庫怒吼縱起，向陳達海奔過去。陳達海一劍刺出，正中他右腿，車爾庫也立時摔倒。

計老人轉頭向李文秀瞧去，見她神色鎮定，竟無懼怕之意。

陳達海冷笑道：「你們這些哈薩克狗，今日一個個都把你們宰了。」阿曼奔上去擋在父親身前，顫聲道：「我答應跟你去，你就不能殺他們。」車爾庫怒道：「不行！不能跟這狗強盜去，讓他殺我好了。」

陳達海從牆上取下一條套羊的長索，將圈子套在阿曼頸裏，獰笑道：「好，你是我的俘虜，是我奴隸！你立下誓來，從今不得背叛我，那就饒了這幾個哈薩克狗子！」

阿曼淚水撲簌簌的流下，心想自己若不答允，父親和蘇普都要給他殺了，只得起誓道：「阿拉眞主在上，從今以後，我是我主人的奴隸，聽他一切吩咐，永遠不敢逃走，不敢違背他命令！否則死後墮入火窟，眞主……眞主永遠降罰！」

陳達海哈哈大笑，得意之極，今晚既得高昌迷宮地圖，又得了這個如此美貌的少女，當眞幸運無比。他久在回疆，知道哈薩克人虔信回教，只要憑著眞主阿拉的名起誓，終生不敢背叛，一拉長索，說道：「過來，坐在你主人腳邊！」阿曼心中委屈萬分，只得走到他足邊坐下。陳達海伸手撫摸她頭髮，又撫摸她臉蛋頭頸，阿曼不敢推讓，忍不住放聲大哭。

蘇普這時怎還忍耐得住，縱身躍起，向陳達海撲去。陳達海長劍挺出，指住他胸膛。蘇普只須再上前半尺，便是將自己胸口刺入了劍尖。阿曼叫道：「蘇普，退下！」蘇普雙目中如要噴出火來，咬牙切齒，站在當地，過了好一會，終於一步步的退回，頹然坐倒在地。

陳達海斟了一碗酒，喝了一口，將那塊手帕取出，放在膝頭細看。

計老人忽問：「你怎知道這是高昌迷宮的地圖？」說的是漢語。陳達海心想：「反正你們這些人一個個都活不過今晚，跟你說了也不妨。」他尋訪十二年，心願終於得償，滿腔歡喜，原是不吐不快，計老人就算不問，他自言自語也要說了出來，他雙手拿著手帕，也以漢語說道：「我們查得千眞萬確，高昌迷宮的地圖是白馬李三夫婦得了去。他二人屍身上找不到，定是在他們女兒手裏。這塊手帕是那姓李小姑娘的，上面又有山川道路，那自然決計不會錯了。」指著手帕，說道：「你瞧，手帕是絲的，山川沙漠的圖形，是用棉線織在中間。絲是黃絲，棉線也是黃線，平時瞧不出來，但一染上血，棉線吸血比絲多，便分出來了。」

李文秀凝目向手帕看去，果如他所說，黃色的絲帕上染了鮮血，便顯出圖形，不染血之處，卻是一片黃色。當日蘇普受了狼咬，流血不多，手帕上所顯圖形只是一角，今晚中了劍傷，圖形便顯了一大半出來。她至此方始省悟，原來這手帕之中，還藏著這樣的一個大秘密。

蘇魯克和車爾庫所受的傷都不重，兩人均想：「等我酒醒了些，定要將這漢人強盜殺了。」車爾庫道：「老人，給我些水喝。」計老人道：「好！」站起來要去拿水。陳達海厲聲喝道：「給我坐著，誰都不許動。」計老人哼了一聲，坐了下來。

陳達海心下盤算：「這幾人如合力對付我，一擁而上，那可不妙。乘著這兩條哈薩克老狗還沒醒，先行殺了，以策萬全。」慢慢走到蘇魯克身前，突然拔出長劍，一劍便往他頭上斬落。這一下拔劍揮擊，既突如其來，行動又快極，蘇魯克全無閃避餘地。蘇普大叫一聲，待要撲上相救，那裏來得及？

陳達海一劍正要砍到蘇魯克頭上，驀聽得呼的一聲響，一物擲向自己面前，來勢奇急，慌亂中顧不得傷人，忙揮劍擋開，乒乓一聲響亮，長劍將那物劈開，登時粉碎，原來是一隻茶碗，一定神，才看清楚用茶碗擲他的是李文秀。

陳達海大怒，一直見這哈薩克少年瘦弱白皙，有如女子，沒去理會，那知竟敢來老虎頭上拍蒼蠅，挺劍指著她罵道：「哈薩克小狗，你活得不耐煩了？」

李文秀慢慢解開哈薩克外衣，除了下來，露出裏面的羊皮短襖，以哈薩克語說道：「我不是哈薩克人。我是漢人。」左手指著蘇魯克道：「這位哈薩克伯伯，以為漢人都是強盜壞人。我要他知道，我們漢人並非個個都是強盜，也有好人。」

適才陳達海那一劍，人人都看得清楚，若非李文秀擲碗相救，蘇魯克此刻早已斃命，聽得她這麼說，蘇普首先說道：「多謝你救我爹爹！」蘇魯克卻十分倔強，大聲道：「你是漢人，我不要你救，讓這強盜殺了我好啦。」

陳達海踏上一步，問李文秀：「你是誰？你是漢人，到這裏來幹甚麼？」李文秀微微冷笑，道：「你不認得我，我卻認得你。搶劫哈薩克部落，害死不少哈薩克人的，就是你這批漢人強盜。」說到這裏，聲音變得甚是苦澀，心中在想：「如不是你們這些強盜作了這許多壞事，蘇魯克也不會這樣恨我們漢人。」陳達海大聲道：「是老子便又怎樣？」

李文秀指著阿曼道：「她是你的女奴，我要奪她過來，做我的女奴！」

此言一出，人人都大出意料之外。

陳達海一怔之下，哈哈大笑，道：「好，你有本事便來奪吧。」長劍一揚，劍刃抖動，嗡嗡作響。

李文秀轉頭對阿曼道：「你憑著眞主阿拉之名，立過了誓，一輩子跟著他做女奴。如果他打我不過，你給我奪過來，那麼你一輩子就是我的女奴了，是不是？」哈薩克人與別族人打仗，俘虜了敵人便當作奴隸，回教的可蘭經中明文規定：奴隸的身分和牲口無別，全無自主之權，聽憑主人支配買賣，主人若給人制服，他的家產、牲口、奴隸都不免屬於旁人。阿曼聽她這麼說，心想：「我反正已成女奴，與其跟了這惡強盜去受他折磨，不如奉你爲主人。」點頭道：「是的。」跟著又道：「你……你打他不過的。這強盜武功很好。」李文秀道：「那你不用擔心，我打他不過，自然會給他殺了。」雙手一拍，對陳達海道：「上吧！」

陳達海奇道：「你空手跟我鬥？」李文秀道：「殺你這惡強盜，用得著甚麼兵器？」陳達海心想：「這裏個個都是敵人，多挨時刻，便多危險，他自己托大，再好不過。」喝道：「看劍！」利劍挺出，一招「毒蛇出洞」，向李文秀當胸刺去，勢道勁急。

計老人叫道：「快退下！」他料想李文秀萬難抵擋，那知李文秀身形一晃，輕輕巧巧的避過了，搶到陳達海左首，左肘後挺，撞向他腰間。陳達海叫道：「好！」長劍圈轉，削向她手臂。李文秀飛起右足，踢他手腕，這一招「葉底飛燕」是華輝的絕招之一，李文秀苦練了七八天方才練成，輕巧迅捷，甚是了得。陳達海急忙縮手，已然不及，手腕一痛，已給踢中，總算對方腳力不甚強勁，陳達海長劍這才沒脫手。他大聲怒吼，躍後一步。計老人「咦」的一聲，驚奇之極。

陳達海撫了撫手腕，挺劍又上，和李文秀鬥在一起。這時他心中已絲毫不敢小覷了這瘦弱少年，眼見他出手投足，武功著實了得，當下施展「青蟒劍法」，招招狠毒，要奮力將這少年刺死。李文秀得師父華輝傳授，身手靈敏，招式精奇，只從未與人拆招相鬥，臨陣全無經驗，初時全憑著一股仇恨之意，要殺此惡盜爲父母報仇，鬥到後來，對敵人的劍法已漸漸摸到了門路，心神慢慢寧定。

計老人這茅屋本甚狹窄，廳中又生了火堆，陳李二人在火堆旁縱躍相搏，劍鋒拳掌相去往往間不逾寸，似乎陳達海每一劍都能制李文秀死命，可是她必定或反打、或閃避，一一拆解。蘇魯克等只看得張大了嘴。計老人卻越看越怕，全身不住簌簌發抖。

兩人鬥到酣處，陳達海一劍「靈蛇吐信」，劍尖點向李文秀咽喉。李文秀一低頭，從劍底下撲了上去，左臂一格敵人的右臂，將他長劍掠向外門，雙手已抓住陳達海腰間的兩柄金銀小劍，縮手拔出，挺臂前送，噗的一聲響，同時插入了他左右肩窩。

陳達海「啊」的一聲慘呼，長劍脫手，踉踉蹌蹌的接連倒退，背靠牆壁，只是喘氣。這兩柄小劍插入肩窩，直沒至柄，劍尖從背心穿了出來，鮮血直流。他筋脈已斷，雙臂更無半分力氣，想伸右手去拔左肩的小劍，右臂卻那裏抬得起來？

只聽得屋中衆人歡呼之聲大作，大叫：「打敗了惡強盜，打敗了惡強盜！」連蘇魯克也縱聲大叫。蘇普和阿曼擁抱在一起，喜不自勝。只計老人仍不住發抖，牙關相擊，格格有聲。

李文秀知他爲自己擔心而害怕，走過去握住他粗大的手掌，將嘴巴湊到他耳畔，低聲道：「計爺爺，別害怕，這惡強盜打我不過。」只覺他手掌冰冷，仍抖得十分厲害。

李文秀轉過頭來，見蘇普緊緊摟著阿曼，心中本來充溢著的勝利喜悅霎時間化爲烏有，只覺自己也在發抖，計老人的手掌也不冷了，原來自己的手掌也變成了冰涼。

她放開了計老人的手，走過去牽住仍是套在阿曼頸中的長索，冷冷的道：「你是我的女奴，得一輩子跟著我。」

蘇普和阿曼心中同時一寒，相摟相抱的四隻手臂鬆了開來。他們知道這是哈薩克世世代代相傳的規矩，是無可違抗的命運。兩人的臉色都轉成慘白！

李文秀嘆了口氣，將索圈從阿曼頸中取出，說道：「蘇普喜歡你，我……我不會讓他傷心的。你是蘇普的人！」說著輕輕將阿曼一推，讓她偎倚到蘇普懷裏。

蘇普和阿曼幾乎不相信自己的耳朵，齊聲問道：「眞的麼？」李文秀苦笑道：「自然是眞的。」蘇普和阿曼分別抓住了她一隻手，不住搖晃，道：「多謝你，多謝你！」他們狂喜之下，全沒發覺自己的手臂上多了幾滴眼淚，是從李文秀眼中落下來的淚水。

蘇魯克掙扎著站起，大手在李文秀肩頭重重一拍，說道：「漢人之中，果然也有好人。不過……不過，恐怕只有你一個！」

車爾庫叫道：「拿酒來，拿酒來。我請大家喝酒，請哈薩克的好人喝酒，請漢人的好人喝酒，慶祝抓住了惡強盜，咦！那強盜呢？」

衆人回過頭來，卻見陳達海已然不知去向。原來剛才計爺爺嚇得魂不附體，蘇魯克與車爾庫酒醉未醒，蘇普與阿曼大喜若狂，李文秀瞧著蘇普的模樣，暗自神傷，各有各的心事，沒人去瞧陳達海，竟給這強盜乘機溜開，從後門逃走了。

蘇魯克大怒，叫道：「咱們快追！」打開板門，一陣大風颳進來，他腳下兀自無力，身子一晃，摔倒在地。

寒風夾雪，猛惡難當，人人都覺得氣也透不過來。阿曼道：「這般大風雪中，諒他也走不遠，他雙臂受了重傷，勉強掙扎，非死在雪地中不可。待天明後風小了，咱們到雪地中找這惡賊的屍首便了。」蘇普點點頭，關上了門。

蘇魯克瞪視著李文秀，過了半晌，說道：「小兄弟，你是哈薩克人，是不是？」李文秀搖頭道：「不，我是漢人！」蘇魯克道：「不可能的，你是漢人，為甚麼反而打倒那漢人強盜，救我們哈薩克人？」

李文秀道：「漢人中有壞人，也有好人。我……我不是壞人。」

蘇魯克喃喃的道：「漢人中也有好人？」緩緩搖了搖頭。可是他的性命，他兒子的性命，明明是這個少年漢人救的，卻不由得他不信。

他一生憎恨漢人，現今這信念在動搖了。他惱怒自己，為甚麼偏偏昨晚喝醉了酒，不能跟漢人強盜拚鬥一場，卻要另一個漢人來救了自己性命？

他一生之中，甚麼事情到了緊要關頭，總是那麼不巧，總是運氣不好。然而，剛才那強盜的長劍已砍到了自己頭頂，幸好那少年及時相救，難道這也是不巧嗎？也是運氣不好麼？

到得黎明時，大風雪終於止歇了。

蘇魯克和車爾庫立即出發去召集族人追蹤那漢人強盜。雪地裏有血跡，足印更十分清楚，何況他受了重傷，一定逃不遠。最好是他去和其餘的漢人強盜相會，十二年來的大仇，這次就可得報了。

哈薩克人的精壯男子三百多人立即組成了第一批追蹤隊，其餘第二、第三批的陸續追來。單是捉拿陳達海一人，當然用不著這許多人，然而主旨是在一鼓殲滅為禍大草原的漢人強盜。

蘇魯克和車爾庫作先鋒。他們要其餘族人遠遠的相隔十幾里路，在後慢慢跟來，免得給陳達海發覺了，就此不去和同夥相會。蘇普昨晚受了傷，但傷勢不重，要跟著父親。阿曼堅持也要跟著父親，但誰都知道，她是不願離開蘇普。車爾庫挑了兩個徒弟相隨，一個是敏捷的桑斯爾；一個是力大如駱駝的青年，綽號就叫作「駱駝」，人人都叫他駱駝，本名反給人忘記了。

李文秀也要參加先鋒隊，蘇普首先歡迎。經過了昨晚的事後，李文秀已成為衆所尊敬的英雄。車爾庫熱心贊成她參加。蘇魯克有些不願，但反對的話卻說不出口。

計老人似乎給昨晚的事嚇壞了，早晨喝羊奶時，失手打碎了奶碗。李文秀斟茶給他，他雙手發抖，接過茶碗時將茶濺潑在衣襟上。李文秀問他怎樣，他眼光中露出又恐懼又氣惱的神色，突然回身進房，重重關上了房門。
遍地積雪甚深，難以乘馬，先鋒隊七人都是步行，沿著雪地裏的足印一路追蹤。眼見陳達海的足印筆直向西，似乎一直通往戈壁沙漠。料是他雙臂雖然受傷，腳下功夫仍十分了得。六個哈薩克人想起自來相傳大沙漠中多有惡鬼，都不禁心下嘀咕。
蘇魯克大聲道：「今日便明知要撞到惡鬼，也非去把強盜捉住不可。蘇普，你要不要爲你媽和你哥報仇？」蘇普道：「我自然跟爹爹同去。阿曼，你還是回去吧！」阿曼道：「你去得，我也去得。」她心中卻是說：「要是你死了，難道我一個人還能活麼？」蘇魯克道：「阿曼，你還是跟你爹爹回家的好。車爾庫膽小得很，最怕鬼！」車爾庫狠狠瞪了他一眼，搶先便走。
大沙漠中最教人害怕的事是千里無水，只要攜帶的清水一喝乾，便非渴死不可，但這場大雪一下，俯身即是冰雪，少了主要的顧慮。雖不能乘坐牲口，卻也少了黃沙撲面之苦。越向西行，眼見陳達海留下的足跡越明顯，到後來他足印之上已無白雪掩蓋，那自是風雪停止之後所留下的。車爾庫喃喃的道：「這惡賊倒也厲害，這場大風雪竟困他不死。」蘇魯克忽然叫道：「咦，又有一個人腳印！」他指著足印道：「這人每一步都踏在那強盜的腳印之中，不留心就瞧不出來。」衆人仔細一瞧，果見每個足印中都有深淺兩層。

大家紛紛猜測，不知是甚麼緣故。桑斯爾忽然道：「難道是鬼？」這是人人心裏早就想說的話，給他突然說出，各人忍不住都打了個寒噤。

一行人鼓勇續向西行。大雪深沒及脛，行走甚慢，當晚便在雪地中露宿。掃開積雪，挖掘沙坑，以毛毯裹身，臥在坑中，便不如何寒冷。

李文秀的沙坑是駱駝給掘的。他膂力很大，心中敬重這位漢人英雄，便給她掘了沙坑，那是在駱駝和蘇普的沙坑之間，七個沙坑圍成一個圓圈，中間生著一堆大火。

頭頂的天很藍，明亮的星星眨著眼睛。一陣風颳來，捲起了地下白雪，在風中飛舞。李文秀望著兩片上下飛舞的白雪，自言自語：「眞像一對玉蝴蝶。」

蘇普接口道：「是，眞像！很久以前，有個漢人小姑娘，曾跟我說了個蝴蝶的故事。說有個漢人少年，有個漢人姑娘，兩個兒很要好，可是那姑娘的爸爸不許那少年娶他女兒。那少年很傷心，生了一場病便死了。有一天，那姑娘經過情郎的墳墓，就伏在墳上痛哭。」

說到這裏，在蘇普和李文秀心底，都出現了八九年前的情景：在小山丘上，一個男孩和一個女孩並肩坐著照顧羊羣。女孩說著故事，男孩悠然神往地聽著，說到那漢人姑娘伏在情郎墳上哭泣，女孩眼中充滿了眼淚，男孩也感到傷心難受。

只是，李文秀知道那男孩便是眼前的蘇普，蘇普卻以爲那個小女孩已經死了。

蘇普繼續道：「那姑娘伏在墳上哭得很悲傷，突然之間，墳墓裂開了一條大縫，那個美麗的姑娘就跳了進去。後來這對情人變成了一雙蝴蝶，總飛在一起，永遠不再分離。」阿曼插口道：「這故事眞好。說這故事的，就是給你地圖手帕的小姑娘麼？她死了麼？」蘇普黯然道：「不錯，就是她。那老漢人說她已經死了。」李文秀道：「你還記得她麼？」蘇普道：「自然記得。那怎麼會忘記？」李文秀道：「你怎麼不去瞧瞧她的墳墓？」蘇普道：「對！等我們殺了那批強盜，我要那賣酒的老漢人帶我去瞧瞧。」李文秀問道：「要是那墓上也裂開了一條大縫，你會不會跳進去？」她本不想問這句話，可是忍不住，還是問了。

蘇普笑道：「那是故事中說的，不會眞是這樣。」李文秀道：「如果那小姑娘很想念你，日日夜夜盼望你去陪她，因此墳上眞的裂開了一條大縫，你肯跳進墳去，永遠陪她麼？」蘇普嘆了口氣道：「不。那個小姑娘只是我小時的好朋友。這一生一世，我是要陪阿曼的。」說著伸出手去，和阿曼雙手相握。

李文秀不再問了。這幾句話她本來不想問的，她其實早已知道了答案，可是忍不住還是要問。現下聽到答案，徒然增添了傷心。

忽然間，遠處有一隻天鈴鳥輕輕的唱起來，唱得那麼宛轉動聽，那麼淒涼哀怨。

蘇普道：「從前，我常常去捉天鈴鳥來玩，玩完之後就弄死了。但那小女孩很喜歡天鈴鳥，送了一隻玉鐲子給我，叫我放了鳥兒。從此我不再捉了，只聽天鈴鳥在半夜裏唱歌。你們聽，唱得多好！」李文秀「嗯」了一聲，問道：「那隻玉鐲子呢，你帶在身邊麼？」蘇普道：「那是很久很久以前的事了，早就打碎了，不見了。」

李文秀幽幽的道：「唔，那是很久很久以前的事了，早就打碎了，不見了。」

天鈴鳥不斷的在唱歌。在寒冷的冬天夜晚，天鈴鳥本來不唱歌的，不知道牠有甚麼傷心的事，忍不住要傾吐？

蘇魯克、車爾庫、駱駝他們的鼾聲，可比天鈴鳥的歌聲響得多。

第二日天一亮，七人起身吃了乾糧，跟著足印又追。陽光淡淡的，照在身上只微有暖氣。但有了太陽光，誰也不怕惡鬼了。

追到下午，沙漠中的一道足印變成了兩道。那第二個人顯然不耐煩再踏在前人的腳印之中走路。蘇魯克都歡呼起來。這是人，不是鬼。然而那是誰？

七人這時所走的方向，早已不是李文秀平日去師父居所的途徑。她忽然想起：「這強盜恐怕不是去和盜夥相會，而是照著手帕上所織的地圖，獨自尋高昌迷宮去了。」她說出了心中的推測，蘇魯克等呆了一陣，齊聲稱是。桑斯爾道：「這一帶沙漠平日半滴水也沒有，漢人強盜不會到這裏來的。」蘇魯克大聲道：「他逃去迷宮，咱們就追到迷宮。就追到天邊，也要捉到這惡強盜。」

部族中世代相傳，大沙漠中有座迷宮，宮裏有數不盡的珍寶，只誰也不認識去迷宮的道路，在大沙漠中迷了路可不是玩的，因此從來沒人敢冒險尋訪。現今漢人強盜有了地圖在前領路，沙漠中的冰雪二三十天也不會消盡，後面又有大隊人馬接應，那還怕甚麼？

何況，蘇魯克向來自負是大草原上的第一勇士。他只盼車爾庫示弱，退縮了不敢再追。可是車爾庫絲毫沒害怕的模樣。

李文秀道：「對，我們一起去瞧瞧，到底世上是不是眞的有座高昌迷宮。」她想父母爲此喪身，如果自己能找到迷宮，也算是完成了父母的遺志。

阿曼道：「族裏的老人們都說，高昌迷宮中的寶物，能讓天山南北千千萬萬人永遠過快活日子。千百年來這樣傳說，可是誰也找不到。」蘇普喜道：「要是我們找到了，大家都過快活日子，那可眞好！」阿曼道：「難道我們現在的日子不快活麼？」蘇普搔搔頭，笑道：「快活得很，快活得很。」他實在想不出，世上還有甚麼東西，能令他過的日子比現在更快活。最好，媽媽沒死，哥哥也仍活著。

李文秀卻在想：「不論高昌迷宮中有多少珍奇的寶物都給了我，也決不能讓我的日子過得眞正快活。」

在第八天上，七人依著足跡，進入了叢山。山石嶙峋，越行越難走，好在雪地裏足跡明顯，只山勢險惡，道路崎嶇，其實根本就沒路，不過跟著前人足印在山坡山谷間穿行而已，眼見前面路程無窮無盡，雪地裏的兩行足跡似乎直通向地獄中去。

蘇魯克和車爾庫見四週情勢凶險，心中也早發毛，但兩人你一句我一句兀自鬥口。蘇魯克說：「車爾庫，你在渾身發抖，嚇破了膽子可不是玩的。不如就在這裏等我吧，倘若找到財寶，一定分給你一份。」車爾庫說：「你這會兒大逞英雄好漢，待會兒惡鬼出來，瞧是你先逃呢，還是你兒子先逃？」蘇魯克道：「不錯，咱爺兒倆見了惡鬼還有力氣逃走，總不像你那樣，嚇得跪在地下發抖。」

兩個說來說去，總離不開沙漠的惡鬼，再走一會，四下裏已黑漆漆一團。蘇普道：「爹，便在這裏歇宿，明天再走罷！」蘇魯克還沒回答，車爾庫笑道：「很好，你爺兒倆在這裏歇著，以免危險。阿曼，你跟爹爹來，駱駝，桑斯爾，咱們不怕鬼，走！」蘇魯克「呸」的一聲，在地下吐口唾液，當先邁步便行。李文秀見他二人鬥氣逞強，誰也不肯示弱，只得也跟隨在後。阿曼卻累得支持不住了。

蘇普、桑斯爾撿些枯枝，做成火把，七人在森林中尋覓足印而行。黑夜裏走在這般鬼氣森森所在，誰都心驚肉跳，偶爾夜鳥一聲啼叫，或樹枝上掉下一塊積雪，都令人嚇一大跳。奇怪的是，森林中竟有道路，雖長草沒徑，但古道痕跡仍依稀可辨。

七人在森林中走了良久，阿曼忽然叫道：「啊喲，不好！」蘇普忙問：「怎麼？」阿曼指著前面路旁的一隻閃閃發光的銀鐲，說道：「你瞧！這是我先前掉下的鐲子。」那鐲子在七人之前兩三丈處，卻不知何以忽然會在這裏出現。阿曼道：「我掉了鐲子，心想只得回來時再找，怎麼又會到了這裏？」車爾庫道：「你瞧瞧清楚，到底是不是你的。」阿曼不敢去拾，蘇普上前拾起，不等阿曼辨認，他早已認出，說道：「沒錯，是她的！」說著將鐲子遞給她。

阿曼不敢去接，顫聲道：「你……你丟在地下，我不要了。」蘇普道：「難道眞是惡鬼玩的把戲？」火光之下，七人臉色都十分古怪。

隔了半晌，李文秀道：「說不定比惡鬼還糟，咱們走上老路來啦。這條路咱們先前走過的。」霎時之間，人人都想起了那著名的傳說：沙漠中的旅人迷了路，走啊走啊，突然發現了足跡，他大喜若狂，跟著足跡走去，卻不知那便是他自己的足跡，循著舊路兜了一個圈子又一個圈子，直走到死。

大家都不願信李文秀的話，可是明明阿曼掉下鐲子已經很久，走了半天，忽然在前面路上見到鐲子，那自是兜了個圈子，重又走上了老路。黑暗之中，疲累之際，誰也沒辨明剛才路上的足印到底只兩人的，還是已加上了七人的。駱駝走上幾步，拿火把一照雪地裏的腳印，叫道：「好多人的腳印，是咱們自己的！」聲音中充滿了懼意。七個人面面相覷。蘇魯克和車爾庫再也不能自吹自擂、譏笑對方了。

李文秀道：「咱們是跟著那強盜和另外一人的足跡走的，倘若他們也在兜圈子，那麼過了一會，他們還會走到這裏。咱們就在這裏歇宿，且瞧他們來是不來。」到這地步，人人都同意了她。當下掃開路上積雪，打開毛毯，坐了下來。駱駝和桑斯爾生了一堆火，七人團團坐著。誰也睡不著，誰也不想說話。他們等候陳達海和另外一人走來，可是又害怕他們眞的出現，倘若他們兜了個圈子又回到老路上來，只怕自己的命運和他們也會一樣。

等了良久良久，忽然，聽到了腳步聲。

七人聽到腳步聲，一齊躍起，卻聽那腳步聲突然停頓。在這短短的一忽兒之間，七個人連自己的心跳都聽見了。突然間，腳步聲又響了起來，卻是向西北方逐漸遠去。便在此時，一陣疾風吹來，颳起地下一大片白雪，都打入了火堆，火堆登時熄了，四下裏黑漆一團。

只聽得唰唰唰幾響，蘇魯克、李文秀等六人刀劍出鞘。阿曼「啊」的一聲驚呼，撲入蘇普懷裏。白雪映照下，刀劍刃鋒發出一閃閃光芒。腳步聲漸遠，終於聽不見了。

直到天明，森林中沒再有甚麼異狀。早晨第一縷陽光從樹葉間射進來，衆人精神一振，又再覓路前行。走了一會，阿曼發覺左首的灌木壓折了幾根，叫道：「瞧這裏！」

蘇普撥開樹木，見地下有兩行腳印，歡呼道：「他們從這裏去了！」阿曼道：「那強盜定是看錯了地圖，兜了個圈子，再從這裏走去，累得咱們驚嚇了一晚。」

蘇魯克哈哈大笑，道：「是啊，車爾庫家的膽小鬼嚇了一晚。蘇魯克家的兩個勇士卻只盼惡鬼出現，好揪住惡鬼的耳朵來瞧個明白。」車爾庫一眼也沒瞧他，似乎沒聽見，突然之間，反過手來揪住了他耳朵。蘇魯克大叫一聲，砰的一拳，打在他背心。車爾庫身子一晃，揪住蘇魯克耳朵的手卻沒放開，只拉得他耳朵上鮮血長流，再一使力，只怕耳朵也拉脫了。

李文秀見這兩人都已四十來歲年紀，兀自和頑童一般爭鬧不休，一半是真，一半是假，當眞好笑。只見蘇魯克和車爾庫砰砰砰的互毆數拳，這才分開。一個鼻青，一個眼腫。

兩人一路爭吵，一路前行。這時道路高低曲折，甚爲難行，一時繞過山脊，一時鑽進山洞，若非雪地中足跡領路，萬難辨認。李文秀心想：「這迷宮果然隱秘之極，若無地圖指引，怎找尋得到？」

行到中午，各人一晚沒睡，都已疲累之極，只李文秀此時內功修爲已頗有根基，仍神采奕奕。蘇普道：「爹，阿曼走不動啦，咱們歇一歇吧！」蘇魯克還未回答，只聽得走在最前的車爾庫大叫一聲：「啊！」蘇魯克搶上前去，轉過了一排樹木，見對面一座石山上嵌著兩扇鐵鑄大門。門上鐵鏽斑駁，顯是歷時已久的舊物。

七人齊聲歡呼：「高昌迷宮！」快步奔近。蘇魯克伸手力推鐵門，兩扇門紋絲不動，車爾庫道：「那惡賊在裏面上了門。」阿曼細看鐵門周圍有無機括，但見那門宛如天生在石山中一般，竟沒半點縫隙。阿曼拉住門環，向左一轉，轉之不動，這迷宮建成已不知有幾百年，雖大漠中甚爲乾燥，但鐵門也必生鏽，就算有機括也該轉不動了，不料她再向右轉，居然鬆動。她轉了幾轉，蘇魯克和車爾庫本在大力推門，突然鐵門向裏打開，兩人出其不意，一齊摔了進去。兩人一驚之下，大笑著爬起。

門內是條黑沉沉的長甬道，蘇普點燃火把，一手執了，另外一手拿著長刀，當先領路。走完甬道，眼前出現了三條岔路。迷宮之內沒雪地足跡指引，不知那兩人向那一條路走去。各人俯身細看，見左首和右首兩條路上都有淡淡的足印。

蘇魯克道：「四個走左邊的，三個走右邊的，待會兒再在這裏會合。」李文秀道：「那不好！這地方既叫作迷宮，前面只怕還有岔路，咱們還是一起走的好。」蘇魯克搖頭道：「諒這山洞之中，能有多大地方？漢人生來膽小，眞沒法子。」他話這麼說，但七人還是一齊走了，見右首一條路寬些，便都向右行。

只走出十餘丈遠，蘇魯克便想：「這漢人的話倒也不錯。」前面又出現了岔路。七人細細辨認腳印，一路跟蹤而進，有時岔路上兩邊都有腳印，只得任意選一條路。走了好半天，山洞中岔路不知凡幾，每到一處岔路，阿曼便在山壁上用刀劃下記號，以免回出來時找不到原路。突然之間，眼前豁然開朗，出現一大片空地，盡頭處又有兩扇鐵門，嵌在大山巖中。

七個人走過空地，來到門前。蘇魯克又去轉門環，不料這扇門卻是虛掩的，輕輕一碰，便「呀」的一聲開了。七人走了進去，見裏面是間殿堂，四壁供的都是泥塑木彫的佛像，壁上繪有飛天仙女及頭上生角、青面尖嘴的妖魔鬼怪、巨龍大鳥，從這殿堂進去，連綿不斷的是一列房舍。每間房中大都供有佛像。偶然在壁上有幾個漢字，李文秀識得寫的是「高昌國國王」、「文泰」、「大唐貞觀十三年」等等字樣。有一座殿堂中供的都是漢人塑像，中間一個老人，匾上寫的是「大成至聖先師孔子位」，左右各有數十人，寫著「顏回」、「子路」、「子貢」、「曾子」、「子張」等名字。蘇魯克一見到這許多漢人塑像，眉頭一皺，轉頭便走。

李文秀心想：「這裏的人都信回教，怎麼迷宮裏供的既有佛像，又有漢人？壁上寫的又都是漢字，當眞奇怪之極。」

七人過了一室，又有一室，見大半宮室已然毀圮，有些殿堂中堆滿了黃沙，連門戶也有堵塞的。迷宮中道路本已異常繁複曲折，再加上牆倒沙阻，更令人暈頭轉向。有時通道上出現幾具白骨骷髏，宮中的器物用具卻都不是回疆所有，李文秀依稀記得，這些都是中土漢人的尋常物事。只把各人看得眼花繚亂，稱異不止。但傳說中的甚麼金銀珠寶卻半件也無。

七人沿著一條黑沉沉的甬道向前走去，突然之間，前面一個陰森森的聲音喝道：「我在這裏已安安靜靜的住了一千年，誰也不敢來打擾我。那一個大膽過來，立刻就死！」說的是哈薩克語，音調純正，聲音並不甚響，卻聽得清清楚楚。

阿曼驚道：「是惡鬼！他……他說在這裏已住了一千年。」拉著蘇普的手，退了幾步。駱駝叫道：「這是人，不是鬼！」高舉火把，向前走去。桑斯爾不甘示弱，搶上幾步，和他並肩而行，剛走到一個彎角上，驀地裏兩人齊聲大叫，身子向後摔出。衆人大驚，蘇魯克和車爾庫拋去手中火把，搶上扶起。只聽得前面傳來一陣桀桀怪笑，那聲音喝道：「我在這裏已住了一千年，住了一千年。進來的一個個都死。」

車爾庫更不多躭，抱著駱駝急奔而出，蘇魯克抱了桑斯爾，和餘人跟著出去，但聽得怪笑聲充塞甬道。來到一處天井的有光所在，看駱駝和桑斯爾時，兩人口角流出鮮血，竟已一齊斃命。五人面面相覷，又難過，又驚恐。

阿曼道：「這惡鬼不許人去……去打擾，咱們快走吧！」

到這地步，蘇魯克和車爾庫那裏還敢逞甚麼剛勇？抱著兩具屍體，循著先前所劃記號，回到了迷宮之外。

車爾庫死了兩名心愛弟子，心裏難過，不住拭淚。蘇魯克再也不譏諷他了，反而出言安慰，又道：「那兩個漢人強盜進了迷宮之後影蹤全無，一定也給宮裏惡鬼弄死了，那也好，叫這兩個強盜沒好下場。」阿曼道：「咱們從原路回去吧，以後……以後永遠別來這地方了。」車爾庫道：「咱們族人大隊人馬就快到來，可得告訴他們，別讓兄弟們闖進宮去，一個個死於非命。」蘇魯克道：「對！只要是在迷宮之外，那……那就沒干係。」

是不是眞的沒干係，可誰也不知道。爲了穩妥起見，五個人直退出六七里地，到了一大片曠地上，這才停住。蘇魯克道：「惡鬼怕太陽，要走過這片曠地，非晒到太陽不可。」阿曼道：「晚上呢？」蘇魯克搔了搔頭皮，無法回答。

幸好沒到晚上，第一隊人馬已經趕到。蘇魯克等忙將發現迷宮、宮中有惡鬼害人的事說了。

雖人多膽壯，畢竟沒有誰提議前去探險。過得兩個時辰，第二隊、第三隊先後到來，數百人便在曠地上露宿。每隔得十餘人，便點起一堆大火，料想惡鬼再兇，也必怕了這許多火堆。

李文秀倚在一塊岩石之旁，心想：「我爹爹媽媽萬里迢迢的從中原來到回疆，爲的是找高昌迷宮。他們沒找到迷宮，就送了性命。其實就算找到了，多半也會給宮裏的惡鬼害死，除非他們一聽到惡鬼的聲音立刻就退出。可是爹爹媽媽一身武功，一定不怕惡鬼。唉，人的武功再高，又怎鬥得過鬼怪？」忽然背後腳步聲輕響，一人走了過來，低聲叫道：「阿秀。」

李文秀大喜，跳起身來，叫道：「計爺爺，你也來了。」計老人道：「我不放心你，跟著大夥兒來瞧著你。」李文秀心中感激，拉住他手，說道：「道上很難走，你年紀這麼大了，辛苦得很，快坐下歇歇。」

計老人剛在她身邊坐下，忽聽得西方響起幾下尖銳的梟鳴之聲，異常刺耳難聽。衆人不禁齊向鳴聲來處望去，只見白晃晃一團物事，從黑暗中迅速異常的衝來，衝到離衆人約莫四丈之處，猛地直立不動，看上去依稀是個人形，火光映照下，只見這鬼怪身披白色罩袍，滿臉鮮血，白袍上也血跡淋漓，身形高大之極，比常人至少高了五尺。靜夜看來，恐怖無比，那鬼怪陡然間雙手前伸，十根指甲比手指還長，滿手也都是鮮血。

衆人屏息凝氣，寂無聲息的望著他。

那鬼怪桀桀怪笑，尖聲道：「我在迷宮裏已住了一千年，不許誰來打擾，誰叫你們這樣大膽？」說的是哈薩克語，正是李文秀日間在迷宮中聽到的聲音。那鬼怪慢慢轉身，雙手對著三丈外的一匹馬，叫道：「給我死！」突然回身，大步而去，片刻間走得無影無蹤。

這鬼怪突然而來，突然而去，氣勢懾人，直等他走了好一會，眾人方始驚呼。只見他雙手指過的那匹馬四膝跪倒，翻身斃命。眾人擁過去看時，但見那馬周身沒半點傷痕，口鼻亦不流血，卻不知如何，竟中了魔法而死。

眾人都說：「是鬼，是鬼。」有人道：「我早說大沙漠中有鬼。」有人道：「那迷宮千年沒人進去，自然有鬼怪看守。」又有人道：「聽說鬼怪無腳，瞧瞧那鬼有沒腳印。」眾人拿了火把，順著那鬼怪的去路瞧去，但見沙地上每隔五尺便有個小小圓洞，人的腳印既不會這樣細細一點，而兩點之間，相距又不會這麼遠。

如此一來，各人再無疑惑，都認定是迷宮中鬼怪作祟，大家都說：「不論迷宮中有甚麼寶貴東西，那也不能要了。明天一早，大家快快回去。」

整晚人人心驚膽戰，但第二天太陽一出來，忽然之間，每個人心裏都不怎麼怕了。有些年輕人商量著要去迷宮瞧瞧。蘇魯克和車爾庫厲聲喝阻，說道便是要去迷宮，也得商議出個好法子。

可是商議了一整天，七張八嘴，議論多端，又有甚麼好法子？唯一的結果，是大家同意在這裏住一晚，明天再從長計議。

將近亥時，便是昨晚鬼怪出現的時刻，聽得西方又響起三下尖銳的梟鳴，眾人毛骨悚然。但見那白衣長腿、滿身血污的鬼怪又快步而來，在數丈外遠遠站定，尖聲說道：「你們還不回去？哼，再在這裏附近逗留一晚，一個一個，叫他都不得好死，我在宮裏住了一千年，誰都不能進來，你們這般大膽！」說到這裏，慢慢轉身，雙手指著遠處一個青年，叫道：「給我死！」說了這三個字，猛地裏回身，大步而去，月光下但見他越走越遠，終於不見。

只見那青年慢慢委頓，一句話也不說，就此斃命，身上仍沒半點傷痕。昨晚還不過害死一匹馬，今日卻害死了一個壯健的青年。

這樣一來，還有誰敢再逗留？何況聽得蘇魯克他們說，迷宮中根本沒有甚麼珍寶，連一塊金子銀子也沒有。若非天黑，大家早就往來路疾奔了。次日天色微明，眾人就亂鬨鬨的快步回去。

李文秀昨天已去仔細看過了那匹馬的屍體，這時再去看那青年的屍體，心下更無懷疑，自言自語：「這不是惡鬼！」忽然身後有人顫聲道：「是惡鬼，是惡鬼！阿秀，他比惡鬼還要可怕，咱們快走。」原來不知甚麼時候，計老人已到了她身後。

李文秀嘆了口氣，道：「好，咱們走吧！」

忽然間聽得蘇普長聲大叫：「阿曼，阿曼，你在那裏？」車爾庫驚道：「阿曼沒跟你在一起嗎？」他也縱聲大叫：「阿曼，阿曼！咱們回去啦。」來回奔跑尋找女兒。

蘇普一面大叫「阿曼！」一面奔上小丘，四下瞭望，忽然望見西邊路上有塊花頭巾，似是阿曼之物，忙奔過去拾起，正是阿曼的頭巾。他這一急非同小可，嘶聲大叫：「阿曼給惡鬼捉去了！」

這時衆族人早已遠去，連駱駝、桑斯爾、以及另一個青年的屍身都已抬去，當地只賸下蘇魯克、車爾庫、蘇普、李文秀、計老人五人。蘇魯克等聽得蘇普驚呼，忙奔過去詢問。

蘇普拿著那個花頭巾，氣急敗壞的道：「這是阿曼的。她……她……她給惡鬼捉去了。」李文秀問道：「甚麼時候捉去的？」蘇普道：「我不知道。一定是昨晚半夜裏。她……她跟女伴們睡在一起的，今早我就找她不到了。」他呆了一陣，忽然向著迷宮的方向發足狂奔，叫道：「我要去跟阿曼死在一起。」

阿曼給惡鬼捉去了，他自然沒本事救她回來。但阿曼死了，他也不想活了。

蘇魯克叫道：「蘇普，蘇普，傻小子，快回來，你不怕死嗎？」見兒子越奔越遠，愛子之情終於勝過了對惡鬼的恐懼，便隨後追去。車爾庫一呆，叫道：「阿曼，阿曼！」也跟了去。

計老人搖搖頭，道：「阿秀，咱們回去吧。」李文秀道：「不，計爺爺，我得去救他們。」計老人道：「你鬥不過惡鬼的。」李文秀道：「不是惡鬼，是人。」計老人伸出左手，緊緊握住李文秀的手臂，顫聲道：「阿秀，就算是人，他也比惡鬼還可怕。你聽我話，咱們回去吧，走得遠遠的。咱們是漢人，別在回疆住了，你和我一起回中原去。」

李文秀見蘇普等三人越奔越遠，心中焦急，用力一掙，不料計老人雖然年邁，手勁竟大得異乎尋常，她接連使勁，都沒能掙脫。她叫道：「快放開我！蘇普，蘇普會給他害死的！」

計老人見她脹紅了臉，神情緊迫，不由得嘆了口氣，放開了她手臂，輕聲道：「你爲了這哈薩克少年，不顧自己了！」

李文秀手臂上一鬆，立即轉身飛奔，也沒聽到計老人的話。一口氣奔到迷宮之前，只見蘇普手舞長刀，正大叫大嚷：「該死的惡鬼，你害死了阿曼，連我也一起害死吧！阿曼死了，我也不要活了！我是蘇普，你出來，我跟你決鬥！你怕了我嗎？」他伸手去轉門環，但心神混亂之下，轉來轉去都推不開門。

蘇魯克在一旁叫道：「蘇普，傻小子，別進去！」蘇普卻那裏肯聽？

李文秀見到他這般痴情的模樣，心中又是一酸，大聲道：「阿曼沒死！」

蘇普陡然聽到這句話，登時清醒了，轉身問道：「阿曼沒死？你怎……怎知道？」

李文秀道：「迷宮裏的不是惡鬼，是人！」蘇普、蘇魯克、車爾庫三人齊聲道：「明明是惡鬼，怎麼是人？」

李文秀道：「這是人扮的。他用一種極微細的劇毒暗器射死了馬匹和人，傷痕不容易看出來。他腳下踩了高蹻，外面用長袍罩住了，因此在雪地裏行走沒腳印，身裁又這麼高，走起來這麼快。」她另外有兩句話卻沒有說：「我知道這人是誰，因爲我認得他放暗器的手法。在死馬和那青年的屍體上，我也已找到了暗器的傷痕。」

這些解釋合情合理，可是蘇魯克等一時卻難相信。這時計老人也已到了，他緩緩的道：「我知是厲害的惡鬼，大家別進迷宮，免得送了性命。我是老人，說話一定不錯的。」

蘇普道：「是惡鬼也罷、是人也罷，我總是要去……要去救阿曼。」他盼望這惡鬼果眞如李文秀所說是人扮的，那麼便有了搭救阿曼的指望。他又去旋轉門環，這一次卻轉開了。

李文秀道：「我跟你一起去。」蘇普轉過頭來，心中說不出的感激，說道：「李英雄，你別進去了，很危險的。」李文秀道：「不要緊，我陪著你，就不會有危險。」蘇普熱淚盈眶，顫聲道：「多謝，謝謝你。」李文秀心想：「你這樣感激我，只不過是爲了阿曼。」一轉頭對計老人道：「計爺爺，你在這裏等我。」計老人道：「不！我跟你一起進去，那……那人很兇惡的。」李文秀道：「你年紀這麼大了，又不會武功，在外面等著我好了。我不會有危險的。」計老人道：「你不知道，非常非常危險的。我要照顧你。」

李文秀拗不過他，心想：「你能照顧我甚麼？反而要我來照顧你才是。」當下五人點起火把，循著舊路又向迷宮裏進去。

五人跟著前天劃下的記號，曲曲折折的走了良久。蘇普一路上大叫：「阿曼，阿曼，你在那裏？」始終聽不見回音。李文秀心想：「還是把他嚇走了的好。」說道：「咱們一起大叫，說大隊人馬來救人啦，說不定能將那惡人嚇走。」蘇魯克、車爾庫和蘇普依計大叫：「阿曼，阿曼，你別怕，咱們大隊人馬來救你啦。」迷宮中殿堂空廓，一陣陣回聲四下震盪。

又走了一陣，忽聽得一個女子尖聲大叫，依稀正是阿曼。蘇普循聲奔去，推開一扇門，只見阿曼縮在屋角之中，雙手給反綁在背後。兩人驚喜交集，齊聲叫了出來。

蘇普搶上去鬆開了她綁縛，問道：「那惡鬼呢？」阿曼道：「他不是鬼，是人。剛才他還在這裏，聽到你們聲音，想抱了我逃走，我拚命掙扎，他聽得你們人多，就匆匆忙忙逃走了。」

蘇普舒了口氣，又問：「那……那是怎麼樣一個人？他怎麼會將你捉了來？」阿曼道：「一路上他綁住了我眼睛，到了迷宮，黑沉沉的，始終沒能見到他相貌。」蘇普轉頭瞧著李文秀，眼光中滿是感激。

阿曼轉向車爾庫，說道：「爹，這人說他名叫瓦耳拉齊，你認……」她一言未畢，車爾庫和蘇魯克齊聲叫了出來：「瓦耳拉齊！」這兩人一聲叫喚，含意非常明白，他們不但知道瓦耳拉齊，而且還對他十分熟悉。

車爾庫道：「這人是瓦耳拉齊？決計不會的。他自己說叫做瓦耳拉齊？你沒聽錯？」

阿曼道：「他說他認得我媽。」

蘇魯克道：「那就是了，是眞的瓦耳拉齊。」車爾庫喃喃的道：「他認得你媽？是瓦耳拉齊？怎……怎麼會變成了迷宮裏的惡鬼？」阿曼道：「他不是鬼，是人。他說他從小就喜歡我媽，可是我媽不生眼珠子，嫁了我爹爹這個大混蛋……啊喲，爹，你別生氣，是這壞人說的。」蘇魯克哈哈大笑，說道：「瓦耳拉齊是壞人，這句話卻沒說錯，你爹果然是個大混……」車爾庫一拳打去。蘇魯克一笑避開，又道：「瓦耳拉齊從前跟你爹爹爭你媽，瓦耳拉齊輸了。這人不是好漢子，半夜裏拿了刀子去殺你爹爹。你瞧，他耳朵邊這個刀疤，就是給瓦耳拉齊砍的。」衆人一齊望向車爾庫，果見他左耳邊有個長長刀疤。這疤痕大家以前早就見到了，不過不知其來歷而已。

阿曼拉著父親的手，柔聲道：「爹，那時你傷得很厲害麼？」車爾庫道：「你爹雖然中了他的暗算，還是打倒了他，把他揿在地下，綁了起來。」說這幾句話時，語氣中頗有自豪之意，又道：「第二天族長聚集族人，宣布將這壞蛋逐出本族，永遠不許回來，倘若偷偷回來，便即處死。這些年來一直就沒見他。這傢伙躲在這迷宮裏幹甚麼？你怎麼會給他捉去的？」

阿曼道：「今朝天快亮時，我起來到樹林中解手，那知道這壞人躲在後面，突然撲出來，按住我嘴巴，一直抱著我到了這裏。他說他得不到我媽，就要我來代替我媽。我求他放我回去，我說我媽不喜歡他，我也決計不會喜歡他的。他說：『你喜歡也好，不喜歡也好，總之你是我的人了。那些哈薩克膽小鬼，沒一個敢進迷宮來救你的。』他的話不對，爹，蘇魯克伯伯，你們都是英雄，還有李英雄，蘇普，計爺爺也來了，幸虧你們來救我。」車爾庫恨恨的道：「他害死了駱駝、桑斯爾，咱們快追，捉到他來處死。」

李文秀本已料到這假扮惡鬼之人是誰，那知道自己的猜想完全錯了，不禁暗自慚愧，實不該冤枉了好人，幸好心裏的話沒說出口來，又想：「怎麼這個哈薩克人也會發毒針？發針的手法又一模一樣？難道他也是跟我師父學的？」

蘇魯克等既知惡鬼是瓦耳拉齊假扮，那裏還有甚麼懼怕？何況素知這人武功平平，一見面，還不手到擒來？車爾庫爲了要報殺徒之仇，高舉火把，當先而行。

計老人一拉李文秀的衣袖，低聲道：「這是他們哈薩克人自己族裏的事，咱們不用理會，在外面等著他們吧。」李文秀聽他語音發顫，顯是害怕之極，柔聲道：「計爺爺，你坐在那邊天井裏等我，好不好？那個哈薩克壞人武功很強的，只怕蘇……蘇魯克他們打不過，我得幫著他們。」計老人嘆了口氣，道：「那麼我也一起去。」李文秀向他溫柔一笑，道：「這件事快完結了，你不用擔心。」計老人和她並肩而行，道：「這件事快完結了，完結之後，我要回中原去了。阿秀，你和我一起回去嗎？」語音中充滿了熱切。

李文秀一陣難過，中原故鄉的情形，在她心裏早不過是一片模糊影子，她在這大草原上已住了十二年，只愛這裏的烈風、大雪、黃沙、無邊無際的平野、牛羊、半夜裏天鈴鳥的歌聲……

計老人見她不答，又道：「我們漢人在中原，可比這裏好得多了，穿得好，吃得好。你計爺爺已積了些錢，回去咱們可以舒舒服服的。中原的花花世界，比這裏繁華百倍，那才是人過的日子。」李文秀道：「中原這麼好，你怎麼一直不回去？」

計老人一怔，走了幾步，才緩緩的道：「我在中原有個仇家對頭，我到回疆來，是爲了避禍。隔了這麼多年，那仇家一定死了。再說，阿秀，我一直要照顧你呢。咱們在外面等他們吧。」李文秀道：「不，計爺爺，咱們得走快些，別離他們太遠。」計老人「嗯、嗯」連聲，腳下卻絲毫沒加快。李文秀見他年邁，不忍催促。

計老人道：「回到了中原，咱們去江南住。咱們買座莊子，四周種滿了楊柳桃花，一株間著一株，一到春天，紅的桃花，綠的楊柳，黑色的燕子在柳枝底下穿來穿去，還有許多許多別的花兒。阿秀，咱們再起一個大魚池，要養滿金魚，金色的、紅色的、白色的、黃色的，你一定會非常開心……可比這兒好得多了……」

李文秀緩緩搖了搖頭，心裏在說：「不管江南多麼好，我還是喜歡住在這裏，可是……這件事就要完結了，蘇普就會和阿曼結婚，那時候他們會有盛大的叼羊大會、姑娘追、摔角比賽、火堆旁的歌舞……」她抬起頭來，說道：「好的，計爺爺，咱們回家之後，第二天就動身回中原。」計老人眼中突然閃出了光輝，那是喜悅無比的光芒，大聲道：「好極了！咱們回家之後，第二天就動身回中原。」

忽然之間，李文秀有些可憐那個瓦耳拉齊起來。他得不到自己心愛的人，又給逐出了本族，一直孤另另的住在這迷宮裏。阿曼十八歲，他在這迷宮裏已住了二十年吧？或許還更長久些。

「瓦耳拉齊！站住！」

突然前面傳來了車爾庫的怒喝。李文秀顧不得再等計老人，急步循聲奔去。走到一座大殿門口，只見殿堂之中，一人竄高伏低，正在和手舞長刀的車爾庫惡鬥。那人空著雙手，身披白色長袍，頭上套著白布罩子，只露出兩個眼孔，頭罩和長袍上都染滿了血漬，正是前兩晚假扮惡鬼那人的衣服，自便是擄劫阿曼的瓦耳拉齊了，只是這時候他腳下不踩高蹻，長袍的下襬便翻了上來纏在腰間。

蘇魯克、蘇普父子見車爾庫手中有刀而對方只是空手，料想必勝，便不上前相助，兩人高舉火把，吆喝著助威。

李文秀只看得數招，便知不妙，叫道：「小心！」正欲出手，只聽得砰的一聲，車爾庫右胸已中了一掌，口噴鮮血，直摔出來。蘇魯克父子大驚，一齊拋去手中火把，挺刀上前，合攻敵人。兩根火把掉在地下兀自燃燒，殿中卻已黑沉沉地僅可辨物。

李文秀提著流星鎚，叫道：「蘇普，退開！蘇魯克伯伯，退開，我來鬥他。」蘇魯克怒道：「你退開，別大呼小叫的。」一柄長刀使將開來，呼呼生風。他哈薩克的刀法另成一路，卻也剛猛狠辣。瓦耳拉齊身手靈活之極，驀地裏飛出一腿，將蘇魯克手中的長刀踢飛了。

李文秀忙將流星鎚往地下一擲，縱身而上，接住半空中落下的長刀，唰唰兩刀，向瓦耳拉齊砍去。她跟師父學的主要是拳腳和流星鎚，刀法學的時日不久，但此刻四人纏鬥，她鎚法未臻一流之境，使開流星鎚，多半會誤傷了蘇魯克父子，只得在拳腳中夾上刀砍，凝神接戰。蘇魯克失了兵刃，出拳揮擊。瓦耳拉齊以一敵三，仍佔上風。

鬥得十餘合，瓦耳拉齊大喝一聲，左拳揮出，正中蘇普鼻樑，跟著一腿，踢中了蘇魯克的小腹。蘇魯克父子先後摔倒，爬不起來。原來瓦耳拉齊的拳腳中內力深厚，擊中後極難抵擋，蘇魯克雖然悍勇，又皮粗肉厚，卻也經受不起。

這一來，變成了李文秀獨鬥強敵的局面，左支右絀，便落下風。瓦耳拉齊喝道：「快出去，就饒你小命。」李文秀見自己若撤退一逃，最多拉了計老人同走，蘇普等三人非遭毒手不可，當下奮不顧身，拚力抵禦。瓦耳拉齊左手一揚，李文秀向右一閃，那知他這一下卻是虛招，右掌跟著疾劈而下，噗的一聲，正中她左肩。李文秀一個踉蹌，險些摔倒，心中如電光般閃過一個念頭：「這一招『聲東擊西』，師父教過我的，怎地忘了？」瓦耳拉齊喝道：「你再不走，我要殺你了！」

李文秀忽然間起了自暴自棄的念頭，叫道：「你殺死我好了！」縱身又上，不數招，腰間中了一拳，痛得拋下長刀蹲下身來，心中正叫：「我要死了！」忽然身旁呼的一聲，有人撲向瓦耳拉齊。

李文秀在地下一個打滾，回頭看時，幾乎不相信自己眼睛，卻原來計老人右手拿著一柄短刀，展開身法，已和瓦耳拉齊鬥在一起。但見計老人身手矯捷，出招如風，竟絲毫沒龍鍾老態。

更奇的是，計老人舉手出足，招數和瓦耳拉齊全無分別，也便是她師父華輝所授的那些武功。李文秀隨即省悟：「是了，中原的武功都是這樣的。計爺爺和這哈薩克惡人都學過中原武功，計爺爺原來會武功的，我可一直不知道。」又想：「那為甚麼我小時候剛逃到他家裏時，那惡人用刀子刺他背心，他卻沒能避開？只是湊巧才用手肘把那惡人撞死了？嗯，那不是湊巧，計爺爺是會武功的，不過他不想讓我知道。現今怎麼又讓我知道呢？嗯，他是為了救我……」

二人越鬥越緊，瓦耳拉齊忽然尖聲叫道：「馬家駿，你好！」計老人身子一顫，退了一步，瓦耳拉齊左手一揚，使的正是半招「聲東擊西」。計老人卻不上他當，短刀向右戳出，那知瓦耳拉齊卻不使全這下半招「聲東擊西」，左手疾掠而下，一把抓住計老人的臉，硬生生將他的一張面皮揭了下來。

李文秀、蘇魯克、阿曼三人齊聲驚呼。李文秀更險些便暈了過去。

瓦耳拉齊跳起身來，左一腿，右一腿，雙腿鴛鴦連環，都踢在計老人身上，便在這時，白光一閃，計老人短刀脫手激射而出，插入了敵人小腹。

瓦耳拉齊慘呼一聲，雙拳一招「五雷轟頂」，往計老人天靈蓋猛擊下去。李文秀知道這兩拳擊下，計老人再難活命，奮起生平之力，躍過去舉臂擋格，喀喇一聲，雙臂只震得如欲斷折。霎時之間兩人僵持不動，瓦耳拉齊雙拳擊不下來，李文秀也不能將他格開。

蘇魯克這時已可動彈，跳起身來，奮起平生之力，一拳打在瓦耳拉齊下頦。瓦耳拉齊向後摜出，在牆上一撞，軟倒在地。

李文秀叫道：「計爺爺，計爺爺。」扶起計老人，她不敢睜眼，料想他臉上定是血肉模糊，可怖之極，那知眼開一線，看到的竟是一張壯年男子的臉孔。她吃了一驚，眼睛睜大了些，只見這張臉鬍子剃得精光，面目頗為英俊，在時明時暗的火把光芒下，看來一片慘白，全無血色，這人不過三十多歲，只有一雙眼睛的眼神，卻是向來所熟悉的，但配在這張全然陌生的臉上，反而顯得說不出的詭異。

李文秀呆了半晌，這才「啊」的一聲驚呼，將計老人的身子一推，向後躍開。她身上受了拳腳之傷，落下來時站立不穩，坐倒在地，說道：「你……你……」

計老人道：「我……我不是你計爺爺，我……我……」忽然哇的一聲，噴出一大口鮮血來，說道：「不錯，我是馬家駿，一直扮作了個老頭兒。阿秀，你不怪我嗎？」這一句「阿秀」，仍是和十年來一般的充滿了親切關懷之意。李文秀道：「我不怪你，當然不怪你。你一直待我是很好很好的。」她瞧瞧馬家駿，瞧瞧靠在牆上的瓦耳拉齊，心中充滿了疑團。

這時阿曼已扶起父親，為他推拿胸口的傷處。蘇魯克、蘇普父子拾起了長刀，兩人一跛一拐的走到瓦耳拉齊身前。

瓦耳拉齊道：「阿秀，剛才我叫你快走，你為甚麼不走？」

他說的是漢語，聲調又和她師父華輝完全相同，李文秀想也沒想，當即脫口而出：「師父！」

瓦耳拉齊道：「你終於認我了。」伸手緩緩取下白布頭罩，果然便是華輝。

李文秀又驚訝，又難過，搶過去伏在他腳邊，叫道：「師父，師父，我眞的不知道是你。我……我起初猜到是你，但他們說你是哈薩克人瓦耳拉齊，你自己又認了。」瓦耳拉齊澀然道：「我是哈薩克人，我是瓦耳拉齊！」李文秀奇道：「你……你不是漢人？」瓦耳拉齊道：「我是哈薩克人，族裏趕了我出來，我回去就要殺我。我到了中原，漢人的地方，學了漢人武功，嘿嘿，收了個漢人做徒弟，馬家駿，你好，你好！」

馬家駿道：「師父，你雖於我有恩，可是……」李文秀又是大吃了一驚，道：「計爺爺，你……他……他也是你師父？」

馬家駿道：「你別叫我計爺爺。我是馬家駿。他是我師父，教了我一身武功，同我一起來到回疆，半夜裏帶我到哈薩克的鐵延部來，他用毒針刺死了阿曼的媽媽……」他說的是漢語。李文秀越聽越奇，用哈薩克語問阿曼道：「你媽是給他用毒針刺死的？」

阿曼還沒回答，車爾庫跳起身來，叫道：「是了，是了。阿曼的媽，我親愛的雅麗仙，一天晚上忽然全身烏黑，得急病死了，原來是你瓦耳拉齊，你這惡棍，是你害死她的。」他要撲過去和瓦耳拉齊拚命，但重傷之餘，稍一動彈便傷口劇痛，又倒了下來。

瓦耳拉齊道：「不錯。雅麗仙是我殺死的，誰敎她沒生眼珠，嫁了你這大混蛋，又不肯跟我逃走？」車爾庫大叫：「你這惡賊，你這惡賊！」

馬家駿以哈薩克語道：「他本來要想殺死車爾庫，但這天晚上車爾庫不知到那裏去了，到處找他不到，我師父自己去找尋車爾庫，要我在水井裏下毒，把全族的人一起毒死。可是我在一家哈薩克人家裏借宿，主人待我很好，盡他們所有的款待，我想來想去，總是下不了手。我師父回來，說找不到車爾庫，一問之下，知道我沒聽命在水井裏下毒，他就大發脾氣，說我一定會洩漏他秘密，定要殺了我滅口。他逼得實在狠了，於是我先下手為強，出其不意的在他背心上射了三枚毒針。」瓦耳拉齊恨恨的道：「你這忘恩負義的狗賊，今日總敎你死在我的手裏。」

馬家駿對李文秀道：「阿秀，那天晚上你跟陳達海那強盜動手，一顯示武功，我就知道你是跟我師父學的，就知道那三枚毒針沒射死他。」瓦耳拉齊道：「哼，憑你這點兒臭功夫，也射得死我？」馬家駿不去理他，對李文秀道：「這十多年來我躲在回疆，躲在鐵延部裏，裝作了個老人，就是怕師父沒死。只有這地方，他是不敢回來的。我一知道他就在附近，我第一個念頭，就想要逃回中原去。從前我不敢回中原。我在中原家大族大，我師父一問就找到了我。就算找不到我，他必定會殺了我全家老小。」

李文秀見他氣息漸漸微弱，知他給瓦耳拉齊以重腳法接連踢中兩下，內臟震裂，已難活命，回過頭來看瓦耳拉齊時，他小腹上那把短刀直沒至柄，也已無活理。自己在回疆十二年，只有這兩人是眞正照顧自己、關懷自己的，那知他兩人恩怨牽纏，竟致自相殘殺，兩敗俱傷。她眼眶中充滿了淚水，問馬家駿道：「計……馬大叔，你……你既知道他沒死，而且就在附近，爲甚麼不立刻回中原去？」

馬家駿嘴角邊露出凄然的苦笑，輕輕的道：「江南的楊柳，已抽出嫩芽了，阿秀，你獨自回去吧，以後……以後可得小心，計爺爺，計爺爺不能再照顧你了……」聲音越說越低，終於沒了聲息。

李文秀撲在他身上，叫道：「計爺爺，計爺爺，你別死。」

馬家駿沒回答她的問話就死了，可是李文秀心中卻已明白得很。馬家駿非常非常的怕他的師父，非但不立即逃回中原，反而跟著她來到迷宮；只要他始終扮作老人，瓦耳拉齊永遠不會認出他來，可是他終於出手，去和自己最懼怕的人動手。那全是爲了她！

這十二年之中，他始終如爺爺般愛護自己，其實他是個壯年人。世界上親祖父對自己的孫女，也有這般好嗎？或許有，或許沒有，她不知道。

殿上地下的兩根火把，一根早熄滅了，另一根也快燒到盡頭。

蘇魯克忽道：「眞奇怪，剛才兩個漢人跟一個哈薩克人相打，我想也不想，過去一拳，就打在那哈薩克人的臉上。」李文秀問道：「那爲甚麼？爲甚麼你忽然幫漢人打哈薩克人？」蘇魯克搔了搔頭，道：「我不知道。」隔了一會，說道：「你是好人，他是壞人！」

他終於承認：漢人中有做強盜的壞人，也有李英雄那樣的好人，（那個假扮老頭兒的漢人，不肯在水井中下毒，也該算好人吧？）哈薩克人中有自己那樣的好人，也有瓦耳拉齊那樣的壞人。

李文秀心想：「如果當年你知道了，就不會那樣狠狠的鞭打蘇普，一切就會不同了。可是，眞的會不同嗎？就算蘇普小時候跟我做好朋友，他年紀大了之後，見到了阿曼，還是會愛上她的。人的心，眞太奇怪了，我不懂。」

蘇魯克大聲道：「瓦耳拉齊，我瞧你也活不成了，我們也不用殺你，再見了！」瓦耳拉齊突然目露凶光，右手一提。李文秀知他要發射毒針，叫道：「師父，別——」

就在這時，一個火星爆了開來，最後一個火把也熄滅了，殿堂中伸手不見五指。瓦耳拉齊就是想發毒針害人，也已取不到準頭。李文秀叫道：「你們快出去，誰也別發出聲響。」

蘇魯克、蘇普、車爾庫和阿曼四人互相扶持，悄悄的退出。大家知道瓦耳拉齊的毒針厲害，他雖命在頃刻，卻還能發針害人。四人退出殿堂，見李文秀沒出來，蘇普叫道：「李英雄，李英雄，快出來。」李文秀答應了一聲。

瓦耳拉齊道：「阿秀，你……你也要去了嗎？」聲音甚是淒涼。李文秀心中不忍，暗想他雖做了許多壞事，對自己可畢竟是很好的，讓他一個人在這黑暗中等死，實在太殘忍了，於是坐了下來，說道：「師父，我在這裏陪你。」

蘇普在外面又叫了幾聲。李文秀大聲道：「你們先出去吧，我等一會出來。」蘇普叫道：「這人很凶惡的，李英雄，你可得小心了。」李文秀不再回答。

阿曼道：「你怎麼老是叫她李英雄，不叫李姑娘？」蘇普奇道：「李姑娘，她是女子嗎？」阿曼道：「你是裝傻，還是眞的看不出來？」蘇普道：「我裝甚麼傻，他……他武功這樣好，怎麼會是女子？」

阿曼道：「那天大風雪的晚上，在計老人家裏，她奪了我做女奴，後來又放了我還你。那時候我就知道她是女子了。」蘇普拍手道：「啊，是了。如果她是男人，怎肯放了像你這樣美麗的女奴？」阿曼臉上微微一紅，道：「不是的。那時候我見到了她瞧著你的眼色，就知道她是姑娘。天下那會有一個男子，用這樣的眼光痴痴的瞧著你！」

蘇普搔了搔頭，傻笑道：「我可一點也沒瞧出來。」阿曼歡暢地笑了，笑得眞像一朵花。她知道蘇普的眼光一直停在自己身上，便有一萬個姑娘痴情地瞧著他，他也永不會知道。

殿堂中一片漆黑，李文秀和瓦耳拉齊誰也見不到誰。李文秀坐在師父身畔，在萬籟俱寂之中，聽到蘇普和阿曼的嬉笑聲漸漸遠去，聽到四個人的腳步聲漸漸遠去。

殿堂裏只賸下了李文秀，陪著垂死的瓦耳拉齊，還有，「計爺爺」的屍身。

瓦耳拉齊又問：「剛才我叫你出去，你爲甚麼不聽話？要是你出去了……唉！」

李文秀輕輕的道：「師父，你得不到心愛的人，就將她殺死。我得不到心愛的人，卻不忍心讓他給人殺了。」

瓦耳拉齊冷笑了一聲，道：「原來是這樣。」沉默半晌，嘆道：「你們漢人眞奇怪。有馬家駿那樣忘恩負義、殺害師父的惡棍，有霍元龍、陳達海他們那樣殺人不眨眼的強盜，也有你這樣心地仁善的姑娘。」

李文秀問道：「師父，陳達海那強盜怎樣了？我們一路追蹤他，卻在雪地裏看到了兩個人的腳印。另一個是你的嗎？」瓦耳拉齊道：「不錯，是我的。自從我給馬家駿這逆徒射了毒針之後，身子衰弱，十多年來在山洞裏養傷，只道這一生就此完了，想不到竟會有你來救我，給我拔去了毒針。我傷愈之後，半夜裏時常去鐵延部的帳篷外窺探，我要殺了車爾庫，殺了驅逐我的族長。只是爲了你，我才沒在水井裏下毒。那天大風雪的晚上，我守在你屋子外，見到你拿住了陳達海，聽到你們發現了迷宮的地圖。陳達海一逃走，我就跟在他後面，一直跟進了迷宮。我在他後腦上一拳，打暈了他，把他關在迷宮裏，前天下午，我從他懷裏拿了那幅手帕地圖出來，抽去了十來根毛線，放回他懷裏，再蒙了他眼睛，綁他在馬背之上，趕他遠遠的去了。」

李文秀想不到這個性子殘酷的人居然肯饒人性命，問道：「你爲甚麼要抽去地圖上的毛線？」瓦耳拉齊乾笑數聲，十分得意：「他不知道我抽去了毛線的。地圖中少了十幾根線，這迷宮再也找不到了。這惡強盜，他定要去會齊了其餘盜夥，依照地圖又來找尋迷宮。他們就要在大沙漠中兜來兜去，永遠回不去草原。這批惡強盜一個個的要在沙漠中渴死，一直到死，還是想來迷宮發財，哈哈，嘿嘿，有趣，有趣！」

想到一羣人在烈日烤炙之下，在數百里內沒一滴水的大沙漠上不斷兜圈子的可怖情景，李文秀忍不住低低的呼了一聲。這羣強盜是殺害她父母的大仇人，但如此遭受酷報，卻不由得爲他們難受。要是她能有機會遇上了，會不會對他們說：「這張地圖是不對的？」

她多半會說的。只不過，霍元龍、陳達海他們決計不會相信。他們一定滿懷著發財的念頭，要在大沙漠裏不停的兜圈子，直到一個個的渴死。他們還是相信在走向迷宮，因爲陳達海曾憑著這幅地圖，親身到過迷宮，那決不會錯。迷宮裏有數不盡的珍珠寶貝，大家都這麼說的，那還能假麼？

瓦耳拉齊吃吃的笑個不停，說道：「其實，迷宮裏一塊手指大的黃金也沒有，迷宮裏所藏的每一件東西，中原都多得不得了。桌子、椅子、床、帳子，許許多多的書本，圍棋啦、七絃琴啦、毛筆、硯台、灶頭、碗碟、鑊子、衣服、帽子……甚麼都有，就是沒珍寶。在漢人的地方，這些東西遍地都是，那些漢人卻拚了性命來找尋，嘿嘿，眞笑死人了。」

李文秀兩次進入迷宮，見到了無數日常用具，回疆氣候乾燥，歷時雖久，諸物並未腐朽，遍歷殿堂房舍，果然沒見到絲毫金銀珠寶，說道：「人家的傳說，大都靠不住的，這座迷宮雖大，卻沒寶物。唉，連我的爹爹媽媽，也因此而枉送了性命。」

瓦耳拉齊道：「你可知道這迷宮的來歷？」李文秀道：「不知道。師父，你知道麼？」瓦耳拉齊道：「迷宮外面有兩座石碑，上面刻明了建造迷宮的經過，原來是唐太宗時候建造的。」李文秀也不知道唐太宗是甚麼人，瓦耳拉齊指明了那兩座石碑的所在，要李文秀自己去看。

李文秀聽瓦耳拉齊氣息漸弱，說道：「師父，你歇歇吧，別說了。」瓦耳拉齊輕聲道：「阿秀，師父快死了，師父死了之後，就沒人照顧你了。世界上的人都壞得很，大家只想害你，沒人會眞心的待你。你眞心待人家好，也沒有用的……你一轉頭，人家就忘了你啦。」李文秀道：「師父，有時候人家有苦衷的，他爹爹心裏好恨漢人，不許他跟漢人見面，否則就會打死他的。他……他只好聽爹爹的話，其實呢……漢人中有壞人，也有好人。」

瓦耳拉齊道：「我又不是漢人，那車爾庫也是哈薩克人，他只不過比我跑得快了些而已……我的鼻子比他高，相貌好得多了，可是雅麗仙的爹，卻說車爾庫家裏的牛羊比我家多，要雅麗仙嫁他。從此以後，雅麗仙就不睬我了。我在她帳篷外唱歌，她爹和她媽，還有她自己，三個人一起大聲罵我……」他說到這裏，眼淚一滴滴的落在衣襟上。李文秀也聽得心中酸楚。

瓦耳拉齊道：「阿秀，我……我孤單得很，從來沒人陪我說過這麼久的話，你肯……肯陪著我麼？」李文秀道：「師父，我在這裏陪著你。」瓦耳拉齊道：「我快死了，我死了後，你就要走了，永遠不會回來了。」李文秀無言可答，只感到一陣淒涼傷心，伸出右手去，輕輕握住了師父的左手，只覺他的手掌在慢慢冷下去。

瓦耳拉齊道：「我要你永遠在這裏陪我，永遠不離開我……」

他一面說，右手慢慢的提起，拇指和食指之間握著兩枚毒針，心道：「這兩枚毒針在你身上輕輕一刺，你就永遠在迷宮裏陪著我，也不會離開我了。」輕聲道：「阿秀，你又美麗又溫柔，眞是個好女孩，你永遠在我身邊陪著。我一生寂寞孤單得很，誰也不來理我……阿秀，你眞乖，眞是個好孩子……」

兩枚毒針慢慢向李文秀移近，黑暗之中，她甚麼也看不見。

瓦耳拉齊心想：「我手上半點力氣也沒有了，得慢慢的刺她，出手快了，她只要一推，我就再也刺她不到了。」毒針一寸一寸的向著她的面頰移近，相距只有兩尺，只有一尺了……

李文秀絲毫不知道毒針離開自己已不過七八寸了，問道：「師父，阿曼的媽媽，很美麗嗎？」

瓦耳拉齊心頭一震，說道：「阿曼的媽媽……雅麗仙……」突然間全身的力氣消失得無影無蹤，提起了的右手垂了下來，他一生之中，再也沒力氣將右手提起來了。

李文秀道：「師父，你一直待我很好，我會永遠記著你。」

李文秀出了迷宮，找到了那兩座大石碑。石碑上淸淸楚楚，刻的都是漢字。文字倒很淺近，大概是爲了便於西域之人閱讀，一切煩難深奧的文字都不用，不過還是有很多字她不識得，但混在很多她識的字中間，她終於大致明白了碑文的意思。

碑文中說，這地方在唐朝時是高昌國的所在。

那時高昌是西域大國，物產豐盛，國勢強盛。唐太宗貞觀年間，高昌國的國王叫做鞠文泰，臣服於唐。唐朝派使者到高昌，要他們遵守許多漢人的規矩。鞠文泰對使者說：「鷹飛於天，雉伏於蒿，貓遊於堂，鼠噍於穴，各得其所，豈不能自生邪？」意思說，雖然你們是猛鷹，在天上飛，但我們是野鷄，躲在草叢之中，雖然你們是貓，在廳堂上走來走去，但我們是小鼠，躲在洞裏啾啾的叫，你們也奈何我們不得。大家各過各的日子，爲甚麼一定要強迫我們遵守你們漢人的規矩習俗呢？唐太宗聽了這話，很是氣惱，認爲他們野蠻，不服王化，派了交河行軍大總管、吏部尚書侯君集帶兵去討伐。

鞠文泰得到消息，對百官道：「大唐離我們七千里，中間二千里是大沙漠，地無水草，寒風如刀，熱風如燒，怎能派大軍到來？他來打我們，如果兵派得很多，糧運便接濟不上。要是派兵在三萬人以下，便不用怕。咱們以逸待勞，堅守都城，只須守到二十日，唐兵食盡，便會退走。」他知道唐兵厲害，定下了只守不戰的計策，於是大集人夫，在極隱秘之處，造下了一座迷宮，萬一都城不守，還可退避到迷宮來。當時高昌國力殷富，國中西域巧匠很多。這座迷宮建造得曲折奇幻，國內的珍奇寶物，盡數藏在宮中。鞠文泰心想，便算唐軍攻進了迷宮，也未必能找到我所在。

侯君集曾跟李靖學習兵法，善能用兵，一路上勢如破竹，渡過了大沙漠。鞠文泰聽得唐朝大軍到來，憂懼不知所爲，就此嚇死。他兒子鞠智盛繼立爲王。侯君集率領大軍，攻到城下，連打幾仗，高昌軍每戰皆敗。唐軍有一種攻城高車，高十丈，因高得如同鳥巢，所以名爲巢車。這巢車推到城邊，軍士居高臨下，投石射箭，高昌軍難以抵禦。鞠智盛來不及逃進迷宮，都城已遭攻破，只得投降。高昌國自鞠嘉立國，傳九世，共一百三十四年，至唐貞觀十四年而亡。當時國土東西八百里，南北五百里，算是西域的大國。

侯君集俘虜了國王鞠智盛及其文武百官、大族豪傑，回到長安，將迷宮中所有的珍寶也都搜了去。唐太宗說，高昌國不服漢化，不知中華上國文物衣冠的好處，於是賜了大批漢人的書籍、衣服、用具、樂器等給高昌。高昌人私下說：「野鷄不能學鷹飛，小鼠不能學貓叫，你們中華漢人的東西再好，我們高昌野人也不喜歡。」將唐太宗所賜的書籍文物、諸般用具，以及佛像、孔子像、道教的老君像等等都放在迷宮之中，誰也不去多瞧上一眼。

千餘年來，沙漠變遷，樹木叢生，這本來就已十分隱秘的古宮，更加隱秘了。若不是有地圖指引，誰也找尋不到。現今當地所居的哈薩克人，和古時的高昌人也已毫不相干。

李文秀站在兩座石碑之前，呆呆沉思：「這個漢人皇帝也眞多事，人家喜歡怎麼過日子，就讓他們自己喜歡，何必一定勉強？難道你以爲好的，別人也必須以爲好？唉，你心裏眞正喜歡的，常常得不到。別人硬要給你的，就算好得不得了，你不喜歡，終究不喜歡。」

蘇魯克等見她怔怔的站在石碑之前，呆呆出神，過了好一會，見她始終不動。蘇魯克叫道：「李英雄，那瓦耳拉齊怎麼了？」李文秀道：「他……他死了！」聲音有些哽咽。蘇普和阿曼手攜著手走到她面前，說道：「李姑娘，咱們回去吧！」阿曼伸出手來，拉住了她手。

在通向玉門關的沙漠之中，一個姑娘騎著一匹白馬，向東緩緩而行。

她心中在想著和哈薩克鐵延部族人分別時他們所說的話：

蘇魯克道：「李姑娘，你別走，在我們這裏住下來。我們這裏有很好的小夥子，我們給你挑一個最好的做丈夫。我們要送你很多牛，很多羊，給你搭最好的帳篷。」

李文秀紅著臉，搖了搖頭。

蘇魯克道：「你是漢人，那不要緊，漢人之中也有好人的。漢人可以跟哈薩克人結婚嗎？嗯。」他搔了搔頭，說道：「咱們去問長老哈卜拉姆。」

哈卜拉姆是鐵延部中精通《可蘭經》的阿訇，是最聰明最有學問的老人。

他低頭沉思了一會，道：「我是個卑微的人，甚麼也不懂。」蘇魯克道：「如果有學問的哈卜拉姆也說不懂，那麼別人就更加不懂了。」哈卜拉姆道：「可蘭經第四十九章上說：『衆人啊，我確已從一男一女創造你們，我使你們成爲許多民族和宗族，以便你們互相認識。在阿拉看來，你們之中最善良的，便是你們之中最尊貴的。』世界上各個民族和宗族，都是眞神阿拉創造的。他只說凡是最善良的，便是最尊貴的。可蘭經第四章上說：『你們當親愛近鄰、遠鄰、伴侶，當款待旅客。』漢人是我們的遠鄰，如果他們不來侵犯我們，我們要對他們親愛，款待他們。」

蘇魯克道：「你說得很對。我們的女兒能嫁給漢人麼？我們的小夥子，能娶漢人的姑娘嗎？」哈卜拉姆道：「眞經第二章第二百廿一節說：『你們不要娶崇拜多神的婦女，直到她們信道。你們不要把自己的女兒，嫁給崇拜多神的男子，直到他們信道。』眞經第四章第廿三節中，嚴禁去娶已有丈夫的婦女，不許娶自己的直系親屬，除此之外，都是合法的。便是娶奴婢和俘虜也可以，爲甚麼不能和漢人婚嫁呢？」

當哈卜拉姆背誦可蘭經的經文之時，衆族人都恭恭敬敬的肅立傾聽。經文爲他們解決疑難，大家心中明白了，都說：「穆聖的指示，那是再也不會錯的。不論是甚麼部族的人，不論是漢人還是哈薩克人，只要是最善良的，便是最尊貴的，大家要對他們恭敬。」有人便稱讚哈卜拉姆聰明有學問：「我們有甚麼事情不明白，只要去問哈卜拉姆，他總能好好的教導我們。」

可是哈卜拉姆再聰明、再有學問，有一件事他卻不能解答，因爲包羅萬有的《可蘭經》上也沒答案：如果你深深愛著的人，卻深深的愛上了別人，有甚麼法子？

白馬帶著她一步步的回到中原。白馬已經老了，只能慢慢的走，但終是能回到中原的。

江南有楊柳、桃花，有燕子、金魚……漢人中有的是英俊勇武的少年，倜儻瀟洒的少年……但這個美麗的姑娘就像古高昌國人那樣固執：「那都是很好很好的，可是我偏不喜歡。」

（完）

雪山飛狐. 2, 鴛鴦刀、白馬嘯西風 / 金庸作.　-- 二版.　--
臺北市：遠流，2019.04
面；公分. --(大字版金庸作品集；26)
大字版
ISBN 978-957-32-8510-6 (平裝)

857.9　　　　108003456